ONIRIA

ONIRIA

PATRICK SENÉCAL

ALIRE

Illustration de couverture : Jacques Lamontagne

Photographie : Karine Patry

Distributeurs exclusifs :

Canada et États-Unis :

Messageries ADP
2315, rue de la Province,
Longueuil (Québec) Canada
J4G 1G4
Téléphone : 450-640-1237
Télécopieur : 450-674-6237

France et autres pays :

Interforum editis
Immeuble Paryseine, 3,
Allée de la Seine, 94854 Ivry Cedex
Tél. : 33 (0) 4 49 59 11 56/91
Télécopieur : 33 (0) 1 49 59 11 33
Service commande France Métropolitaine
Tél. : 33 (0) 2 38 32 71 00
Télécopieur : 33 (0) 2 38 32 71 28
Service commandes Export-DOM-TOM
Télécopieur : 33 (0) 2 38 32 78 86
Internet : www.interforum.fr
Courriel : cdes-export@interforum.fr

Suisse :

Interforum editis Suisse
Case postale 69 – CH 1701 Fribourg – Suisse
Téléphone : 41 (0) 26 460 80 60
Télécopieur : 41 (0) 26 460 80 68
Internet : www.interforumsuisse.ch
Courriel : office@interforumsuisse.ch

Distributeur : OLS S.A.
Zl. 3, Corminboeuf
Case postale 1061 – CH 1701 Fribourg – Suisse
Commandes :
Tél. : 41 (0) 26 467 53 33
Télécopieur : 41 (0) 26 467 55 66
Internet : www.olf.ch
Courriel : information@olf.ch

Belgique et Luxembourg :

Interforum editis Benelux S.A.
Boulevard de l'Europe 117, B-1301 Wavre – Belgique
Tél. : 32 (0) 10 42 03 20
Télécopieur : 32 (0) 10 41 20 24
Internet : www.interforum.be
Courriel : info@interforum.be

Pour toute information supplémentaire
LES ÉDITIONS ALIRE INC.
C. P. 67, Succ. B, Québec (Qc) Canada G1K 7A1
Tél. : 418-835-4441   Fax : 418-838-4443
Courriel : info@alire.com
Internet : www.alire.com

Les Éditions Alire inc. bénéficient des programmes d'aide à l'édition de la Société de développement des entreprises culturelles du Québec (SODEC), du Conseil des Arts du Canada (CAC) et reconnaissent l'aide financière du gouvernement du Canada par l'entremise du Programme d'aide au développement de l'industrie de l'édition (PADIÉ) pour leurs activités d'édition.

Gouvernement du Québec – Programme de crédit d'impôt pour l'édition de livres – Gestion Sodec.

1er Dépôt légal : 3er trimestre 2004
Bibliothèque nationale du Québec
Bibliothèque nationale du Canada

© **2004** ÉDITIONS ALIRE INC. & PATRICK SENÉCAL

35e MILLE

À Sophie,
parce qu'elle était là.

TABLE DES MATIÈRES

1. *DAVE* 1

2. *ZORN* 27

3. *JEF* 35

4. *VIVIANNE* 63

5. *LONER* 95

6. *ÉVA* 139

7. *ÉRIC* 161

8. *ONIRIA* 171

9. *DAVID* 285

We are all just prisoners here
of our own device
Hotel California, The Eagles

Cours, Forrest, cours !
Jenny Curran, *Forrest Gump*

CHAPITRE 1

DAVE

— Hé, Dave, tu dors ?

Et il ponctue sa question d'un coup de coude.

— Ta gueule ! répond Dave.

— Mais ça fait deux fois que je te…

— Je t'ai dit de la fermer !

Dave parle à voix basse, cependant le ton ne permet aucune réplique. Jef se tait donc, mais émet tout de même quelques grommellements de protestation.

Un cahot : ils bondissent tous les quatre, se percutent les uns les autres dans la parfaite noirceur et la tête de Jef va cogner contre le couvercle du conteneur. Il ne peut s'empêcher de pousser un juron. Éric ose un rire étouffé.

Silence, à l'exception du moteur du camion qui roule depuis maintenant une quinzaine de minutes. Dave n'est vraiment pas rassuré. Une évasion tout seul, c'est déjà risqué, mais à quatre, ça confine au suicide, surtout avec un imbécile comme Jef… Heureusement, Éric écoute les consignes à la lettre. Et Loner est parfait : aucune hésitation, aucun doute, aucun faux mouvement. Normal, puisqu'il est l'architecte de cette évasion. Il n'a pas proféré trois mots depuis le début de l'opération il y a maintenant plus d'une heure. D'ailleurs, si Dave ne le sentait contre son épaule, il jurerait qu'il n'est plus avec eux.

Dave tente de contrôler son angoisse. Allons, maintenant qu'ils se trouvent tous dans le conteneur, on peut dire qu'ils ont réussi, non ?... Si tout va bien, David D'Or pourra se proclamer libre à nouveau d'ici quelques heures. Et ce ne sera que justice !

Parce qu'il est innocent, lui ! Il n'est pas un tueur, comme tous ces prisonniers qu'il doit côtoyer depuis six mois ! Il est innocent, et il a bien l'intention de le démontrer, de le prouver à la face du monde !

Le camion s'arrête pour la première fois. Ils savent tous ce que cela signifie : le véhicule quitte la grande route pour entrer en ville. Dave a alors l'impression qu'on cesse de respirer autour de lui.

On repart, on roule encore un peu... puis, on stoppe de nouveau. Sûrement des feux rouges ou des panneaux d'arrêt.

Loner se lève, sans avertissement, faisant bruisser les papiers autour de lui. Dave l'imite aussitôt et les deux hommes soulèvent prudemment le couvercle de métal rouillé, tandis que le camion repart.

Un œil. Mais suffisant pour constater qu'ils sont bien en ville. Si on peut appeler ça une ville. L'avantage de ces petites agglomérations, c'est que leurs rues deviennent à peu près désertes la nuit tombée, même au centre-ville.

Quelle heure peut-il être ? Vingt-deux heures trente ? Un peu plus ?

— On y va ?

Loner ne répond rien, continue de scruter l'extérieur par la mince fente du couvercle entrouvert. Une voiture les croise. Un couple passe sur le trottoir. Ils ne peuvent quand même pas attendre d'arriver au dépotoir ! Là, ils seront foutus !

—Loner…

L'interpellé a un petit claquement de langue, replace ses lunettes ovales sur son nez, puis approuve en silence. Il soulève le couvercle d'environ quarante centimètres, le tient dans cette position et fait signe aux autres de se dépêcher. Comme il y a un autre conteneur dans la benne entre eux et la cabine du conducteur, celui-ci ne peut les voir, pour autant que le couvercle ne soit pas trop soulevé.

Juste avant de se hisser sur le bord, Dave a la rapide vision de la nuit, des façades des petits commerces, puis il bascule. Courte chute, durant laquelle il pense à se protéger la tête des deux mains. L'atterrissage est plutôt brutal, mais il se relève rapidement, à temps pour voir Jef rebondir à son tour sur le bitume, à dix mètres de lui. Les deux hommes se rejoignent : les côtes sont douloureuses, mais rien de cassé. Et la rue est vide de toute vie humaine.

Plus loin, Éric se relève, tandis que Loner, encore plus loin, atteint le sol en même temps que le couvercle du conteneur se referme. Le fracas métallique ainsi produit est un peu trop fort au goût de Dave. Il se fige un moment, convaincu que le camion va s'arrêter. Mais non : il poursuit sa route, tourne un coin, disparaît. Les quatre hommes se rejoignent rapidement. Loner examine les alentours.

Là-bas, un homme sur le trottoir les regarde, interdit.

— On se pousse, souffle calmement Loner.

D'un pas rapide mais sans courir, ils marchent vers l'intersection toute proche, ignorant complètement le piéton immobile, sauf Jef qui lui lance un regard amusé. Dans l'étroite petite rue transversale, ils s'appuient contre un mur de ciment et se détendent un peu. Mais Dave s'inquiète : le piéton va sûrement donner l'alarme. Loner le rassure. L'homme va tout simplement retourner chez lui et dire à sa femme qu'il a vu un drôle de truc : quatre gars en train de sauter d'un conteneur. Il va s'endormir là-dessus et, demain seulement, en écoutant le télé-journal, il fera le lien.

— De toute façon, à l'heure qu'il est, notre évasion a été signalée, c'est sûr. Alors, on se grouille. À toi de jouer, Jef.

L'interpellé jauge les trois voitures stationnées dans la rue, puis se dirige vers la seconde, une Focus noire. La portière est verrouillée. Il va à la troisième, une Saturn bleue : la portière s'ouvre sans problème et l'évadé disparaît sous le volant. Trente secondes plus tard, un bruit de moteur se fait entendre et Jef ressort du véhicule, tout fier. Dave se surprend une fois de plus à se dire que Jean-François Fortin ressemble davantage à un adolescent qu'à un adulte. Il n'a vraiment pas la gueule, ni l'attitude d'un homme en fin de trentaine.

Ni la maturité, d'ailleurs. Et c'est bien ce qui inquiète Dave. Sauf qu'il a été obligé de l'impliquer dans le coup. Lorsqu'il avait tout découvert, Jef avait été très clair : « Ou je me sauve avec vous, ou je dis tout aux gardiens. » Dave avait grimpé dans les rideaux (ou plutôt dans les barreaux), mais Loner l'avait calmé : ils n'avaient pas le choix.

Dave et Éric montent derrière, Loner s'installe sur le siège du passager. Jef démarre si rapidement que les pneus en couinent.

— C'est pas le temps de faire le cow-boy !

— Relaxe, max ! On est libres, à c't'heure !

— On criera victoire aux États-Unis, pas avant, murmure Loner.

N'empêche, Dave pousse un long soupir de soulagement et s'enfonce de quelques centimètres dans le siège : ils ont réussi, non ? Le plan de Loner a été parfait. Et c'est justement pour cette raison que Dave l'a impliqué dans son évasion : il savait que le cerveau, ce serait lui. Faut être conscient de ses limites et savoir utiliser le talent des autres. Et puis, il s'entend plutôt bien avec Loner. Enfin, s'entendre est un bien grand mot. Loner, la cinquantaine bien sonnée, est solitaire, n'a pas vraiment d'amis et parle peu aux autres. Disons qu'il était un des rares prisonniers dont Dave pouvait supporter la présence.

Et ce, malgré ce que Loner a fait pour se retrouver en prison.

Tandis que la voiture traverse la petite ville endormie, Dave ferme les yeux, de plus en plus détendu. Il essaie d'imaginer la réaction des gardiens, en ce moment, alors qu'ils ont sûrement tout découvert. David D'Or ? Le prisonnier tranquille qui, en six mois de détention, ne s'est jamais battu, n'a jamais vraiment attiré l'attention ? Il s'est sauvé avec trois autres ? Chien-Sale doit être en pleine crise cardiaque ! Ça lui apprendra, le gros calvaire !

Oh oui ! Ils doivent être surpris ! Tous !

Mais Vivianne Léveillé, elle, ne le sera pas…

Est-ce que quelque chose arriverait à surprendre cette femme, de toute façon ? Elle venait voir Dave deux fois par mois depuis le début de son incarcération et elle affichait toujours le même calme. Aucune des réactions du prisonnier ne la prenait de court. Pendant six mois, il lui a crié son innocence au visage, et jamais elle n'a montré la moindre impatience, le moindre agacement. Elle l'écoutait, en jouant nonchalamment avec le camée qu'elle porte en pendentif autour du cou, et posait des questions.

— Vous croyez donc que c'est une conspiration, Dave ?

C'était bien une question de psychiatre, ça ! Mais non, il ne croit pas à une conspiration ! Il croit à une erreur judiciaire, tout simplement ! Il y a maintenant dix mois et huit jours, il était rentré chez lui assez tard, dans son appartement du quartier Hochelaga, et avait trouvé Sonia morte, poignardée à plusieurs reprises. Et il y avait tellement de sang ! Geste idiot, mais normal en de telles circonstances : il avait pris le couteau de cuisine ensanglanté qui traînait sur le plancher, confus, éperdu.

Deux minutes après, la police, que des voisins avaient alertée, surgissait dans l'appartement et tombait sur Dave, le couteau toujours à la main.

Il n'avait aucun alibi : il était allé au cinéma, comme il le faisait souvent lorsqu'il s'était engueulé avec sa blonde. Car, oui, il avait eu une prise de bec avec elle, la sœur de Sonia avait assez insisté là-dessus au procès ! Elle avait ajouté qu'ils s'engueulaient souvent d'ailleurs, ce qui était vrai aussi. Et alors ? On ne poignarde pas les gens pour ça ! Et puis on s'était mis à sortir des histoires : Dave avait été congédié quelques mois auparavant. Il était chauffeur d'autobus et ses patrons trouvaient qu'il avait un « problème » avec l'autorité… Plusieurs usagers s'étaient également plaints de lui, de son impolitesse et de son manque d'entregent. Mais était-ce de sa faute ! On lui posait des questions tellement idiotes, du genre : « Vous vous rendez jusqu'au métro Laurier ? », alors que c'était écrit en grosses lettres sur le devant de l'autobus ! Comment ne pas perdre patience ! On avait aussi sorti qu'avant Sonia il n'avait jamais réussi à conserver la même petite amie plus d'un an à cause de son mauvais caractère. Bref, rien pour l'aider. Et comme il n'y avait eu aucun vol dans l'appartement, comme la porte n'avait pas été forcée…

Le procès avait duré deux mois, mais le jury avait délibéré rapidement. Vingt-cinq ans, avec possibilité d'une conditionnelle après quinze.

— J'ai pas tué Sonia ! disait-il souvent à Vivianne Léveillé, tandis qu'Éric, le temps de la visite, allait flâner à la bibliothèque. Je suis peut-être impulsif, j'ai peut-être un caractère de cochon, mais je suis contre la violence ! Je me suis même jamais battu de ma vie, c'est pas des farces ! Pis je l'aimais, ma blonde ! J'étais avec elle depuis presque deux ans ! Un record, pour moi !

La psychiatre hochait la tête, assise sur l'un des deux petits bancs de la cellule. Elle voulait toujours rencontrer ses patients dans leur « habitat ». Pourquoi donc ? Pour leur montrer qu'elle leur faisait confiance ? Peut-être…

— Le vrai tueur est encore en liberté, docteur.

Elle prenait des notes, mais très peu.

— Vous me croyez pas, hein ?

— Ce n'est pas important que je vous croie ou non, Dave. La justice, elle, ne vous a pas cru.

Il n'avait jamais demandé à être suivi par un psychiatre, mais cela fait partie du programme du pénitencier de Donnacona : chaque prisonnier voit un psy une fois par deux semaines, certains plus souvent. Les autres détenus lui avaient expliqué que c'était comme ça depuis trois ans : une idée du nouveau directeur (on persistait à le qualifier de nouveau, même si Joyal tenait les rênes de la prison depuis maintenant quatre ans). Mais il n'y avait pas que le docteur Léveillé. Éric, par exemple, en voyait un autre, même s'il avait été suivi par Vivianne quelque temps au début de son incarcération il y a deux ans. Il avait cependant demandé à changer de psy. De toute façon, la plupart des prisonniers trouvaient ces « consultations » extrêmement chiantes. Sauf Dave. Il devait bien l'admettre : les visites de Vivianne ne lui déplaisaient pas du tout. C'était la seule personne qui l'écoutait sans impatience, ni ironie. Il est vrai que, parfois, elle l'emmerdait avec ses questions agaçantes, du genre : « Reculez dans le temps, le plus loin que vos souvenirs peuvent vous conduire », chose qu'il détestait puisqu'il gardait de son enfance de très rares et très désagréables souvenirs : il se rappelle seulement que son père avait filé à l'anglaise alors qu'il avait huit ans, jetant ainsi sa mère dans un océan d'amertume et d'alcool. Ou encore : « Racontez-moi vos rêves », lui qui ne se souvenait jamais à quoi il avait rêvé ! Et celle qu'elle posait le plus souvent : « Comment pouvez-vous être contre la violence et avoir un caractère si impulsif ? » Mais il acceptait de répondre du mieux qu'il le pouvait, sachant qu'ensuite il pourrait se vider le cœur une fois de plus. Et puis, une visite féminine était tout de même un luxe. Dans la quarantaine, yeux bruns, bouche mince, crinière rousse flamboyante, elle aurait pu être jolie si ce n'avait été de sa froideur, attitude que Dave ne jugeait pas dirigée contre lui, car il sentait bien qu'elle était intéressée par son cas. Ça devait être une froideur naturelle. Peut-être ne s'en rendait-elle même pas compte…

— Elle est particulière, cette femme, vous trouvez pas ? avait-il demandé à d'autres prisonniers qui voyaient aussi Vivianne.

Ils avaient haussé les épaules :

— C'est une connasse qui pose des questions pis qui se crisse des réponses, comme tous les psys.

Avec le temps, Dave avait fini par la questionner à son tour, par simple curiosité. Vivait-elle seule ? Avait-elle des enfants ? Depuis combien de temps travaillait-elle à la prison ? Au début, elle refusait de répondre… puis, il y a quelques mois, alors que Dave répétait ses questions, elle avait poussé un soupir agacé et avait répondu sèchement :

— Réglons ça une fois pour toutes, Dave : je vis seule, je n'ai jamais été mariée, je n'ai pas d'enfants, et vous n'en saurez pas plus.

Il n'avait plus insisté. Pourtant, elle l'intriguait. Non pas qu'il commençait à tomber amoureux, loin de là. (Il ne voyait pas comment, un jour, il pourrait en aimer une autre que Sonia.) Mais cette femme était un tel mystère… Même si tout était cérébral chez elle, il était convaincu depuis le début que, d'une certaine manière, elle était *avec lui*, de son côté. Juste le fait qu'elle l'appelait familièrement Dave au lieu de David…

Il ouvre les yeux. La voiture sort de la ville, se retrouve sur une route de campagne.

— Dans quatre heures, on est aux *States* ! s'exclame Jef.

Dave referme les yeux. Pour lui, les États-Unis ne seront qu'une transition de quelques mois. Ensuite, quand on aura cessé de les rechercher activement, il reviendra… et trouvera l'assassin de Sonia. Il n'a aucune idée de la manière dont il s'y prendra, mais il réussira. Il l'a d'ailleurs dit à Vivianne, il y a quelques semaines, à un moment où il s'était emporté au point d'oublier toute prudence :

— Quand je vais avoir droit à ma libération conditionnelle, je vais avoir quarante-sept ans ! J'attendrai pas jusque-là pour que justice soit faite, pas question ! Je vais me pousser avant longtemps pis je vais retrouver le vrai tueur ! Retenez ce que je vous dis, docteur !

Il s'en était voulu. À ce moment-là, il n'avait encore ébauché aucun plan d'évasion, mais la psychiatre était bien capable d'aller répéter ses paroles au directeur et Dave serait en garde à vue pour un bon moment ! Mais elle n'avait eu aucune réaction. Elle avait continué à jouer avec son pendentif, observant le prisonnier avec attention mais sans émotion, comme d'habitude.

Ce mélange de froideur et d'intérêt qui l'obsédait tant…

Il y a un mois, elle avait oublié son sac à main dans la cellule. Dave s'en était rendu compte avant qu'Éric ne revienne et, après une hésitation de pure forme, il avait fouillé à l'intérieur. Il allait peut-être en apprendre un peu plus sur elle. Se sentant vaguement coupable (mais très vaguement !), il avait découvert des clés, des mouchoirs, de la gomme Nicorets (elle essayait d'arrêter de fumer?), un petit magnétophone portatif, son calepin de notes et un portefeuille. Aucun maquillage. Pour la première fois, il avait réalisé qu'effectivement il ne l'avait jamais vue avec le moindre fard sur le visage.

Dans le portefeuille, aucune photo. Des cartes de crédit, un peu d'argent, sa carte de médecin-psychiatre, une autre de l'Ordre des neurologues du Québec (elle était aussi neurologue?) et un permis de conduire avec une adresse: 96, rue du Boisé, Donnacona. Il avait relu plusieurs fois cette adresse. De savoir qu'elle demeurait si près l'avait étrangement réconforté.

Mais au moment où il ouvrait le calepin de notes, les pas du gardien s'étaient fait entendre. Rapidement, il avait rangé le tout et deux minutes plus tard, le gardien repartait avec le sac à main. Vivianne s'était-elle aperçue de son impertinente curiosité? Si ç'avait été le cas, elle n'en avait pas montré le moindre signe lors de leur dernière rencontre.

Mais elle ne montrait jamais signe de rien. Sauf de son intérêt purement clinique.

— Arrête la voiture, fait soudain Loner.

— Hein?

— Arrête, je te dis.

La voiture, sortie de la ville depuis à peine deux minutes, freine brutalement et Dave ouvre les yeux. Loner montre du doigt la route devant.

À moins d'un kilomètre, plusieurs phares coupent la route. Le même mot explose dans la tête des quatre hommes: les flics. Déjà! Et aucune route transversale d'ici le barrage. Pendant trente longues secondes, il ne se passe rien. Les évadés fixent les phares, sans bouger, sans rien dire, comme s'ils attendaient que quelqu'un vienne leur proposer une solution.

Enfin, Jef, en jurant, fait faire demi-tour à la voiture et retourne vers Donnacona. On décide de sortir de la ville par un autre chemin. Les flics doivent bloquer tous les accès, mais il faut quand même essayer.

Une lumière s'allume sur le tableau de bord : le réservoir d'essence.

— T'aurais pu choisir une auto avec un réservoir plein ! grommelle Dave.

— Calvaire ! Pis l'air climatisé, avec ça ?

Retour dans les petites rues tranquilles de la ville. La voiture roule un moment devant les magasins fermés, puis le moteur se met à hoqueter. Plus rien à faire avec cette bagnole. Jef va la garer près du trottoir et ils sortent tous. Toujours personne dans les environs. Les quatre hommes marchent vers la première intersection.

— On vole une autre voiture ? demande Éric.

Pas de réponse. Plus rien ne fonctionne comme prévu.

Loner arrive le premier à l'intersection, mais recule aussitôt.

— Une voiture de police s'en vient !

Une ruelle, là, entre deux commerces. Les évadés ont tout juste le temps de s'y planquer que la voiture de patrouille passe lentement et qu'un long jet de lumière balaie la rue. La voiture s'éloigne, mais les quatre comparses demeurent dans la ruelle, éperdus. Inutile de voler une autre voiture : dans dix minutes, la ville va grouiller de flics et toutes les automobiles roulant dans ce bled tranquille seront contrôlées.

Il y a de la panique dans l'air.

—On se planque dans une maison, propose tout à coup Dave.

—Quoi ?

—On trouve une maison, on garde le monde en otage toute la nuit pis demain, quand la police nous croira loin pis qu'elle bloquera plus les routes, on s'en va !

Les autres sont sceptiques.

—C'est pas l'idéal, mais je pense qu'on a pas tellement le choix, ajoute Dave.

—Pourquoi pas un magasin vide ? propose Jef. Y en a plein dans le coin.

Loner s'oppose : la plupart doivent avoir des systèmes d'alarme. Une maison, c'est plus sûr.

—Comment on va tenir le monde en otage ? demande Éric. On n'a même pas un canif !

—On est quatre évadés de prison, fait Loner, de plus en plus gagné à l'idée. Je pense qu'on ne devrait pas avoir trop de difficulté à tenir en respect une petite famille modèle…

Il n'a pourtant pas un physique particulièrement impressionnant, mais Dave sait, pour l'avoir déjà vu à l'œuvre, qu'il peut tenir tête à plus baraqué que lui.

Comme le temps n'est pas aux discussions, on finit par accepter l'idée. Et ils se mettent en marche rapidement, à la recherche d'une maison.

—On prend du monde en otage, mais on tue personne, on s'entend là-dessus ? fait Dave tout en marchant.

—Sauf s'ils nous donnent pas le choix, objecte Jef.

— J'ai dit : on tue personne !

— Heille, c'est pas toi le *boss* !

— Oui, c'est *moi* ! rouspète soudain Dave en s'arrêtant en plein milieu de la rue déserte. C'est Loner qui a monté le plan, mais c'est moi qui lui ai suggéré une évasion ! Éric est avec nous parce qu'il était dans la même cellule que moi ! Pis toi, Jef, tu devrais même pas être ici, oublie pas ça ! Alors tu m'écoutes ou tu t'arranges tout seul !

Jef le toise durement.

— On tue *personne* ! répète Dave avec insistance.

— Je suis d'accord, approuve Éric.

— Toi, le fif, on sait ben…, grommelle Jef avec mépris.

— Comment tu m'as appelé ?

— Ça va faire, les chicanes ! intervient Loner. C'est parfait : on ne tue personne. Ça va ? Bon, trouvons notre maison avant que la police nous tombe dessus.

Pas d'habitations privées dans cette rue, juste des magasins. Quelques appartements, mais on juge que c'est trop risqué. Les quatre hommes accélèrent le pas.

Trois fois, à la vue de voitures qui approchaient au loin, ils se sont cachés. Dans deux des cas, il s'agissait de voitures de police. Il va falloir trouver vite.

Ils cherchent depuis une dizaine de minutes lorsqu'ils atteignent enfin un quartier résidentiel. Ils passent devant une dizaine de bungalows et de cottages cossus, mais n'arrivent pas à arrêter leur choix. Dave les juge trop rapprochés les uns des autres. Loner fait remarquer qu'ils n'ont pas le luxe de choisir et qu'ils vont devoir se décider rapidement.

— Et si on tombe sur une famille où il y a trois fils baraqués comme des lutteurs? s'inquiète Éric.

— C'est ben une inquiétude de fif, ça! ricane Jef.

Cette fois, Éric se tourne vers le persifleur, rouge de colère.

— Heille, je suis pas fif, OK? Combien de fois va falloir que je te le…

— J'ai trouvé une maison, lance soudain Dave, qui s'est arrêté à une intersection tout près.

Tous regardent vers les bungalows. Dave précise:

— On la voit pas encore, mais elle est quelque part dans cette rue.

Et il pointe le doigt vers le poteau indicateur, sur lequel on peut lire le nom de la route transversale: *du Boisé*.

◆

La rue est un large chemin de terre battue, qui traverse une sorte de sous-bois, comme si on sortait de la ville pour se retrouver en forêt. Il n'y a un lampadaire qu'à tous les deux cents mètres, l'éclairage est donc limité. Après trois minutes de marche, ils croisent enfin une maison, vaste, luxueuse, isolée. Mais elle porte le numéro 78. Dave dit qu'ils doivent aller au numéro 96.

— Pourquoi on choisirait plus la maison de ta psychiatre que celle-là? s'impatiente Jef en désignant le numéro 78.

—Je vous l'ai dit : Vivianne Léveillé vit toute seule, c'est parfait pour nous !

Mais ce n'est pas l'unique raison, Dave ne peut se le cacher. En fait, il n'arrive pas à se débarrasser de cette impression farfelue que Vivianne Léveillé est une alliée, qu'une partie d'elle le croit innocent… et que, par conséquent, elle ne sera pas complètement choquée ou en désaccord avec son évasion.

Ridicule… Et pourtant, il ne peut s'empêcher d'y croire un peu.

Encore deux ou trois minutes de marche, puis :

—Une entrée, là-bas…

En effet, un lampadaire éclaire un long muret de pierre qui longe la route, puis tourne à angle droit dans les bois. Face au chemin, une grille coupe le muret en deux. Les quatre hommes s'approchent et lisent le chiffre inscrit : 96.

Ils admirent la grille, impressionnés. Derrière les barreaux, un petit sentier disparaît entre les arbres. On devine l'habitation, cent mètres plus loin.

—C'est pas une maison, c'est un palace ! siffle Éric.

Sur une plaque de bronze accrochée tout en haut de la grille, éclairée faiblement, on peut lire ce seul mot en lettres capitales : *ONIRIA*.

— C'est quoi, ça, Oniria ? demande Jef.

— Sûrement le nom de la villa, propose Éric.

—C'est vrai : les riches aiment bien baptiser leurs domaines, ajoute Loner sans l'ombre d'un sourire. Ça les rassure dans leur névrose de possession.

—Le mur doit faire le tour de toute la propriété. Pis c'est trop haut pour grimper dessus.

—Il y a des arbres partout, fait remarquer Jef en regardant autour de lui. Regardez celui-là, il serait parfait.

L'arbre en question mesure sept ou huit mètres. L'une des branches se rend presque de l'autre côté du muret. Avec un bon élan, ils pourraient y arriver. Jef est déjà sur le point de grimper lorsque Loner, qui regarde toujours par la grille, lui dit d'attendre un peu. Les autres s'approchent.

À une quarantaine de mètres, entre la grille et la maison proprement dite, se dresse un petit pavillon. Une lucarne laisse deviner un éclairage intérieur.

— Un gardien de sécurité ! souffle Éric.

Aussitôt, ils s'écartent tous de la grille. Encore heureux que le gardien en question ne les ait pas vus !

— Me semble qu'une simple psychiatre aurait pas une maison aussi protégée, fait remarquer Jef. Tu t'es sûrement trompé de place, Dave.

Ce dernier est perplexe, mais soutient que c'est la bonne adresse, il est sûr de lui.

— On devrait peut-être retourner à l'autre maison qu'on a croisée, propose Éric.

— Il y avait cinq voitures de stationnées, réplique Loner. À mon avis, on va arriver en plein milieu d'un party. Pas sûr que c'est souhaitable…

Un bourdonnement lointain. Regards intrigués, puis Loner comprend :

— Un hélicoptère !

Ils traversent la rue en courant et plongent dans la forêt, se plaquent contre les arbres. L'hélicoptère passe lentement au-dessus d'eux et, pendant de longues secondes, tout devient complètement blanc, comme si Dieu avait allumé une lampe de poche. Après une éternité, la nuit reprend possession de la rue et le bourdonnement s'éloigne.

Les quatre évadés commencent à s'agiter : là-bas, dans le quartier résidentiel, les flics doivent être partout et ils vont finir par aboutir dans cette rue. Et l'hélico va sûrement repasser dans quelques minutes.

— Alors, on n'a pas le choix, fait Loner en regardant vers la grille.

Un plan est rapidement mis sur pied et Jef se porte tout de suite volontaire. Tandis qu'il le regarde grimper dans l'arbre remarqué plus tôt, Dave se dit que cette tête brûlée a tout de même du cran. Qualité non négligeable dans leur situation actuelle…

Jef s'avance jusqu'au bout de la branche, heureusement assez touffue pour le camoufler. Puis, tandis que Dave et Éric se cachent contre le muret, Loner retourne à la grille. Il appuie sur la petite sonnette qui doit communiquer directement avec le pavillon du gardien. Du moins, c'est ce qu'il espère. Si ce n'est pas le cas, ça va compliquer les choses. Mais la voix masculine qui sort du haut-parleur de la grille lui donne raison:

— Sécurité.

— J'ai une livraison pour le docteur Léveillé, fait Loner de sa voix habituelle, c'est-à-dire neutre et impassible.

— À onze heures et dix?

Dave jette un coup d'œil entendu à Éric: ils ont maintenant la certitude qu'ils sont bien chez la psychiatre.

— Vous lui donnerez le paquet demain matin si vous voulez, répond calmement Loner. Le directeur de la prison, monsieur Joyal, voulait absolument que ça arrive ici ce soir. Ce sont des dossiers de patients ou quelque chose du genre…

Court silence, puis:

— Vous avez pas vu la boîte aux lettres ?

— C'est une boîte, je laisserai pas traîner ça dans la rue. Écoutez, mon vieux, je suis fatigué et j'ai hâte d'aller me coucher…

— OK, OK, j'arrive…

Au loin, la porte du petit pavillon s'ouvre et quelqu'un approche. Lorsque le gardien pénètre enfin dans le halo de lumière d'un des lampadaires plantés sur le gazon, on distingue un homme dans la quarantaine, l'air blasé dans son costume d'agent de sécurité.

À sa ceinture se balance un revolver.

— Il est où, ce paquet ?

Il n'est pas encore tout à fait à la grille que le ciel lui tombe sur la tête. Il s'aplatit sur le sol et avant même qu'il puisse émettre la moindre interjection de surprise, Jef lui fracasse le crâne contre le sol. Le gardien cesse instantanément de bouger.

L'évadé pousse un sifflement de victoire, puis court vers le pavillon. Dave et Éric rejoignent Loner à la grille qui s'ouvre alors avec un petit bruit électrique. Dix secondes plus tard, Jef revient, tout fier :

— Hein ? Avouez que c'est du travail de pro ! Propre pis sans bavure !

— Il est mort ? demande Dave en s'élançant vers le gardien inerte.

— Hein ? Je sais pas…

L'indifférence avec laquelle il a prononcé ces mots ! Comme si on lui avait demandé s'il préférait telle ou telle cravate !

— J'avais dit qu'on tuait personne ! s'énerve Dave en se penchant sur le gardien.

—Heille ! vous vouliez qu'il ait pas le temps de
crier ! Je me suis arrangé pour ! La prochaine fois,
tu le feras toi-même !

Dave sent la respiration de l'homme. Cela le
rassure tellement qu'il s'assoit un instant sur le sol
et pousse un profond soupir.

—OK, il vit…

—Bon ! T'es content ?

Dave dévisage son complice, sidéré. Il s'en fout
complètement ! Mort ou vivant, ça n'a aucune
importance pour lui ! Mais comment s'en étonner ?
Avec ce que ce salaud a fait pour aboutir en prison…

Loner s'approche à son tour du gardien, le considère d'un œil vide et se contente de dire qu'il faut
l'immobiliser. Jef se penche alors vers l'assommé
et lui enlève son revolver. Il lève l'arme devant son
visage et l'observe comme s'il s'agissait d'une œuvre
d'art.

—Hé ! On est armés, à c't'heure !

Dave se redresse dans un mouvement de panique.
La simple idée que ce dingue puisse porter une
arme lui donne des palpitations cardiaques.

—Jef, donne-moi ça !

—*Dream on !*

— C'est moi le chef, tu l'as reconnu toi-même,
tout à l'heure !

—J'ai rien reconnu pantoute !

— Dave a raison, insiste Éric. Tu devrais…

—Toi, ma chouette, mêle-toi pas de ça !

Éric serre les mâchoires, mais ne réplique rien,
le regard rivé sur l'arme. Jef revient à Dave et, brandissant le revolver tel un hochet, ajoute avec un
sourire sardonique :

—Si t'es pas content, viens le chercher…

Dave hésite, mais Loner, lassé, intervient : l'hélico peut revenir d'une minute à l'autre.

Victorieux, Jef coince le revolver sous sa ceinture, dans son dos. Dave abandonne. Mais il se jure bien de récupérer cette arme d'ici la fin de la nuit…

Ils transportent le gardien dans son pavillon, trouvent de quoi le ligoter efficacement et lui bandent la bouche. Allongé dans un coin, il ne bouge pas, toujours inconscient. Puis on referme la grille.

Au moment où ils s'apprêtent à sortir du pavillon, le bourdonnement se fait de nouveau entendre. Tout le monde reste à l'intérieur, le temps que l'hélicoptère balaie la villa de son projecteur. Quand la noirceur revient, les évadés sortent enfin et avancent sur le sentier.

La maison apparaît, luxueuse habitation à un seul étage, entourée d'arbres et de plantes impressionnantes, façade en grosses pierres des champs et immenses fenêtres aux rideaux fermés. À travers ceux-ci, on devine un peu de lumière. Sur la gauche, une porte d'entrée, encadrée par deux colonnes blanches, éclairée par une source invisible. Les quatre hommes tiennent conseil, cachés derrière deux gros érables. Tout d'abord, Loner découvre le fil téléphonique qui sort de la maison. Il grimpe à un arbre et l'arrache. Le tout prend à peine une minute. Toujours aucune réaction du côté de la maison.

— Laissez-moi y aller tout seul pour commencer, propose Dave. Vivianne me connaît, elle va avoir moins peur en me voyant.

— Pis si elle se met à crier ? objecte Jef.

— Même si elle crie ! Les seuls qui vont l'entendre, ce sont les hiboux !

— Si ça se gâte, on intervient, dit tout simplement Loner.

Dave marche vers la porte, s'attendant à tout moment à ce que les rideaux de la fenêtre adjacente s'écartent. Mais rien ne semble bouger dans la quiète demeure. Peut-être que Vivianne n'y est pas ? En tout cas, il y a une voiture stationnée tout près, une Mazda grise.

Dave prend une grande respiration et sonne. Attente. Puis la porte s'ouvre.

Ce n'est pas Vivianne Léveillé. C'est une jeune femme qui doit avoir vingt-deux, vingt-trois ans, aux cheveux blonds remontés en chignon, aux immenses yeux bleus, aux lèvres gonflées comme un canot pneumatique. Elle est habillée d'un ridicule costume de domestique : une jupe noire très courte, un tablier blanc et un chemisier noir décolleté qui a beaucoup de mal à contenir une poitrine en quête de grands espaces. Même le petit bonnet y est. Le parfait cliché de la servante sexy des films de série B. Ne manque que le vieux plumeau.

Elle montre une certaine surprise : elle s'attendait sûrement à tomber sur le gardien, pas sur un visiteur non annoncé.

— Oui ?

Voix chaude, sensuelle, tout aussi stéréotypée que l'accoutrement. Dave, d'abord confus, revient enfin de sa surprise. Vivianne a une bonne, voilà tout. Mais cette caricature ne va tellement pas avec la psychiatre cérébrale que Dave connaît !

Enfin, qu'il connaît un peu...

Non. Qu'il ne connaît pas du tout, au fond.

— Vivianne Léveillé…

— Le gardien n'a pas prévenu de votre arrivée.

— Vivianne est là ?

— Oui, mais elle travaille. Où est le gardien ?

Et elle regarde par-dessus l'épaule de Dave.

— Il faut que je voie Vivianne, dites-lui de venir.

Le regard de la bonne se reporte sur Dave. Ses yeux le parcourent tout à coup de haut en bas, des yeux qui, vides il y a à peine quelques secondes, brillent maintenant d'un éclat intense, si intense que l'ex-prisonnier se sent tout à coup littéralement nu.

— Madame Léveillé déteste être dérangée quand elle travaille. Et puis, vous ne m'avez toujours pas dit comment vous êtes entré.

Elle ressemble peut-être à une *pornstar*, mais elle a le calme et le sang-froid d'un agent du FBI. Normalement, elle aurait dû commencer à s'affoler, voire à courir vers le téléphone. Mais pas du tout. Elle attend des explications. Son impatience de tout à l'heure refait même surface.

Mais qu'est-ce qu'il attend pour la pousser à l'intérieur, pour faire signe aux autres que la voie est libre ?

— Écoute, tu t'enlèves de la porte ou je…

— Calvaire ! Même les Témoins de Jéhovah parlent moins que toi ! coupe une voix agacée derrière lui.

C'est Jef, suivi des deux autres. Il se plante à côté de Dave et pointe son revolver vers la bonne.

— OK, tu nous laisses entrer, tu te tiens tranquille pis tout va ben aller.

Il semble enfin voir la fille, la voir pour vrai. Il ouvre de grands yeux, puis un large sourire fend son visage d'éternel adolescent.

—Ben, criss! Elle s'ennuie pas, ta psychiatre! Vous avez vu ça, vous autres?

La bonne, le visage à moins de dix centimètres du revolver, n'a toujours pas l'air effrayé. Au contraire, son regard scrute l'arme avec une curiosité presque enfantine. Jef, amusé, explique:

—On appelle ça un *gun*, chérie. Y a rien de plus puissant au monde. Aussi puissant que ce que les gars ont entre les jambes…

Dave soupire, sur le point de dire à l'autre de fermer sa gueule, mais tout à coup la fille lève la main et touche le revolver. Non, en fait, elle ne le touche pas, elle le caresse carrément, avec une telle sensualité que Jef, pendant une seconde, ne réagit pas, abasourdi. Enfin, il recule l'arme d'un geste vif.

—En tout cas, ça n'a pas la même texture, dit simplement la bonne.

Personne ne bouge, déconcerté. Le bourdonnement lointain de l'hélicoptère se fait alors réentendre. Loner est le premier à se remettre en mode fonctionnel. Il effectue un pas menaçant vers la bonne qui, en soupirant, s'écarte enfin sur le côté.

—D'accord, d'accord, entrez…

Ils franchissent la porte. Dave, qui ferme la file, s'arrête devant la fille un court moment et la dévisage avec malaise. Elle ne réagit pas, mais le reflet pervers revient briller dans ses prunelles. Il détourne la tête, embrasse rapidement du regard ce qu'il peut voir de la maison et, tout à coup, se sent pris d'un doute.

Ils n'auraient jamais dû venir ici. En choisissant la demeure de Vivianne Léveillé, Dave a eu la pire idée de sa vie, la pire idée de toute l'histoire de l'humanité. Même s'il ne sait pas pourquoi.

Il est presque sur le point de tourner les talons et de se sauver à toutes jambes, mais la lumière du projecteur qui approche de plus en plus le pousse à l'intérieur d'un bond rapide, semblable à celui du passager d'un navire en flammes qui se jette à l'eau alors qu'il ne sait pas nager.

La bonne lève la tête vers l'hélico, hausse les épaules puis referme la porte. La villa et la pelouse tout autour se font soudain éclabousser de lumière blanche, le bourdonnement devient assourdissant, puis, après une dizaine de secondes, c'est de nouveau le calme et l'obscurité.

La nuit reprend possession d'*Oniria*.

CHAPITRE 2

ZORN

Un grand couloir peu éclairé s'allonge sur une trentaine de mètres. On devine des tableaux, des boiseries élégantes, des ouvertures donnant sur d'autres pièces. Les quatre évadés sont immobiles, sur le qui-vive. Jef pointe son arme vers le bout du couloir, au cas où quelqu'un surgirait d'une des pièces.

—Tu as dit que le docteur Léveillé travaillait ? marmonne Dave à la bonne. À cette heure ?

—Madame et monsieur ne se couchent jamais avant une heure du matin.

Réaction vive des quatre hommes. Jef s'approche de la bonne :

—Madame et *monsieur* ?

— Madame Léveillé et monsieur Zorn, s'étonne doucement la bonne.

Jef décoche un regard exaspéré vers Dave. Ce dernier, pris au dépourvu, demande :

—Ce Zorn, est-ce qu'il vit ici depuis longtemps ?

La fille fronce les sourcils :

—Je ne sais pas… Je crois que oui…

Elle semble embêtée, comme si fouiller dans ses souvenirs s'avérait une opération problématique.

— Je comprends pas, murmure Dave.

— Elle t'a menti, c'est tout ! lance Jef à voix basse en regardant vers l'autre bout du couloir.

En effet, ce n'est pas plus compliqué que cela. Mais pourquoi Dave se sent-il si déçu ?

— Où sont-ils ? demande Éric.

— Madame travaille en bas, comme chaque soir, et monsieur est dans son bureau.

On demande où est ce bureau. Il faut passer par le grand salon, auquel on peut accéder par les deux portes sur la gauche.

— On y va, fait Loner.

Tout le monde entre dans le salon éclairé par trois lampes sur pied. Papier peint raffiné, divans et fauteuils qui ressemblent à des antiquités, immense lustre à chandelles. Si ce n'était de la table de billard moderne dans un coin, on se croirait au dix-huitième siècle.

Au fond, sur la droite, une porte d'acajou est entrouverte. Dave la désigne en jetant un regard interrogateur vers la bonne. Cette dernière hoche la tête.

Jef se met silencieusement en marche vers la porte et fait signe à Loner de le suivre. Pendant ce temps, Dave examine nerveusement le décor autour de lui. Son regard tombe sur un grand tableau accroché au mur. La peinture représente une étendue désertique, éclairée par une pleine lune jaunâtre. Le sol est craquelé, stérile et rocheux, et on peut discerner des dizaines, voire des centaines de gens, minuscules, qui courent vers le fond du tableau, où se dresse une montagne grise au sommet de laquelle règne une grande agitation lumineuse. Le tout se déroule sous un ciel livré à des ténèbres floues et mouvementées. À l'avant-plan de cette scène bizarre se dresse un individu couvrant presque le tiers du tableau. Peint à partir de la taille, il fait face au spectateur, porte une tunique noire qui enveloppe tout son corps, tandis qu'un capuchon rabattu sur sa tête recouvre d'ombres son visage invisible.

Dave observe ce tableau de longues secondes. Curieusement, cette peinture le rend mal à l'aise. Il est vrai que l'impression qui en ressort est particulièrement troublante…

Il distingue alors, dans la partie supérieure du tableau, dans le ciel tourmenté, des signes alignés, très serrés. Dave croit reconnaître des lettres de l'alphabet, mais elles sont si stylisées, si pleines de fioritures, si baroques qu'il n'arrive pas à déchiffrer le mot ainsi formé. Peut-être qu'il se fait des idées et que ce ne sont que des arabesques décoratives. Dans un tableau si étrange, rien n'est incongru…

Il détache enfin son regard de l'étrange œuvre et se tourne vers Jef et Loner, maintenant tout près de la porte entrouverte. Ils se font signe des yeux, puis regardent à l'intérieur.

La pièce est de grandeur moyenne et tous les murs sont couverts d'étagères, elles-mêmes remplies de livres jusqu'au plafond. Au centre trône un immense bureau en chêne, sur lequel se trouve un ordinateur de modèle récent et une imprimante. Un homme est assis derrière, plongé dans un livre ouvert sur le bureau. Le sommet de son crâne est dégarni, mais ses tempes sont recouvertes de touffes poivre et sel qui tombent de chaque côté de son visage penché. Un rire grinçant, désagréable, émerge tout à coup du personnage, suivi aussitôt d'un long soupir doux-amer.

—Monsieur Zorn? interpelle enfin Loner en effectuant un pas dans le bureau.

L'homme lève la tête rapidement, fronce les sourcils. Ce n'est qu'en voyant le revolver qu'il s'étonne vraiment.

—Qui êtes-vous? Que voulez-vous?

Un accent. Peut-être français.

—Soyez sage, pis y'aura pas de bobo, fait Jef.

Zorn lève doucement les mains en l'air, docile. Loner remarque qu'il manque le majeur à sa main droite. Aucune trace de frayeur sur son visage. Plutôt une certaine ironie, teintée d'une vague lassitude. Cela énerve Jef. Qu'est-ce que c'est que cette maison où personne ne semble impressionné par l'arrivée d'inconnus armés?

—Si vous voulez me dévaliser, allez-y, je ne suis pas en état d'opposer la moindre résistance.

Les deux évadés remarquent alors qu'il est assis dans un fauteuil roulant.

—Vous pouvez même m'assommer, si vous voulez, avant de partir. Ça va vous donner le temps de prendre de l'avance. Quand je me réveillerai, j'appellerai mes assureurs, juste après avoir congédié le gardien qui, de toute évidence, n'a pas choisi la bonne carrière.

—Un vrai criss de Français! soupire Jef.

—Je suis Suisse, monsieur.

—Même affaire.

—Laissez-moi deviner: vous connaissez peu l'Europe…

Il doit être à la fin de la cinquantaine, un peu plus vieux que Loner. Traits grossiers, dents trop écartées, mais un regard bleu métallique en parfaite opposition avec le reste de son visage. Et une voix suave, enveloppante.

—Nous ne sommes pas des voleurs, explique Loner. Si tout se passe comme prévu, dès demain nous ne serons plus qu'un mauvais souvenir pour vous et votre femme…

Zorn hoche la tête, tandis qu'un certain intérêt apparaît sur ses traits.

—J'oserais bien une hypothèse : vous vous êtes évadés du pénitencier juste à côté…

— Y est peut-être Français, mais y est pas con !

— Suisse.

— Assez parlé, coupe Loner. Allez, au salon.

La main de Zorn actionne un petit levier sur l'accoudoir et le fauteuil roulant, dans un léger ronronnement électrique, roule vers la porte. Jef le suit, mais Loner s'attarde un moment dans la pièce, va jeter un coup d'œil sur le livre que lisait Zorn. C'est écrit en une langue qui n'est ni du français ni de l'anglais. En fait, ce n'est même pas l'alphabet traditionnel. Il referme le livre pour en observer la couverture. Le titre est écrit dans la même langue incompréhensible. Quant à l'illustration sur la jaquette, elle représente un cerveau humain duquel fuse une série de chiffres dédoublés : des trois, des sept, des neuf, quelques formules algébriques aussi… Au centre du cerveau apparaît le symbole mathématique de l'infini. C'est une illustration plus ou moins habile, non professionnelle. Loner contemple quelques instants le bouquin, les sourcils légèrement froncés, puis lève la tête pour promener son regard sur les rayons autour de lui. Il prend un livre au hasard : un banal bouquin scientifique en anglais. Il le remet à sa place, puis ses yeux tombent sur une photo agrandie et encadrée sur le mur, représentant Zorn et Vivianne Léveillé sur une plage. Il y a quelque chose de vaguement incongru à voir cet handicapé en maillot de bain dans son fauteuil roulant, les jambes maigres et toutes blanches, mais il est rayonnant, manifestement heureux. Sa femme sourit aussi, mais avec moins de naturel.

Loner sort enfin de la pièce.

Zorn, qui fait rouler son fauteuil jusqu'au milieu du salon, a une moue admirative en voyant les deux autres intrus.

— Quatre ! Vraiment un tour de force !

Dave et Éric, constatant que l'homme est handicapé, deviennent vaguement mal à l'aise. Zorn examine Dave et ouvre alors de grands yeux stupéfaits.

— Qu'est-ce qu'il y a ? demande l'évadé, soudain soupçonneux.

— Vous êtes… un patient de ma femme, répond enfin Zorn, revenu de sa surprise.

— Comment vous savez ça ?

— Vous croyez qu'elle ne me parle jamais de ses cas ? Elle me montre même les photos de ses patients.

Dave ne répond rien, vexé que Vivianne ait parlé de lui à quelqu'un, même s'il s'agit de son mari.

— Merveilleux ! s'exclame Zorn, enchanté. Le destin est vraiment le plus grand metteur en scène du monde, vous ne trouvez pas ?

Dave pourrait lui dire qu'ils n'ont justement pas choisi cette maison par hasard, mais les explications viendront plus tard. Zorn, qui a roulé jusque tout près de la bonne, lui demande sur un ton léger :

— Ça va, Éva ?

Assise dans un fauteuil, docile, elle dit que tout va bien. Sa voix est polie et toute professionnelle, mais elle affiche un sourire étrangement complice, assez éloigné de celui que devrait arborer une domestique face à son patron.

— Bon, la psy, maintenant, dit Loner.

— Qu'est-ce que votre femme fait en bas ? demande Dave.

— Elle travaille. Il n'y a que le soir et la nuit que nous pouvons nous consacrer à nos... recherches personnelles.

— On s'y rend par où, à la cave ?

Zorn explique qu'on y accède par la porte au fond du couloir, à droite. Il n'y a pas d'escalier, mais un petit ascenseur. On n'a qu'à monter à l'intérieur et appuyer sur le bouton rouge. Dave marche déjà vers le couloir lorsqu'il s'arrête et se tourne vers Zorn.

— Elle est seule ?

— Nous n'avons pas d'enfant.

— Donc, elle est seule... c'est ça ?

— C'est le raisonnement logique, en tout cas.

— Criss ! Elle est toute seule, oui ou non ? s'impatiente Jef.

— Qui d'autre voudriez-vous qui soit avec elle ?

Il s'amuse, c'est évident. Jef s'approche et lui allonge un coup de poing sur la mâchoire qui propulse la tête de Zorn sur le côté. Dave esquisse un mouvement pour intervenir, mais Loner, gravement, lui indique de ne pas s'en mêler.

— Réponds par oui ou non, ostie de Français !

Zorn masse sa mâchoire. Le coup ne semble pas l'avoir impressionné, ni même lui avoir fait mal. D'une voix rogue, il articule :

— Allez vous faire foutre.

D'abord stupéfait, Jef lève la main, prêt à frapper encore une fois. L'autre n'a même pas un mouvement de protection, attend le coup d'un air dédaigneux.

— Il nous niaise, ce câlice-là! finit par cracher Jef en s'éloignant. Elle est toute seule, sa bonne femme, je suis sûr!

Mais Dave n'en est pas si certain. Sans quitter Zorn des yeux, il tend la main vers son comparse et lui demande le revolver.

— Pas question, je t'ai dit! s'entête Jef.

— Alors, descends avec lui, intervient Loner. Même sans arme, Éric et moi on est capables de surveiller une servante et un infirme.

Jef accepte et suit Dave dans le couloir. Zorn croise ses mains sur ses cuisses et tourne la tête vers Loner.

— Alors, avant d'être en prison, vous faisiez quoi, à part tuer des gens?

Éric détourne la tête, mal à l'aise. Loner ne répond rien. L'épaule appuyée contre le mur, il fixe son interlocuteur d'un air indifférent.

À l'écart, Éva soupire en examinant ses doigts.

CHAPITRE 3

JEF

Les deux hommes avancent dans le couloir, croisent ce qui ressemble à une salle à manger, puis s'immobilisent enfin devant la dernière porte sur la droite. Sur le mur est fixé un téléphone. Aussitôt, Jef le décroche et arrache le fil.

— Loner a cassé le fil, dehors ! lui rappelle Dave.

Jef hausse les épaules et raccroche le combiné. Dave remarque alors qu'il n'y a ni cadran, ni touches sur ce téléphone. Il doit servir pour la communication interne seulement. Si Jef n'avait pas arraché le fil, ils auraient peut-être pu appeler Vivianne directement, sans descendre… Tant pis.

Jef ouvre la porte et l'ascenseur apparaît : une sorte de monte-charge de deux mètres carrés, tout en métal, éclairé par une simple ampoule au plafond. Ils montent à l'intérieur, voient le bouton rouge. Dave hésite.

— Pis ? Tu pèses dessus ? s'impatiente Jef.

Dave n'ose toujours pas. De nouveau, cette impression qu'ils n'auraient pas dû venir ici, dans cette maison…

Vivianne va comprendre, persiste-t-il à se répéter. *Elle est de mon bord…*

Il appuie sur le bouton et l'ascenseur entreprend sa descente, produisant un sourd vrombissement qui résonne dans les murs, comme si la maison elle-même s'était mise à râler. Devant l'ouverture, le couloir disparaît pour faire place à un mur de ciment qui défile durant un bon moment. Dave se dit que le sous-sol est profond, beaucoup plus profond qu'une cave conventionnelle. Enfin, près de quinze secondes plus tard, le mur disparaît et l'ascenseur s'arrête.

Ils se trouvent devant un petit couloir transversal aux murs en béton qui, à leur droite, se termine presque immédiatement sur un simple mur de ciment. À gauche, il se poursuit sur quelques mètres, jusqu'à une intersection. Les plafonniers, de minces tubes de néon, diffusent pauvrement une lumière verdâtre.

Dans le couloir, Dave examine le mur : pas de système pour mettre en marche l'ascenseur. On ne peut donc l'actionner que de l'intérieur.

Pourtant, l'ascenseur était en haut, alors que Vivianne est en bas…

— Viens, marmonne Jef en brandissant son arme.

Ils marchent vers la gauche et arrivent à l'intersection. À droite, le couloir s'allonge sur une quinzaine de mètres tout au plus. On distingue deux portes fermées. À gauche, le couloir s'étire plus longuement. Le silence est total.

— À gauche, propose Dave, sans raison particulière.

Ils font quelques pas avant d'arriver devant une porte entrouverte, dans le mur de droite. Ils entrent.

C'est une grande pièce vide, mais mieux éclairée, avec des néons blancs à intensité moyenne. Sur deux murs, celui de gauche et celui du fond, il y a des petites portes fermées, numérotées de un à huit. On dirait des placards. Un grand miroir rectangulaire recouvre le mur de droite. Dave examine un moment son reflet et celui de Jef. À quoi sert cette salle vide ?

—Bon. Rien à crisser ici.

Ils retournent dans le couloir, poursuivent leur chemin. Jef renifle en regardant en l'air et grimace.

—Tu sens ça ?

Son compagnon fait signe que oui. Une odeur assez forte, qu'il sent depuis qu'ils sont sortis de l'ascenseur, comme un encens particulièrement âcre. Mais il y a aussi autre chose, une sorte d'arrière-senteur, plus lourde, plus écœurante, que Dave connaît mais qu'il n'arrive pas à identifier. Une odeur qu'il a déjà sentie, lorsqu'il travaillait comme concierge dans un hôpital, il y a des années.

Ils arrivent à une porte fermée, à gauche. Jef l'ouvre prudemment.

Petite pièce sans éclairage. On devine une fournaise, au fond, et un établi au milieu. Des armoires, du bric-à-brac. Une sorte de débarras.

Ils referment la porte, continuent à marcher.

Ils croisent alors des portes coulissantes en bois, grandes ouvertes, comme si on avait voulu diviser le couloir en deux à partir d'ici. D'ailleurs, de l'autre côté, les murs ne sont plus en ciment mais en plâtre blanc. L'éclairage, par contre, est le même. Dave remarque qu'il y a des néons supplémentaires au plafond, blancs mais éteints.

Une quinzaine de mètres, puis ils arrivent à une autre intersection.

—*Fuck !* soupire Jef.

Dave a alors une drôle d'impression : celle que la cave est plus grande, plus vaste que la maison qui la surplombe.

À gauche, le couloir se termine après huit ou neuf mètres seulement, mais dans cette direction, il y a une ouverture sur le mur de gauche. Les deux hommes s'en approchent, poussent la porte entrouverte. Autre grande pièce plongée dans le noir. Jef découvre un commutateur et l'actionne : des néons blancs s'allument.

Deux longues tables coussinées, des lampes d'examen, des pharmacies sur les murs, un lavabo…

Une infirmerie dans la cave d'une maison privée ?

Dave se pétrifie un bref moment : dans un coin du plafond, une caméra de surveillance est braquée sur eux. Et un petit voyant rouge indique qu'elle fonctionne. Dave donne un coup de coude à son complice et lui désigne la caméra du doigt. Jef grimace et pointe son arme vers l'appareil.

— Fais pas de conneries ! l'arrête Dave.

— Peut-être que ta psy nous espionne en ce moment !

Ce n'est pas impossible, en effet. Y a-t-il des caméras ailleurs dans la cave ? Dans le couloir ? Tout à l'heure, Dave n'a pas prêté attention. Il faudrait vérifier.

À côté de la caméra, il y a un petit grillage rectangulaire dans le mur, de quelques centimètres carrés. Sous ce grillage, un autre voyant rouge est aussi allumé.

— On sort…

Dans le couloir verdâtre, ils reviennent sur leurs pas, dépassent l'intersection et continuent tout droit.

Le couloir, ici, semble très long. Difficile d'en voir la fin avec cet éclairage miteux, qui rend l'atmosphère carrément étouffante. Dave se dit qu'on doit se sentir ainsi dans un sous-marin.

Un sous-marin enfoncé à des centaines de mètres sous la surface de l'eau.

Ils croisent une grande porte tout en métal, impressionnante, munie d'un large levier que Dave tente d'actionner. Peine perdue : c'est verrouillé. Une telle porte doit mener à un endroit important. Dave, du bout des jointures, frappe dessus :

— Docteur Léveillé ?

Pas de réponse.

Quelques pas plus loin, une autre porte, cette fois à droite, tout à fait ordinaire mais aussi verrouillée. Une petite fenêtre permet de constater qu'il s'agit d'un minuscule cagibi pour gardien de sécurité.

— Dis-moi pas qu'il y a un autre gardien en d'dans ? s'exclame Jef.

Mais le cagibi est vide.

Ils se remettent en marche, plus prudents que jamais. L'éclairage aquatique permet de distinguer quelques tableaux insignifiants sur les murs. Depuis qu'ils ont passé les portes de bois coulissantes, l'endroit semble entretenu, plus habité que la première partie. Cette fois, Dave en est certain : la superficie de cette cave dépasse de beaucoup les dimensions de la maison…

Toujours ces néons blancs éteints, impossibles à allumer. Toujours cette odeur prenante. Et là, dans un coin du plafond, une autre caméra, ainsi que ce petit grillage dans le mur… Tous deux avec leur voyant rouge allumé.

Dave se sent de plus en plus mal à l'aise. L'image du sous-marin ne le quitte plus. Mais un sous-marin tordu, immense. Mais où est Vivianne, merde ?

Un autre petit couloir s'ouvre alors sur leur gauche.

—Criss, c'est pas une cave, c'est un labyrinthe ! s'énerve Jef, plus agacé qu'inquiet.

C'est ça, songe Dave. Un labyrinthe dans un sous-marin.

Pendant un instant, ils se demandent s'ils doivent s'engager dans ce couloir, puis décident de continuer tout droit. Mais, après une dizaine de mètres, un autre couloir s'ouvre, cette fois sur leur droite. Jef pousse un soupir d'exaspération. Sauf qu'un bruit provient de ce couloir. Un son métallique, intermittent. Après s'être consultés du regard, les deux hommes prennent cette direction.

Le nouveau corridor n'est pas très long. Au bout, une porte est ouverte dans le mur de gauche, de laquelle s'échappe de la lumière en abondance. Un deuxième son s'immisce peu à peu entre les cliquetis métalliques : une sorte de grognement, comme quelqu'un qui fournirait de grands efforts physiques. Jef redresse son arme.

Ils arrivent à la porte et passent la tête par l'ouverture.

La pièce est violemment éclairée par de nombreux néons blancs. Miroirs sur un mur, cinq ou six appareils de musculation, des haltères dans la partie du fond, deux bicyclettes stationnaires. Bref, une salle d'entraînement.

Près des miroirs, là-bas, installé à un appareil, un homme est assis de dos et tire sur un grand levier au-dessus de sa tête, le faisant descendre jusqu'à ses omoplates. Habillé d'un simple short blanc, il pousse un grognement à chaque mouvement, et les poids, en retombant, provoquent le bruit métallique strident.

Jef et Dave, ahuris, observent un moment les efforts de l'homme, puis se lancent la même question du regard : qui est ce gars non prévu au programme ?

Tous deux s'avancent vers l'inconnu, qui continue ses tractions. Son dos nu laisse voir le travail des muscles, la sueur coule le long de sa colonne vertébrale. C'est alors que Dave remarque la flaque sur le sol, entre les jambes de l'homme, dans laquelle des gouttelettes écarlates continuent de tomber.

Bruit métallique, grognement… Bruit métallique, grognement…

—Laisse les bras en l'air, champion ! lance Jef, son revolver bien pointé vers l'inconnu.

L'impact des poids retentit une dernière fois, puis les bras s'immobilisent, les mains toujours agrippées au levier.

Deux gouttes rouges tombent dans la flaque. L'homme se retourne.

Dave bondit en arrière tandis que Jef, les yeux écarquillés, baisse légèrement son arme sans même s'en rendre compte.

L'homme n'a plus de nez. En lieu et place se trouve un trou béant d'où le sang s'écoule abondamment. Étonnamment, ce n'est pas la souffrance que l'on peut lire dans le regard de l'estropié mais plutôt la contrariété. Il se lève, maintenant face aux deux autres, ce qui leur permet de constater le sale état de sa poitrine, couverte de zébrures sanglantes. L'homme mutilé grimace alors de rage et avance vers les deux évadés, qui reculent lentement. Jef ne songe même pas à tirer, incapable de détacher ses yeux du trou sanglant au milieu du visage de l'autre.

Dave recule toujours… et sent une main lui saisir la jambe. Il pousse un cri et baisse la tête si rapidement qu'il se fait mal à un muscle du cou.

Une femme d'une trentaine d'années est à plat ventre sur le sol. Elle est sortie d'un coin en rampant, laissant derrière elle, telle une limace, une longue traînée de sang provenant de ses deux jambes nues et mutilées sous sa jupe en lambeaux, comme si on s'était acharné sur ses mollets à coups de couteau. Elle serre des deux mains la cheville de Dave et lève vers lui un visage hagard.

Alarmé par le cri de son compagnon, Jef voit enfin la femme, pousse un juron et accomplit deux ou trois étranges pas de danse, ne sachant plus vers qui diriger son revolver.

—C'est fermé! souffle la femme d'une voix suppliante.

Dave secoue sa jambe en poussant de petits cris, espérant lui faire lâcher prise. Mais elle s'accroche de plus belle et, les dents serrées, comme si sa vie en dépendait, elle répète avec hargne:

—C'est fermé! C'est fermé!

Dave réussit à reculer de deux pas, traînant ainsi son boulet humain sur quelques centimètres.

—Câlice, qu'est-ce qu'elle veut? s'écrie Jef en grimaçant.

Mais Dave n'entend rien, il continue à secouer sa jambe, car même s'il sait que cette malheureuse est atrocement blessée, même s'il voit qu'elle a besoin d'aide, il veut absolument qu'elle le lâche, qu'elle le lâche *tout de suite!*

Bruit métallique. L'homme vient de se saisir d'un énorme poids circulaire. La bouche tordue de colère, le visage et la poitrine dégoulinants de sang, il soulève le poids au-dessus de sa tête, prêt à le lancer. Jef se réveille enfin et tire un coup de feu. La balle manque l'enragé qui propulse le poids avec force. Au même moment, Dave, dans un ultime mouvement de la jambe, réussit à se dégager et évite de justesse le projectile qui atterrit sur la tête de la femme.

Sans même se consulter, les deux hommes se précipitent vers la porte. Ils traversent le court corridor et rejoignent le couloir principal, où ils se mettent à courir, revenant vers leur point de départ.

—C'était quoi, ça? ne cesse de répéter Jef sans ralentir le pas. Ostie! C'était quoi, ça?

Dave ne répond rien, mais, dans son esprit confus, une interrogation réussit à faire surface: pourquoi se sauvent-ils? Ils ont une arme, non?

Tout à coup, une silhouette se découpe dans l'éclairage verdâtre. Les deux hommes s'immobilisent aussitôt. La silhouette donne l'impression de porter une robe et un turban.

—C'est elle? marmonne Jef, haletant.

—Docteur Léveillé?

L'individu ne bronche pas. Dave jette un œil inquiet derrière lui, mais là-bas personne ne semble vouloir surgir du couloir latéral. Il revient à la silhouette, insiste:

—Vivianne?

L'inconnu s'avance enfin et ses traits apparaissent: c'est un homme, manifestement un Arabe, avec son turban et sa djellaba. Barbe noire, grands yeux foncés, expression calme et vaguement mélancolique… Un visage que les deux ex-prisonniers ont déjà vu…

— Mon Dieu, souffle soudain Dave qui sent tous ses membres se congeler instantanément.

Jef devient blanc comme neige et son désarroi de tout à l'heure n'est rien en comparaison de l'incrédulité la plus complète qui se lit maintenant sur son visage.

À moins de trois mètres d'eux se dresse Oussama Ben Laden. Brandissant soudain un énorme sabre, il baragouine des phrases incompréhensibles.

Hypnotisé par cette apparition impossible, Dave se serait sûrement fait trancher la tête si Jef n'avait pas levé son arme à la dernière minute pour tirer. Le front de l'Arabe éclate, son corps est projeté vers l'arrière et il s'effondre, les yeux figés dans une expression vide.

Les deux évadés observent stupidement le cadavre sur le sol. Puis Jef tourne la tête vers son comparse et, avec un rictus qui s'apparente autant au sourire qu'à la grimace, articule d'une voix étrangement basse :

— J'ai tué Ben Laden !

Dave voudrait rire, mais il se contente de soutenir le regard de son compagnon, l'air complètement désorienté. L'étrange rictus de Jef s'estompe soudain, il cligne plusieurs fois des yeux et demande sur un ton presque suppliant :

— Que c'est qui se passe ici, Dave ?

Ce dernier ouvre la bouche, puis la referme. Il ne peut pas parler. Si un son franchit ses lèvres, ça ne pourra être qu'un cri, ce qui ne leur serait pas d'une grande utilité en ce moment. Alors aussi bien se taire.

—On ne bouge plus !

Ils sursautent. Un nouveau venu s'approche, mais il est assez près pour que Dave reconnaisse cette fois, sans l'ombre d'un doute, le docteur Vivianne Léveillé. Sauf qu'elle tient un revolver et le pointe vers eux. Avec la rapidité de l'éclair, Jef la met en joue à son tour.

—C'est elle, cette fois ? demande-t-il, l'air de n'être plus sûr de rien.

Dave hoche la tête en silence. Comment réagira-t-elle en le reconnaissant ?

Ce revolver qu'elle tient… Pas prévu, ça. Il n'aurait jamais imaginé la psychiatre avec une arme.

Et ce gardien, dehors… Et cette bonne… Ce Zorn… Et cette cave, criss ! cette *cave* ! Dieu du ciel, qui est donc Vivianne Léveillé ?

Elle s'immobilise juste devant le cadavre de Ben Laden, pas du tout émue par la présence de ce dernier. Elle porte un simple jeans, une chemise blanche et ses cheveux roux sont attachés en queue de cheval. Elle braque toujours son revolver vers les deux évadés mais ne quitte pas Dave des yeux.

—Je pensais bien vous avoir reconnu, Dave, mais je n'arrivais pas à y croire.

Jef avait donc raison : elle les a bel et bien observés à l'aide des caméras installées dans la cave. Et maintenant, elle le fixe avec attention, partagée entre l'agacement et l'intérêt. Stupidement, comme s'il ressentait le besoin de se justifier, il dit :

—Je vais vous expliquer…

—Plus tard, les explications, coupe Jef en faisant un pas vers l'avant. Donne-moi ton *gun*, la psy, pis tout va ben aller.

Vivianne s'arrache enfin de sa contemplation et se tourne vers Jef:

—Non, vous, vous jetez votre arme, et tout de suite.

Jef a un ricanement méprisant, curieusement déphasé.

—Osties de femmes! Toujours en train de dire quoi faire… Mais c'est fini ce temps-là… Fini!

Dave le dévisage. Mais qu'est-ce qu'il raconte là? Il délire ou quoi?

Jef et Vivianne se menacent tous les deux, la psychiatre avec un cran étonnant. Dans sa main libre, elle tient une petite boîte métallique de la grosseur d'une disquette informatique, mais personne ne le remarque.

—Tu tireras pas, doc! lance Jef. Je le sais que tu tireras pas. T'oseras pas.

—Vous pourriez être surpris.

Sur quoi, elle examine rapidement son arme en fronçant les sourcils. Dave comprend, de même que Jef qui ajoute:

—Tu t'es jamais servie de ça, hein? Je gage que tu sais même pas comment ça marche…

—Pas un geste!

Mais elle a un petit mouvement de recul tandis que Jef avance, enjambe le corps sur le sol, la bouche étirée en un sourire sarcastique. Sans baisser son arme, il tend sa main libre:

—Envoie, donne-moi ça…

D'abord indécise, l'expression de Vivianne se durcit et elle appuie sur la détente. Pendant un centième de seconde, le cœur de Dave arrête de battre, mais aucune détonation ne résonne dans la cave. Profitant de la furtive confusion de la psychiatre, Jef, d'un mouvement incroyablement rapide, lui enlève le revolver des mains.

—Parfait, susurre-t-il. Ça tombe bien parce qu'il n'y a plus de balles dans le mien.

Et il lance son arme à Dave, moqueur :

—Tu peux le prendre, à c't'heure !

Dave vérifie le barillet : Jef a raison, il est vide. Il n'y avait donc que deux balles à l'intérieur. Il coince le revolver désormais inutile sous sa ceinture.

—Regarde ben, doc, continue de se moquer Jef. C'est pas compliqué.

Il enlève le cran de sûreté du revolver de la psychiatre et lui colle le canon sous le nez.

—Là, il fonctionne.

—Jef, *come on* ! intervient Dave.

Mais plus que la peur, c'est l'humiliation qui apparaît dans le regard de Vivianne. Cette femme, se dit Dave, ne doit pas souvent être prise en défaut. D'un mouvement discret, elle range dans la poche de son pantalon la petite boîte métallique. Dave remarque le mouvement mais n'y prête pas attention, trop préoccupé par les intentions de Jef. Ce dernier éloigne enfin sa nouvelle arme du visage de la femme.

—Pas ben utile de posséder un *gun* si on sait pas s'en servir...

—Il n'est pas à moi, réplique froidement Vivianne.

—Où tu l'as pris ?

—Laisse faire ça ! intervient Dave en regardant nerveusement vers le couloir menant à la salle d'entraînement.

Mais il n'y a toujours personne qui bouge dans cette direction. L'estropié a-t-il tout simplement repris son entraînement ? Et la femme blessée ?

—Ouais, t'as raison… (Il revient à la psychiatre.) C'est qui, les deux clowns, là-bas ?

Vivianne ne répond rien, le visage dur. Jef désigne le cadavre de sa main libre :

—Pis que c'est que Ben Laden fait ici ?

Cette fois, la psychiatre émet un petit rire sans joie.

—Tu trouves ça drôle ?

—Écoutez, on devrait remonter, propose-t-elle plus gravement.

—Minute ! On a pas encore fait le tour de ce labyrinthe, je veux voir s'il y a d'autres mon…

—Elle a raison, Jef : pour l'instant, on retourne en haut ! Il s'est passé trop… trop d'affaires bizarres, il faut en parler ! Avec l'ascenseur remonté, on risque rien…

Jef hésite, jette un œil vers l'autre bout du couloir.

—On monte, Jef !

Sans enthousiasme, ce dernier abdique et ils se mettent tous les trois en route. Ils repassent devant le cagibi du gardien de sécurité, croisent la grande porte de métal, tournent à gauche, traversent les portes de bois coulissantes pour ainsi revenir dans la partie en ciment. Dave examine sans cesse les alentours, s'attendant à voir surgir une autre apparition démentielle à tout moment. Vivianne elle-même est sur le qui-vive et, souvent, elle pose sa main contre sa poche, celle dans laquelle est rangé le boîtier métallique.

Une fois qu'ils sont tous dans l'ascenseur, la tension diminue.

—L'ascenseur était en haut, tout à l'heure, pis vous, vous étiez en bas...

—Je peux l'actionner à partir de la Bulle.

—La Bulle?

Elle ne précise pas et appuie sur le bouton rouge. Tandis qu'ils remontent, Vivianne contemple Dave avec attention, et ce dernier ne sait pas trop comment interpréter cet examen.

—Comment vous êtes-vous évadés? demande-t-elle enfin.

—Ce serait trop long à expliquer...

—Pourquoi êtes-vous venus *ici*?

Elle insiste sur le dernier mot, vaguement incrédule.

—Quand vous avez oublié votre sacoche, l'autre jour, j'ai vu votre adresse dans votre portefeuille... Je l'ai retenue pis...

Il se sent gêné, comme un voyeur qui se serait fait prendre en pleine pratique de son vice. Mais Vivianne ne semble pas satisfaite de cette réponse.

L'ascenseur s'arrête et, trente secondes plus tard, ils sont tous les trois dans le salon. Zorn, à l'écart, est rassuré de voir Vivianne apparaître.

—Tout va bien, très chère?

—Ça va, le rassure-t-elle avec un rapide sourire.

Zorn approche son fauteuil de sa femme et lui prend la main.

—Je crois que nous n'avons pas à avoir peur, dit-il calmement. Ils m'ont dit que dès demain matin ils partiront.

—Je n'ai pas peur.

Elle retire la main de celles de son mari, mécaniquement.

Soulagé de voir ses complices revenir, Éric explique que Loner et lui ont cru entendre des bruits en provenance de la cave.

— Cru entendre ? Criss ! J'ai tiré deux coups de *gun* !

— La cave est profonde et la cage d'ascenseur a été insonorisée, explique Zorn. C'est plus pratique pour nos expériences.

— Tais-toi, Angus, ordonne doucement Vivianne.

Zorn obéit, mais son sourire flotte toujours.

— Pourquoi vous avez tiré ? demande Loner.

Soudain excité, Jef raconte ce qui s'est passé. Son récit n'est pas un modèle de concision et de cohérence, mais il réussit tout de même à se faire comprendre. Au moment où il relate leur rencontre avec l'Arabe, Zorn émet brièvement son petit ricanement de crécelle. Éva, sagement assise, écoute tout cela avec une parfaite indifférence.

— Ben Laden ? bredouille Éric, incrédule.

Loner lui-même laisse paraître une certaine perplexité sur son visage habituellement calme et sévère. Vivianne soupire :

— Ce n'est pas vraiment Ben Laden !

— Un sosie, c'est ça ? demande Dave.

— Pas vraiment non plus, murmure Zorn.

— Angus !

— C'est ni Ben Laden ni son sosie ! fait Éric, déconcerté. C'est qui, alors ?

Vivianne s'obstine dans son mutisme, les bras croisés, le regard fixé sur le mur.

— On t'a posé une question ! insiste Jef.

Elle ne dit toujours rien, mais fixe Dave avec insistance, comme si elle hésitait à parler… À moins qu'elle ne souhaite qu'il lui vienne en aide ?

—Laisse-la tranquille, Jef…

—Il y a d'autres personnes en bas ? demande Loner.

—On sait pas. On a pas fait le tour…

—Alors pourquoi vous êtes remontés ?

—Criss, Loner ! On venait de se faire attaquer par deux personnes mutilées pis un jumeau de Ben Laden ! s'exaspère Dave. J'avais besoin… besoin de mettre de l'ordre dans mes idées, d'essayer de comprendre ce qui…

Il s'interrompt et se tourne vers Vivianne, qui soutient son regard.

—Je voulais qu'elle nous explique, termine-t-il en levant les bras.

—Ouais, sauf qu'elle nous explique rien pantoute ! intervient Jef. On aurait peut-être dû lui tirer une balle dans la tête, comme à l'autre crotté !

Et il brandit son arme pour appuyer ses paroles. Loner fronce les sourcils :

—C'est pas l'arme du gardien, ça…

—Il y avait plus de balles dedans, j'ai pris celui du doc ! Elle savait pas s'en servir, la conne !

—Ce n'est pas le mien ! répète Vivianne, piquée.

Loner, patiemment, demande de nouveau des explications.

—Grâce à des caméras, en bas, je les ai vus sortir de l'ascenseur, explique Vivianne. J'ai fini par reconnaître Dave et… (Court silence.) J'ai voulu appeler la police, mais la ligne était coupée. Et le téléphone interne pour appeler en haut ne fonctionnait pas non plus. J'ai compris qu'il devait y avoir d'autres… d'autres intrus qui tenaient Angus et Éva en respect, en haut. Il fallait que je me débrouille. Quand je vous ai vus entrer dans la salle d'entraînement, je me suis dépêchée de sortir de la Bulle…

—La Bulle ? demande Loner.

—… et je suis allée dans le bureau du gardien de sécurité, poursuit Vivianne en ignorant complètement l'intervention. Je savais qu'il y avait là un revolver.

—Un autre gardien ! s'étonne Éric.

—Il n'est ici que le jour. Mais j'ai les clés de son cagibi. C'est ma maison, j'ai les clés de chaque pièce.

—Ta maison ! s'exclame Jef. Quelle sorte de maison que c'est ça, avec du monde en sang, des sosies de Ben Laden, une cave grande comme un terrain de football ? Pis on est là à parler, pendant qu'en bas il y a des… du… des affaires qui…

—Du calme, Jef.

—Ça fait dix minutes qu'on est calmes, qu'on parle, pis on comprend pas plus !

—Madame va nous expliquer et on va mieux comprendre, fait Loner en regardant Vivianne.

—Plus elle parle, moins on comprend !

Là-dessus, il s'approche d'elle et lui demande sèchement :

—Est-ce qu'il y a d'autre monde en bas ?

Après hésitation, la psychiatre répond :

—Il y a… il y a des patients privés, des internés que je soigne.

Surprise générale. Elle ajoute :

—Mais ils sont tous enfermés dans le dortoir, à dormir !

—Les deux maganés pis l'Arabe, ils étaient pas enfermés !

—Ce ne sont pas… (Elle hésite, se mord la lèvre inférieure.) Ce ne sont pas des internés.

—Ah! Donc, y a pas juste des « internés »,
comme tu dis, y a d'autre monde!

—Non, pas vraiment…

—Comment ça, pas vraiment?

Vivianne ouvre la bouche, soupire de nouveau,
puis secoue la tête, lasse. Jef lève les bras de découragement:

—Vous voyez ce que je veux dire, câlice!

Il plaque alors son arme contre l'estomac de la
psychiatre, qui sursaute de surprise.

—Tu vas nous répondre clairement sinon je te
perce les ovaires!

—Jef!

Vivianne, le visage dur, marmonne:

—Vous n'oseriez pas…

—Tu penses ça? réplique l'évadé, son visage
tout près. Sais-tu ce que j'ai fait pour me retrouver
en d'dans? J'ai violé une fille il y a six mois, une
plotte que je connaissais même pas, que j'ai croisée
dans la rue en revenant de la *shop*! Je l'ai amenée
dans une ruelle, je l'ai fourrée par tous les trous,
pis après, je l'ai tuée à coups de poubelle!

Et il sourit, au grand découragement de Dave. Jef
a été incarcéré il y a trois mois à peine, mais depuis
il n'a pas cessé de répéter son histoire à qui veut
l'entendre. Et chaque fois il rigole, comme s'il s'en
vantait, comme s'il s'agissait d'un grand exploit.

Et aujourd'hui, Dave fait équipe avec cette
ordure…

Vivianne retrousse le nez, mais demeure imper-
turbable. Zorn ne bronche pas, mais on sent qu'il
trouve la situation moins amusante. Jef enfonce
davantage le canon dans le ventre de la femme.

— Pis ? Tu nous expliques pour vrai, à c't'heure ?

— Jef, on a dit qu'on tuait personne, c'est clair ? s'inquiète Dave.

— Tu proposes quoi, d'abord ?

— Pourquoi vous allez pas voir ? intervient soudain Zorn. On n'est jamais mieux servi que par soi-même.

Jef le dévisage une seconde, puis il hoche la tête avec conviction :

— Le Français a raison !

— Suisse.

— Je retourne en bas ! Pis je tire sur tout ce qui est pas normal, c'est clair, ça ?

— Il n'a pas tort, fait Loner. Il faut aller voir ce qui se passe en bas. Je vais y aller avec lui.

Dave comprend que Loner, malgré son air blasé, est intrigué. Au fond, cette curiosité de sa part n'est guère étonnante, lui qui n'est intéressé que par ce qui sort de l'ordinaire. C'était comme ça en prison, où le quotidien carcéral et les autres prisonniers l'ennuyaient profondément. Il ne parlait à personne, sauf à Dave quelquefois. Les journaux ne l'intéressaient pas, sauf les articles qui relataient des événements spéciaux, exceptionnels ou très graves, du genre guerres ou catastrophes naturelles, ou encore ces histoires de gens qui devenaient fous et tuaient dix ou douze personnes dans un restaurant...

Et quand on connaît le passé de Loner, ce genre d'intérêt donne froid dans le dos...

En fait, il passait le plus clair de son temps à la bibliothèque de la prison et lisait. Pas étonnant de la part d'un ancien professeur. Mais il s'intéressait à des livres si compliqués... Dave avait essayé d'en lire un, une fois, mais après un chapitre il avait abandonné. Lui qui avait quitté l'école à seize ans, le livre lui avait paru trop philosophique, trop intello. Même le titre était incompréhensible, avec ce mot inconnu, «nihilisme»…

—OK, tu viens avec moi! approuve Jef. (Puis, se tournant aussitôt vers Vivianne:) Pis elle aussi!

L'interpellée semble jongler avec l'idée de rétorquer ou non, puis elle finit par suivre les deux hommes dans le couloir, silencieuse.

—Et voilà, la nouvelle expédition est partie! rigole doucement Zorn dans son fauteuil roulant.

Il se tourne vers Éric et demande:

—Et vous, vous n'êtes pas intéressé à visiter notre surprenante cave?

Éric ne sait que répondre, pris au dépourvu. Zorn hoche alors la tête et, très suave, ajoute:

—Oui, je comprends… Question de sensibilité, je suppose…

L'évadé demande, ridiculement indigné:

—Qu'est-ce que vous voulez dire?

Zorn examine ses doigts en silence. Éva, soudain curieuse, demande avec une candeur déroutante:

—Vous êtes homosexuel?

—Moi? Jamais de la vie!

Mais Éva a une moue dubitative, même vaguement dédaigneuse, et détourne la tête, comme si l'évadé n'avait plus aucun intérêt pour elle. Éric devient écarlate et fait quelques pas au hasard, par contenance. Dave l'observe avec une pitié agacée. Pauvre Éric! Pourquoi persister ainsi alors que même ceux qui le connaissent depuis moins d'une heure voient si clairement dans son jeu?…

Éric va à la fenêtre et regarde à l'extérieur, les bras croisés, tournant le dos aux autres.

◆

L'ascenseur s'arrête. Jef sort en premier et tourne tout de suite à gauche. Vivianne le suit et Loner ferme la marche. À la première intersection, Jef tourne encore à gauche, comme il l'a fait tout à l'heure avec Dave, choix qui semble rassurer Vivianne. Il marche d'un pas décidé, même s'il regarde partout d'un œil vigilant.

—Tu as l'air de savoir où on va, fait remarquer Loner.

—On retourne à la salle d'entraînement. Je veux voir ce qui arrive avec les deux maganés.

Ils traversent les portes coulissantes en bois. Vivianne manifeste maintenant une certaine nervosité et sa main demeure tout près de sa poche de jeans, comme si elle allait y enfouir les doigts d'une seconde à l'autre. Loner, lui, observe les portes fermées, le plafond, l'éclairage aquatique. Il remarque aussi les caméras vidéo, ainsi que les grillages, avec leurs voyants rouges allumés.

—Quelqu'un nous surveille en ce moment? demande Loner.

—Non, répond sans hésiter Vivianne.

À l'intersection, Jef tourne à droite et on le suit. Loner regarde autour de lui en reniflant.

—Tu sens, toi aussi, hein? approuve Jef. On dirait de l'encens, tu trouves pas?

—De l'encens et autre chose, marmonne Loner.

Vivianne ne dit rien.

Jef s'arrête un moment devant la grande porte de métal.

—Qu'est-ce qu'il y a derrière cette porte ?

—C'est le dortoir des internés.

Jef réfléchit un moment. Loner secoue la tête :

—S'ils dorment et qu'ils sont enfermés là-dedans, inutile d'y entrer. On n'a rien à craindre de ce côté.

Jef toise Vivianne avec suspicion.

—T'es sûre que tes malades peuvent pas sortir de là ?

—Ce sont des patients extrêmement dangereux, explique la psychiatre. Cette porte est hyper solide, ne craignez rien.

—Alors, les autres qu'on a vus tantôt, ils sortaient d'où ?

Vivianne se tait. Sous le faible éclairage verdâtre, son visage paraît encore plus dur qu'à l'habitude.

—C'est ça, fais ta *tough*… Quand je vais commencer à tirer sur tout ce qui bouge, tu vas peut-être devenir un peu plus jasante.

Ils se remettent en marche. Ils passent devant la porte du cagibi du gardien de sécurité, que Vivianne a refermée et verrouillée après y être allée chercher le revolver, dépassent le couloir qui s'ouvre sur la gauche, puis Jef s'arrête. Il regarde partout sur le sol, embêté. Loner lui demande ce qu'il cherche.

—L'Arabe, le sosie de Ben Laden ! On aurait dû le croiser !

—Il ne devait pas être mort.

—Avec une balle dans le front, ça m'étonnerait qu'il soit ben en forme !

—T'as pas dû l'atteindre à la tête.

—Heille, j'étais à deux pieds de lui ! Je sais faire la différence entre un front pis un genou, criss !

Vivianne, qui s'occupe peu de la discussion, continue à regarder autour d'elle avec inquiétude, la main toujours près de la poche de son jeans.

—D'accord, se fatigue Loner. C'est quoi, alors, ton explication?

—Moi, j'en ai pas… Mais je connais quelqu'un qui va nous en fournir une tout de suite!

Il se tourne vers Vivianne…

Mais tout à coup des bruits de pas se font entendre derrière eux. Cela provient de l'intersection, près de l'infirmerie. Un pas traînant, suivi d'un pas sec…

Quelqu'un s'approche et, d'une seconde à l'autre, va tourner le coin et apparaître.

Jef lève son arme, le regard brillant d'excitation.

Un pas traînant, puis un pas sec…

Vivianne met alors la main dans sa poche et en sort le petit boîtier métallique. Mais avant qu'elle ait eu le temps d'en faire quoi que ce soit, Loner le lui enlève.

—Qu'est-ce que c'est?

—Redonnez-moi ça!

Il y a deux boutons sur le boîtier, un rouge et un noir.

—Dites-moi ce que c'est, insiste l'évadé.

—Redonnez-le-moi, je vous dis!

À ce moment, la présence qui s'approchait tourne le coin. Un homme. Il porte un pantalon et il est torse nu. Son corps est difforme, le torse trop large, les jambes trop courtes, l'épaule gauche trop penchée.

—Ostie, un autre *freak*! crache Jef, qui fait un pas en arrière sans cesser de brandir son arme.

Loner ne bouge pas, mais ses yeux se rétrécissent derrière ses lunettes ovales.

— Arrête ! crie Jef.

L'homme continue à avancer péniblement. Son pied droit, qui n'est plus qu'une masse difforme, traîne mollement sur le sol. Son visage apparaît, terriblement pâle sous des cheveux noirs clairsemés. Sa bouche est tordue et son œil droit est gonflé, humide d'un liquide épais qui dégouline le long de sa joue. Mais le gauche brille de mille feux et on y lit tout le désespoir du monde. Boitillant dangereusement, l'homme tend les bras, ouvre la bouche pour dire quelque chose, mais seuls des sons humides et inarticulés se font entendre.

— Arrête, j'te dis ! répète Jef.

Et il tire dans le ventre de l'inconnu. Ce dernier s'écroule sur le sol et tente de recouvrir sa blessure de ses mains tremblantes, émettant une nouvelle série d'onomatopées mouillées.

— T'es-tu sourd, calvaire ? beugle Jef.

Loner croit entendre un bruit derrière lui et il se retourne vivement. Là-bas, une ombre ouvre une porte dans le mur de gauche et disparaît. Encore quelqu'un ?

— Venez avec moi, marmonne-t-il en prenant Vivianne par le bras, sans cesser de tenir le petit boîtier métallique de son autre main.

Tous deux marchent vers la porte tandis que Jef, penché vers le blessé, vocifère :

— Tu vas parler, là ? T'es qui, toi ? D'où tu sors ? Réponds, calvaire !

Loner et Vivianne dépassent le couloir menant au gymnase. Vivianne se laisse faire, le corps raide, tendu. Ils arrivent enfin devant la porte. Elle est entrebâillée. Après l'ombre d'une hésitation, Loner entre et entraîne la psychiatre avec lui.

Ils se retrouvent dans une salle de lecture de grandeur moyenne, un peu plus petite que le bureau de Zorn, aux murs couverts de livres. Dans un coin se trouvent deux fauteuils de cuir entre lesquels une lampe sur pied fournit un éclairage tamisé. Et debout près du fauteuil de gauche se tient quelqu'un. Immobile. De dos. Habillée d'une longue robe de bal.

Au loin, on entend Jef hurler : « Vas-tu me répondre, ciboire ! »

L'inconnue se retourne enfin. Elle porte un masque théâtral blanc et lisse, sans expression, avec deux fentes obliques pour les yeux, deux légers trous pour le nez et une simple ligne dessinée pour la bouche. Tout le visage est recouvert, impossible d'en voir la moindre parcelle. De longs cheveux noirs tombent sur ses épaules.

— Dieu du ciel, marmonne Vivianne.

Et pour la première fois de la soirée, la peur apparaît dans ses yeux.

— Qui êtes-vous ? demande Loner, qui lâche enfin le bras de la psychiatre.

Même si on ne voit pas ses yeux à travers les fentes trop étroites, la femme semble regarder Loner.

Un coup de feu, en provenance du couloir.

— Qui êtes-vous ? répète avec plus de force Loner en avançant d'un pas.

La femme monte alors une main gracieuse vers son visage.

— Ne regardez pas ! articule soudain Vivianne d'une voix rauque.

Les doigts se saisissent délicatement du bas du masque.

—Elle va enlever son masque, il ne faut pas regarder! s'écrie la psychiatre, la voix passant du rauque à l'aigu.

Mais Loner ne détourne pas la tête, trop intrigué.

—*Ne regardez pas son visage!*

Les doigts commencent à soulever le masque avec une lenteur extrême. Les yeux de Loner se plissent, brillants de curiosité…

… et Vivianne bondit sur l'évadé, lui arrache le petit boîtier des mains et, en poussant un cri de rage et d'effroi, appuie sur le bouton noir de toutes ses forces.

La femme masquée devient tout à coup étrangement embrouillée, comme si on la voyait à travers un lac agité. Ses contours tremblent, fondent et, alors que son menton est à peine dévoilé, elle devient transparente… au point de se diluer… de disparaître… totalement… sans un bruit…

Loner cligne des yeux. Il fixe un long moment l'endroit où se trouvait deux secondes plus tôt la femme au masque, puis se tourne vers Vivianne. La psychiatre, visiblement soulagée, tient toujours le boîtier à deux mains.

Dix secondes plus tard, Jef entre dans la pièce, complètement hébété.

—Il… il a disparu! Là, devant moi!… Je… j'étais sur le point de l'achever, pis… pis il a disparu!

Loner regarde autour de lui: la lampe, les livres… Au plafond, une caméra. Et un autre petit grillage au mur… dont le voyant rouge cette fois est éteint.

L'étonnement, chez Jef, est fréquent mais de courte durée. La colère revient rapidement sur ses traits et, brusquement, il plaque Vivianne contre le mur, faisant choir quelques livres sur le sol. Il plante le canon de son revolver sous le menton de la psychiatre et grogne littéralement :

— Là, ça va faire ! Tu nous expliques ce qui se passe, sinon je te tue, tout de suite ! Pis Dave est pas là pour te protéger !

Vivianne avale sa salive, mais réussit à conserver une expression fière. Elle remet le petit boîtier métallique dans sa poche, puis, la voix encore un tantinet chevrotante, murmure :

— D'accord… On retourne en haut et je vous explique…

CHAPITRE 4

VIVIANNE

—Envoie, explique-nous! ordonne Jef.

Ils sont de nouveau tous dans le salon, éparpillés dans la pièce, tous debout à l'exception d'Éva, assise dans un coin, et évidemment Zorn, qui semble anticiper la discussion avec jubilation.

Dave sent que le revolver du premier gardien, coincé dans sa ceinture, devient de plus en plus encombrant. Il l'enlève et va le mettre sur une étagère. De toute façon, il est vide et ne sert plus à rien. Pendant qu'il dépose l'arme, son regard tombe sur la peinture au mur. Cette plaine désertique, cette montagne, cette masse indistincte de gens en mouvement, ce personnage mystérieux à l'avant-plan, au visage camouflé… Et ce mot en haut du tableau, indéchiffrable… Cette inquiétante peinture ne va vraiment pas avec le reste de la pièce, si classique, si bourgeoise. Qu'est-ce que la sage Vivianne fait avec ça dans sa maison? Pour la première fois, il remarque que le personnage à capuchon tend une main vers le spectateur, dans un geste qui pourrait autant passer pour une invitation que pour un avertissement. Une main large, potelée… et qui n'a que quatre doigts. Pas de pouce.

Jef, près de la psychiatre, pointe le menton vers cette dernière, en répétant impatiemment :

— On t'écoute !

Vivianne se masse doucement le front.

— Je ne sais pas par quoi commencer…

— Je vais t'aider, propose Jef. Qu'est-ce qui se passe dans ta cave ? C'est qui, ces… ce monde-là ?

La psychiatre a un petit soupir vaincu et, en s'assoyant dans un fauteuil, répond avec une grande lassitude :

— Des rêves.

Éric, qui regardait dehors, se tourne vers le salon. Dave et Loner se lancent un regard interrogateur. Jef n'est pas du tout satisfait de cette réponse ambiguë :

— Comment ça, des rêves ?

— Disons des incarnations de rêves, précise Vivianne en fixant le sol.

— De quoi elle parle, câlice ?

Zorn, stationné près du foyer, hausse un sourcil narquois en observant sa femme :

— Pour quelqu'un qui ne voulait pas que je parle tout à l'heure, très chère, tu agis de manière assez contradictoire…

— Tu trouves peut-être que j'ai le choix ?

— Minute, minute ! s'impatiente Jef en levant les bras. C'est quoi, cette histoire de rêves ?

— C'est… compliqué, fait Vivianne en se massant de nouveau le front.

— Faisons ça simple, intervient doucement son mari. Nous avons trouvé le moyen de matérialiser les rêves des dormeurs.

Silence. Zorn attend patiemment une réaction. Assise à l'écart, Éva semble s'ennuyer ferme.

Jef réagit enfin :

—Va falloir qu'on fasse quoi, pour qu'elle nous réponde pour vrai ? Qu'on lui casse une jambe ?

D'un air si sérieux que cela en est presque comique, Éric affirme :

—C'est impossible, voyons !

—J'étais sûr que quelqu'un allait dire ça, réplique Zorn en hochant la tête.

—Éric a raison ! renchérit Dave, presque choqué. Vivianne, dites-nous vraiment ce qui se passe, sinon Jef risque de…

—Les rêves de qui ? demande alors Loner.

C'est le seul qui n'a manifesté aucune incrédulité. Zorn se tourne vers lui et le considère avec un certain intérêt.

—Les rêves des internés, répond Vivianne.

—Vos patients enfermés en bas ? Ceux qui sont dangereux ?

—Oui.

—Pourquoi ? Qu'est-ce qu'ils ont ? questionne toujours Loner.

—Des troubles de personnalité antisociaux.

Airs interrogatifs des quatre évadés. Vivianne précise :

—On peut dire aussi « psychopathe », mais cette terminologie est désuète.

—Voyons, calvaire ! s'indigne Jef en marchant de long en large. Je suis pas une cent watts, mais je suis pas cave à ce point-là !

Vivianne ne tente même pas de se défendre, elle hoche même imperceptiblement la tête, comme si elle avait prévu cette réaction.

—Et à quoi vous servirait une telle invention ? demande Loner.

Dave le considère avec perplexité. Son comparse croirait-il à un tel délire ? Avec Loner, difficile à dire…

— Écoutez, vous vouliez savoir ce que vous aviez rencontré en bas, je vous l'ai dit ! Je n'ai vraiment pas envie d'expliquer les motivations scientifiques de…

— Allons, allons, très chère, nous avons déjà rempli un verre, aussi bien vider la bouteille ! coupe gaiement Zorn en faisant rouler son fauteuil sur quelques mètres. Et nous avons la nuit devant nous, il faut bien l'occuper à quelque chose !

Vivianne croise les bras et baisse la tête, non sans jeter un regard désapprobateur vers son mari.

— Voyez-vous, poursuit Zorn, Vivianne a toujours été fascinée par les psychopathes. Elle a donc développé un projet les concernant, un projet qu'elle caressait déjà lorsque je l'ai rencontrée, il y a cinq ans. J'ai donc consacré toutes mes recherches à ce projet.

Sur quoi il lance un sourire mi-tendre, mi-amer vers sa femme. Qui ne le voit pas.

— Vos recherches ? demande Éric.

— Je suis un scientifique, informaticien de formation.

Éric croise les bras, soudain intéressé. Dave comprend pourquoi : Éric travaillait aussi dans le milieu scientifique, une compagnie d'ingénieurs, si sa mémoire est bonne. Sauf que Dave, lui, ne connaît rien aux sciences et se balance de tout ça. Il n'a même jamais possédé d'ordinateur de sa vie ! Il veut seulement savoir ce qui se trouve dans la cave. Et cette explication de « rêves réels » ne le convainc pas du tout.

— Pourquoi une telle invention ? répète Loner.

— Arrêtez de tous poser des questions ! s'énerve Dave. Il faut y aller dans l'ordre. Il faut… il faut vraiment savoir ce qui… ce qu'il y a en bas !

— Parfait ! lance Jef. On enferme ces trois-là dans une chambre, pis nous autres, on redescend avec le *gun* pour…

— Je veux savoir à quoi pourrait servir une telle machine, insiste Loner, la voix basse mais sur un ton qui ne tolère aucune objection.

Tous le regardent, étonnés. Loner presque fâché, c'est un événement. Zorn lance un regard contrit vers sa femme, comme pour lui signifier qu'il n'a pas le choix… Mais lorsqu'il commence à parler, le ton enjoué de sa voix démontre qu'il est plutôt heureux de la situation.

— Vivianne a toujours voulu comprendre les tueurs en série. Mais ce n'est pas facile d'entrer dans le cerveau de ces êtres déséquilibrés, surtout lorsqu'ils parlent peu, se contredisent ou, carrément, demeurent plongés dans un profond mutisme. Il faut fouiller leur inconscient, mais comment y parvenir ?

— Par leurs rêves, fait aussitôt Loner.

Le scientifique hoche doucement la tête.

— Exactement.

Vivianne, le menton dans la main, fixe toujours un point inconnu, de plus en plus contrariée.

— Et vous avez réussi à inventer une machine qui rend les rêves réels ? s'entête Éric.

— Absolument.

Éric a une moue stupéfaite et dubitative à la fois.

— Après plus de quatre longues années de travail, nous y sommes parvenus ! poursuit fièrement Zorn.

Et, se tournant vers sa femme, il ajoute d'une voix étrange :

— De travail et de sacrifice…

— Ça suffit comme ça ! s'exclame soudain Vivianne. Vous n'êtes pas ici pour une conférence scientifique, à ce que je sache ! Alors Éva, Angus et moi, on va tenir nos rôles de prisonniers tranquilles, et à l'aube vous repartirez ! C'est ça le scénario, non ? C'est pour ça que vous êtes ici, n'est-ce pas ?

Là-dessus, elle regarde Dave qui, légèrement troublé, détourne la tête.

— Pas si vite, doc ! intervient Jef. Il faut qu'on sache ce qui se passe en bas *pour vrai* ! Pis moi, ces histoires de rêves-là, j'suis pas sûr d'embarquer là-d'dans ! Si une machine de même existait, on le saurait !

— Nos recherches sont confidentielles, précise Zorn.

— Angus, ça suffit !

— Laissez-le parler, ordonne Loner.

Satisfait, le scientifique poursuit :

— Il y a un an et demi, nous avons rencontré le ministre canadien de la Santé et nous lui avons expliqué notre projet : notre invention serait bientôt prête et Vivianne voulait prendre en pension des meurtriers. Elle recherchait des cas considérés comme complexes, incompréhensibles. Nous ne désirions aucune subvention. Nous demandions seulement deux choses au gouvernement. Première-ment, sa permission d'interner des psychopathes à des fins de recherche et, deuxièmement, son silence sur tout cela, pour que nous puissions travailler en paix. Après des semaines et des semaines de ren-contres et de discussions, il a accepté, mais pour une période de trois ans. Dans un peu plus de deux ans, donc, nous devrons livrer un rapport détaillé sur nos recherches, qui seront ensuite rendues publiques.

Éric écoute attentivement, si intéressé qu'il oublie de surveiller l'extérieur par la fenêtre. Jef, qui marche de long en large, semble de plus en plus confus. Dave lui-même ne peut s'empêcher d'écouter avec stupéfaction. Ravi d'être le centre d'attention, Zorn continue :

— Il y a neuf mois, nous avons donc commencé à recevoir des psychopathes, graduellement. Nous en avons maintenant huit, notre capacité maximale. Tous des assassins, que Vivianne a recueillis dans divers hôpitaux psychiatriques. Le jour, pendant que Vivianne travaille à l'extérieur, des psychiatres viennent les traiter, comme dans n'importe quel hôpital. Ces médecins croient qu'il s'agit d'une clinique privée, avec salle de séjour, salle d'entraî-nement, cuisine, bibliothèque, même si les patients, peu communicatifs, utilisent très peu ces commo-dités. Le soir, le personnel de jour s'en va (sauf le gardien de sécurité extérieur) et le vrai travail com-mence, avec Vivianne et moi-même…

— Depuis quelques mois, c'est plutôt moi qui me mets au travail, rétorque sèchement sa femme.

Dave fronce les sourcils, étonné de ce ton acerbe. Mais le scientifique, pas surpris du tout, hoche la tête :

— C'est vrai… Mais le peu d'enthousiasme que te procurait ma participation ne doit pas beaucoup te manquer… Pas plus que le reste, d'ailleurs…

Et encore une fois, son sourire s'altère de cette vague et douce tristesse. Vivianne détourne la tête, hautaine mais mal à l'aise.

Éric secoue la tête, jette un œil vers la fenêtre…
puis il fronce les sourcils. Il s'écarte alors brusquement en s'écriant :

— Les flics !

Jef redresse automatiquement son revolver, le
regard allumé. Dave pousse Vivianne et Zorn vers
le mur et ferme la lumière, tandis que Loner s'approche de la fenêtre pour observer prudemment ce
qui se passe.

Au loin, de l'autre côté de la grille, une auto-
patrouille est arrêtée.

Le silence est complet dans la pièce. Éva, toujours assise, ne comprend manifestement pas ce
qui arrive. Loner ne quitte pas la grille des yeux.

La portière de la voiture de police s'ouvre, un
agent en sort.

— Il va sonner à la grille, murmure Loner.

Jef pousse un juron : le gardien est assommé, le
policier va trouver louche que personne ne lui réponde.

— Ça se peut, des gens qui ne sont pas chez eux
et un gardien absent ! fait remarquer Éric sans grande
conviction. Et d'abord, pourquoi la police vient ici
en particulier ?

— Parce que je travaille à la prison, dit Vivianne.
C'est normal qu'ils pensent à venir fouiller ici. Si on
ne leur répond pas, ça ne m'étonnerait pas qu'ils
entrent quand même…

À la grille, le policier attend.

— Je pense qu'il a sonné, dit Loner.

— On a rien entendu !

Zorn explique que la sonnerie résonne uniquement dans le pavillon du gardien.

— Est-ce qu'on peut ouvrir la grille d'ici? demande Dave.

Vivianne et son mari ne répondent rien, mais se consultent du regard. Dehors, le policier commence à montrer des signes d'impatience. Il va appeler du renfort si personne ne vient, Loner est en convaincu. Jef pointe son arme sous le nez de la psychiatre:

— Réponds, criss!

Vivianne s'humectc les lèvres, puis marmonne:

— Non, on ne peut pas…

— Mais oui, on peut! rétorque candidement Éva. Il y a une commande, près de la porte, dans le vestibule…

La psychiatre la dévisage, excédée. Dave se précipite à la porte d'entrée, trouve le bouton et appuie dessus.

Dehors, la grille s'ouvre et le policier la franchit.

— Et maintenant, on fait quoi? demande Éric.

Loner, qui regarde toujours discrètement par la fenêtre, explique que quelqu'un doit faire venir le flic jusqu'à la maison afin de lui expliquer que tout va bien. Sur quoi, il jauge du regard Zorn et Vivianne à tour de rôle.

— Je vais le faire! dit alors Vivianne.

Loner secoue la tête, désigne le scientifique du menton:

— Non. Lui.

L'interpellé cligne des yeux, pris au dépourvu. Loner retourne à la fenêtre et ajoute:

— Dépêchez-vous, il approche du pavillon du gardien.

Brève seconde d'hésitation, puis Zorn roule vers le couloir. Dans le salon, tout le monde retient son souffle. L'agent est maintenant tout près du pavillon, sur le point d'y entrer… On entend alors une porte s'ouvrir puis l'appel de Zorn.

— Hé ! Par ici !

Le policier tourne la tête, s'éloigne du pavillon et marche vers la maison.

— C'est trop risqué ! maugrée Jef qui a de la difficulté à tenir en place. On devrait le tuer, ce serait plus simple !

— Es-tu malade, Fortin ! s'offusque Dave.

— Tuer un flic ! renchérit Éric. C'est brillant, comme idée !

— C'est ça, le fif, fais ta sainte-nitouche !

— Criss, je suis écœuré que tu me traites de…

— Si on le tue, la maison va être cernée d'ici une demi-heure, coupe Loner.

Dave grimace. Comme si c'était la seule raison ! Risqué ou non, il n'est pas question qu'on tue un flic ! Ni qui que ce soit, d'ailleurs !

Ils ont tous déjà tué, Dave… Oublie pas ça…

Sombre pensée qui, durant toutes les préparations de l'évasion, ne lui a jamais laissé l'esprit tranquille…

Jef passe la tête dans le couloir et ordonne à Zorn d'avancer un peu à l'extérieur, afin qu'on puisse le voir de la fenêtre. Silencieux, le scientifique actionne son fauteuil qui franchit le seuil de la porte, puis s'arrête. Le policer est maintenant à moins de vingt mètres. Jef lance dans un souffle :

— Si tu dis un mot de travers, si tu fais le moindre signe louche au beu, je tue ta femme, c'est-tu clair ?

Il retourne dans le salon et pointe son arme vers Vivianne, qui se contente de toiser dédaigneusement l'évadé.

— Jef, marmonne Dave, il est pas question que tu tires sur…

— Ferme-la, le beu arrive.

Tous dressent l'oreille, tendus à l'extrême. Loner, toujours discrètement posté à la fenêtre, camouflé par les rideaux qu'il a refermés, voit le policier s'arrêter devant Zorn. Ce dernier sourit, très à l'aise.

— Une visite des forces de l'ordre ! À minuit et demi ! Voilà qui est assez particulier…

— Désolé de vous déranger, monsieur, mais… c'est bien ici qu'habite le docteur Vivianne Léveillé ?

— Absolument.

— Je peux la voir ?

— Qu'est-ce que vous croyez qu'elle fait, à cette heure ? Sa lessive ? Elle est couchée, voyons !

Il parle avec un naturel désarmant. Dans son attitude, aucune trace d'angoisse, aucun regard ambigu. Loner, à la fenêtre, ne le lâche pas des yeux.

— Ça fait que… tout va bien ici ? fait l'agent.

— Ça devrait aller mal ?

— C'est parce que quatre gars se sont évadés de la prison, cette nuit, pis comme le docteur Léveillé travaille là-bas, on m'a demandé de venir voir si…

— Vraiment ? Quatre évadés ? Hé bien ! C'est plutôt excitant, non ?

— Heu… C'est un point de vue… La direction a essayé d'appeler le docteur, mais il paraît que la ligne fonctionne pas…

— Oui, c'est vrai ! soupire Zorn en levant deux bras impuissants. Notre jardinier a coupé la ligne par mégarde cet après-midi… Il va falloir que je règle ça demain…

Dans la pièce obscure, Dave hoche la tête, impressionné par la rapidité d'esprit du scientifique.

Le policier indique le pavillon derrière lui :

— Votre gardien de sécurité dort la nuit ou… ?

— Nous n'avons plus de gardien depuis belle lurette, cher monsieur ! Ils exigent des salaires si élevés, maintenant ! À croire qu'ils se prennent pour des policiers !

Et il rit. L'agent l'imite, ne sachant trop si la blague est flatteuse ou moqueuse pour son uniforme. Il porte enfin le pouce à sa casquette, satisfait :

— Bon, ben, c'est parfait. Désolé de vous avoir réveillé…

— Je ne dormais pas, je regardais un film porno.

Les trois prisonniers se lancent des regards effarés, tandis que Vivianne ferme les yeux un moment, vaguement découragée. Éva, assise dans son coin, a un petit rire étouffé.

Le policier, qui était sur le point de partir, ne peut s'empêcher de s'immobiliser, pris de court.

— Ah… ah, bon…

— Je n'ai plus l'usage de mes jambes, mais j'ai d'autres membres qui fonctionnent heureusement encore, ajoute Zorn avec un clin d'œil.

— Oui, je… c'est…

L'agent est vraiment mal à l'aise. Il salue de nouveau, ne trouvant rien à ajouter, puis tourne les talons.

— Vous voulez venir l'écouter avec moi en prenant une petite bière ?

Criss ! à quoi il joue ? se demande Dave. Jef se saisit de l'épaule de Vivianne et appuie le canon de son arme sur sa tempe, en maugréant quelques mots inaudibles.

Le policier est de plus en plus dérouté.

— Ce… c'est une *joke* ?

— Évidemment, susurre Zorn d'un air coquin. Allez, bonne nuit, monsieur l'agent.

Et il fait pivoter son fauteuil, tandis que le policer bredouille un «bonne nuit» confus.

Bruit de porte qui se referme. Loner regarde encore par la fenêtre un moment, puis finit par annoncer :

— OK, il est assez loin maintenant…

Une série de soupirs retentissent dans la pièce, tandis que le canon du revolver s'éloigne enfin de la tempe de la psychiatre. Éric va ouvrir la lumière et ricane nerveusement en regardant tout le monde.

Zorn revient dans le salon, tout fier.

— Hein ? Avouez que cela aurait mérité un oscar !

Jef le saisit aussitôt par le collet.

— Mettons que vers la fin tu t'es mis à déraper pas mal !

— Allons, il faut bien s'amuser un peu ! Vous n'avez tout de même pas cru qu'il allait accepter mon invitation ?

Et il lance un clin d'œil à l'intention de sa femme qui le considère d'un air sombre. Dave observe le scientifique avec perplexité. Non seulement cet homme n'a l'air ni effrayé ni contrarié de leur présence chez lui, mais on dirait presque que cela l'excite… D'ailleurs, il pousse un long soupir d'aise et lâche sur un ton négligent :

— Je prendrais bien un scotch, moi…

À ces mots, Éva sort de son hibernation et se met en marche. Dave intervient : pas question que la bonne quitte la pièce. Mais Zorn lui explique que le bar est là, contre le mur. Dave hésite, puis laisse passer la fille. Éric l'accompagne pour s'assurer qu'elle ne prenne pas une arme dans le bar.

—Un verre pour toi aussi, très chère ?

Vivianne, taciturne, fait signe que non.

—Moi, j'en prendrais ben un ! approuve Jef. Après ce qui vient d'arriver, ça va faire du bien !

Dave lance un regard interrogateur vers Loner, qui hausse les épaules.

Silence, seulement entrecoupé par les cliquetis des glaçons.

—En tout cas, on ne sera plus dérangés par les flics pour le reste de la nuit, fait observer Éric, qui commence à reprendre ses couleurs naturelles.

Éva revient avec les verres. Bien installé dans le divan, Jef en boit la moitié d'une traite, l'air satisfait. Zorn prend une brève gorgée, la savoure et sourit à la bonne, qui lui renvoie la pareille d'un air malicieux. Jef le remarque et s'exclame, goguenard :

—Ah, je le savais ! La poupoune sert pas juste à faire le ménage, hein ? C'est pour ça qu'elle est arrangée de même ? Vous vous payez des petits *trips* à trois !

—Crétin de Cro-Magnon ! grommelle Vivianne.

—Crétin de quoi ? s'étonne l'évadé.

Éva, loin d'être insultée par l'allusion de Jef, considère la psychiatre avec un vague étonnement et dit tout simplement :

—Non… Madame ne s'est jamais jointe à nous…

Éric et Dave en demeurent bouche bée. Zorn lui-même, pour la première fois, semble un rien mal à l'aise. D'abord estomaqué, Jef éclate de rire.

—Ostie ! Parle-moi de ça, une fille directe de même !

—Bon ! dit Dave, qui n'aime pas cette ambiance un peu trop farfelue. On s'assoit, on ne bouge plus d'ici et on attend que la nuit passe.

—Minute ! intervient Jef. On a pas encore réglé l'histoire de, heu… par rapport à ce qui se passe en bas ! Peut-être qu'il y a encore des bizarroïdes qui se promènent dans la cave, pis…

—Les seules personnes réelles qui sont dans la cave sont enfermées dans un dortoir ! s'impatiente Vivianne. Pour ce qui est du reste, on vous a tout expliqué, il n'y a donc plus rien à dire !

—Désolé, fait Éric avec l'air de s'excuser, mais moi, je crois… enfin, je ne suis pas encore convaincu de… que tout cela est…

Vivianne lève les bras, découragée.

—Alors quoi ? Vous trouvez plus rationnel qu'il y ait tout bonnement des gens mutilés qui errent dans notre cave ? Des femmes masquées ? Des sosies de Ben Laden ?

Éric tique, ne sachant trop quoi répliquer.

—Je ne les ai pas vus, moi, finit-il par dire.

—Que c'est ? Tu nous traites de menteur ? s'insurge Jef.

—C'est pas ça que je veux dire, c'est juste que… Vous avez été surpris, vous aviez peur, peut-être que… que vous avez mal vu ou mal interprété ce… les…

—Est-ce qu'une petite démonstration vous convaincrait ?

C'est Zorn qui vient d'énoncer cette idée. Tous le regardent avec stupéfaction, particulièrement Vivianne. Le scientifique, fier de son effet, poursuit d'une voix gaillarde :

—Pourquoi pas ? Vous êtes ici pour la nuit, alors aussi bien en profiter !

—Angus…

—Vous serez à même de constater que…

— Angus, tu vas trop loin ! s'impatiente Vivianne.

— Comment, trop loin ! s'écrie soudainement son mari avec une colère inattendue qui fait sursauter tout le monde. Pourquoi, trop loin ? Parce que ce n'est pas *ta* décision, c'est ça ? Parce que ça ne se déroule pas à *ta* façon ? Parce que de vulgaires êtres humains vont profaner ta putain de tour d'ivoire ? Toi, tu peux aller aussi loin que tu veux, mais seule, n'est-ce pas ? *N'est-ce pas ?*

Vivianne le dévisage avec un mélange de surprise et de dédain. Zorn fait avancer sa chaise vers elle et, un sourire mauvais aux lèvres, il poursuit :

— On va s'amuser un peu, Vivianne ! Ça fait des mois que je ne m'amuse plus, alors je ne vais pas rater ma chance cette nuit, tu m'entends ?

Silence total. Tout le monde est abasourdi face à cette scène de ménage aussi explosive qu'inattendue. Mais Zorn semble aussitôt regretter sa saute d'humeur. Confus pendant un bref moment, il reprend rapidement son calme, regarde tout le monde de son œil de nouveau sardonique et répète :

— Alors, cette démonstration… Ça vous dit ?

Pleine d'une colère retenue, Vivianne fixe son mari comme si elle n'arrivait pas à croire qu'il ait réagi ainsi. Ce dernier, de son côté, évite de la regarder. Éric se mordille les lèvres, puis :

— Oui… Je voudrais bien voir ça…

— Personne va rien voir parce qu'on va tous rester ici ! intervient alors Dave.

— Moi aussi, je voudrais voir une vraie démonstration.

C'est Loner, qui brise enfin le silence qu'il gardait depuis de longues minutes, toujours posté à la fenêtre, calme, les mains dans les poches.

— Voyons, c'est… Ça sent le piège à plein nez, ouvre-toi les yeux ! proteste Dave.

— Vivianne et moi allons être avec vous, précise Zorn. Si c'était dangereux, ce le serait aussi pour nous…

— Ça, c'est vous qui le dites !

— Mais on a un *gun,* Dave ! fait Jef en brandissant son revolver, lui aussi peu à peu gagné à l'idée. J'ai tué un Ben Laden tantôt, je peux en tuer dix autres sans problème !

Malgré son découragement, Dave insiste :

— Écoutez, c'est pas nécessaire de… L'ascenseur est monté, alors il y a pas de danger que…

— La question est pas là ! déclare Éric en s'approchant de Dave. Je veux *voir*, tu comprends ? Je suis un scientifique, tu le sais, et une machine à rêves, c'est tellement… tellement…

— Qu'est-ce que vous avez dit ? demande Zorn.

Son air amusé défaille sur son visage, laissant transparaître une soudaine incertitude. Éric ne comprend pas.

— De quoi vous parlez ?

— Vous avez dit que vous êtes un scientifique ?

— Oui, je… je travaillais dans une boîte d'ingénieurs, comme spécialiste en robotique.

Il n'en dit pas plus, comme si parler de son ancienne vie l'indisposait. Mais Zorn a tout à coup l'air encore plus embarrassé que lui. En fait, il semble franchement inquiet. Il tourne la tête vers sa femme, comme s'il espérait qu'elle dise quelque chose. Mais Vivianne se contente de le regarder d'un œil noir, les lèvres déformées par un singulier rictus. Et Dave, en la voyant ainsi, est convaincu que si elle avait parlé, elle aurait dit quelque chose du genre : « Ça t'apprendra ! »

Que se passe-t-il donc ?

— Bon ! *Let's go !* lance Jef. Ça va nous permettre de comprendre une fois pour toutes ce qui se passe dans cette ostie de cave-là, pis après, on aura la paix pour le reste de la nuit !

Dave ne sait plus que dire. Il finit par secouer la tête et fait quelques pas vers le mur. Il ne peut que se résigner.

Zorn hésite un moment, comme s'il cherchait tout à coup une porte de sortie, puis il sourit de nouveau. Mais avec beaucoup moins de conviction.

— On y va, marmonne-t-il.

Son fauteuil roulant se met en branle, roule vers la porte. Éric et Loner le suivent. Jef se tourne vers Éva, toujours assise :

— Toi, la bonne, tu viens avec nous autres.

Éva hausse les épaules, rejoint le groupe. Alors qu'il sort à son tour, Jef a soudain une idée. Il tourne les talons, percutant presque Dave qui le suit, va directement au bar et, là, prend la bouteille de scotch. Il la contemple avec satisfaction, puis réintègre le groupe, sous le regard désapprobateur de Dave.

Vivianne est toujours assise, les bras croisés.

— Vous venez, Vivianne ? fait Dave.

La psychiatre lève la tête. Pendant un moment, elle fixe intensément l'évadé qui, gêné, baisse les yeux. Elle doit lui en vouloir terriblement d'être venu ici cette nuit. Il aimerait lui dire qu'il a justement choisi sa maison parce qu'il a confiance en elle et qu'il croyait qu'elle pourrait comprendre…

Mais en ce moment, tout cela lui semble plutôt ridicule…

Vivianne passe devant lui, le pas raide, et Dave la suit en silence.

◆

Ils sont tous dans l'ascenseur, bien tassés, mais Jef garde son revolver dégagé.

La descente s'effectue en silence. La première à sortir est Vivianne, suivie de son mari. Les autres hésitent à leur emboîter le pas.

—Comment pouvez-vous être sûrs qu'on retombera pas sur d'autres épouvantails? demande Dave.

Vivianne sort de sa poche le petit boîtier métallique et l'exhibe devant tous.

—C'est une commande à distance. C'est avec ça, tout à l'heure, que j'ai fait disparaître la femme au masque.

—Vous avez arrêté à distance la machine à rêves?

—En quelque sorte, oui.

—L'odeur de tout à l'heure a disparu, remarque Jef en reniflant.

Dave hoche la tête. Zorn explique distraitement:

—C'est parce que la machine est arrêtée.

Il semble aussitôt regretter ses mots.

—Une machine qui dégage une odeur d'encens, note Jef en ricanant. Eh ben!

Éric le regarde avec étonnement, mais Vivianne, qui se met aussitôt en marche, s'empresse de dire:

—Bon, suivez-moi.

À la première intersection, elle tourne à droite. Dave se dit que, tout à l'heure, ils avaient tourné à gauche. S'ils avaient opté pour la droite, ils seraient sûrement tombés sur la psychiatre du premier coup…

Cette partie du couloir est plutôt courte. Deux portes, une à gauche et une autre, plus loin, à droite. Vivianne s'arrête devant la première et place sa main sur un petit écran tactile. La porte glisse alors dans le mur en produisant un léger chuintement.

— Comment vous avez fait ça? s'étonne naïvement Jef.

— Cette porte n'a pas de clé traditionnelle, explique-t-elle d'un air ennuyé. Seules les empreintes digitales de mon pouce ou de celui d'Angus peuvent ouvrir la porte de la Bulle, de même que celle du dortoir des patients.

— La Bulle?

— C'est le nom qu'a donné Angus à la salle de contrôle.

Elle entre, suivie par les autres.

La « Bulle » doit faire douze mètres sur quinze. Deux des murs sont couverts de moniteurs vidéo, qui montrent les différentes pièces de la cave ainsi que plusieurs segments du couloir. Contre un troisième mur s'appuie une immense console électronique, avec plusieurs commandes et claviers. Huit petits écrans, ressemblant à des moniteurs de cardiogrammes éteints, y sont alignés côte à côte. Au-dessus de chacun est inscrit le mot « chambre » suivi d'un numéro allant de 1 à 8. Sur le dernier mur, celui de gauche, une grande fenêtre permet de voir la pièce adjacente. Dave la reconnaît: c'est la pièce vide aux huit petites portes de placard, où Jef et lui se sont arrêtés quelques secondes tout à l'heure. Dave n'avait pourtant pas remarqué de fenêtre dans cette pièce, seulement un grand miroir. Et, en y pensant, il comprend:

— Un miroir sans tain, dit-il en hochant la tête.

— Exactement, confirme Zorn. Nous pouvons voir dans l'autre pièce, mais de là-bas, on ne peut pas voir ici…

— Alors, cette démonstration ? s'impatiente Jef.

Avant que Zorn ait le temps de réagir, Vivianne le devance :

— Non, je vais le faire. Comme ça, ça ne prendra pas des proportions… exagérées.

Curieusement, le scientifique approuve en silence, l'air rassuré. Vivianne, sans enthousiasme, s'assoit sur le seul siège de l'endroit, une chaise à roulettes, et le fait rouler jusqu'à la console où elle appuie sur un gros bouton rouge. Un vrombissement sourd émerge. Dave s'énerve, regarde partout autour de lui :

— Qu'est-ce qui se passe ?

— Je fais remonter l'ascenseur. Par prudence. Pour éviter qu'un rêve monte à l'étage. Je fais toujours ça quand je suis en bas. Ce serait étonnant que les rêves puissent demeurer incarnés jusqu'au rez-de-chaussée, mais je préfère ne pas courir de risque…

Puis Vivianne actionne d'autres commandes et les huit moniteurs s'animent soudain. Sur certains, il y a deux, cinq, dix lignes semblables à des signaux cardiaques, calmes et droites. Sur d'autres, les lignes sont anarchiques, entremêlées.

— C'est quoi, ces lignes ? demande Éric.

— Ces lignes représentent l'activité du sommeil des patients. Chaque ligne est une…

— Laissez faire les discours scientifiques, on veut voir du concret ! la coupe Jef.

Vivianne se tait, pas du tout offusquée. À l'écart, Zorn hoche même la tête, comme s'il approuvait les dires de l'évadé. La psychiatre examine les moniteurs, puis désigne celui de la chambre sept, sur lequel deux lignes vibrent avec force.

— On va prendre Serge Boyer. Les détecteurs oniriques nous indiquent qu'il rêve en ce moment même… Sûrement à la famille.

— Boyer rêve souvent aux mêmes personnages, précise Zorn. D'ailleurs, la plupart de nos patients ont des rêves récurrents. Plusieurs ont une sorte de thématique onirique… Celle de Boyer, c'est une famille composée d'un couple et de leur fils…

— Et là, vous allez faire apparaître les rêves de ce Boyer ? demande Éric, sceptique.

Vivianne acquiesce. Elle se saisit alors d'une manette sur le tableau de commande et la soulève.

— Elle vient d'actionner les diffuseurs, explique Zorn.

— C'est quoi, des diffuseurs ? demande Éric.

— Une chose à la fois, répond sèchement Vivianne.

— Ben oui ! s'exaspère Jef. Tu nous emmerdes avec tes questions chiantes !

Éric ne réagit pas, ses yeux pointus examinant chaque détail de la console de contrôle, comme si quelque chose le chicotait.

Vivianne indique du doigt la grande fenêtre qui laisse voir la pièce adjacente.

— Vous voyez cette salle, à côté ? Il y a huit portes, qui donnent sur huit minuscules pièces. Ce sont les incubateurs. Dans le dortoir, Boyer dort dans la chambre sept, son rêve va donc apparaître dans l'incubateur du même numéro.

Vivianne s'humecte les lèvres, les yeux rivés à la console, et, comme si elle se parlait à elle-même, murmure :

—On y va…

Elle appuie sur une série de boutons, puis attend.

Sur le moniteur de Boyer, les deux lignes ondulantes, d'abord vertes, deviennent tout à coup rouges. Les quatre évadés, devant la grande fenêtre, fixent avec intensité la porte numéro sept qui se trouve dans l'autre pièce. Même Dave ne peut échapper à l'extrême curiosité qui s'est sournoisement saisi de lui.

Aucun son, aucun bruit, aucun bourdonnement électrique, encore moins d'éclats de lumière. Dave se dit même qu'il ne se passe absolument rien lorsque, enfin, la porte numéro sept commence à s'ouvrir. Les quatre hommes retiennent leur souffle. À l'écart, Éva s'ennuie de nouveau.

Un homme et une femme dans la quarantaine sortent de l'incubateur. L'homme, maigre et blême, est habillé d'un vieux costume à cravate usé. La femme, grasse, est en robe de chambre et elle a le visage très las. Tous deux regardent autour d'eux, l'air totalement hagards.

—Ostie de criss, marmonne Jef, tellement sidéré qu'il en oublie presque son revolver qu'il tient négligemment le long de sa jambe.

Et il prend une bonne rasade de scotch.

—Ce… ce sont des rêves, c'est ça ? demande Éric, tout aussi abasourdi.

—C'est la période de transition, explique Vivianne qui regarde à son tour dans la pièce adjacente. Les personnages oniriques sortent d'un décor mental pour se retrouver dans un tout autre décor, réel cette fois. Pendant quelques secondes, ils sont complètement perdus.

Toute contrariété a disparu de son attitude, elle observe la scène avec intérêt. Zorn le remarque et marmonne :

—Ça te fascine encore, n'est-ce pas ? Même après neuf mois, tu trouves encore ça aussi excitant que la première fois…

Elle ne répond rien. Dans l'autre pièce, la femme se tourne alors vers la fenêtre.

—Elle… elle me regarde ! souffle Jef.

—Mais non, pour elle c'est un miroir ! rappelle Zorn. Elle ne peut pas nous voir.

Le couple marche alors vers la porte de la pièce et sort dans le couloir. Aussitôt, Vivianne appuie sur un bouton de la console et la porte coulissante de la Bulle se referme rapidement.

—Qu'est-ce que tu fais ? s'exclame Jef qui relève instantanément son revolver.

—Je veux éviter qu'ils viennent ici, explique calmement la psychiatre en se levant. Mais on peut suivre leurs déplacements grâce aux dix-sept caméras installées dans la cave.

Elle indique les moniteurs vidéo. Sur le troisième, qui montre une partie du couloir, on voit l'homme et la femme trottiner côte à côte.

—Maintenant, le rêveur n'a plus vraiment d'emprise sur les agissements de son rêve, explique Zorn, tel un guide de musée. Les personnages oniriques agissent avec la personnalité, aussi minime soit-elle, que leur a créée le rêveur. Mais ils sont encore liés à Boyer d'une certaine manière. C'est tout de même son activité cérébrale qui les rend tangibles. S'il cesse de rêver, le rêve disparaîtra aussi. S'il modifie son rêve, l'incarnation suivra la même modification.

— Ça s'en vient compliqué, ton affaire, fait Jef, embêté.

— Mais comment l'activité cérébrale du rêveur continue-t-elle d'être connectée au rêve ? s'étonne Éric.

Zorn hésite une petite seconde, puis répond, avec un peu moins de naturel :

— L'activité cérébrale du rêveur est transmis par l'intermédiaire des diffuseurs. Ce sont ces petits grillages dans les murs, près des caméras. Ils sont éparpillés dans toute la cave.

Jef se tourne vers le scientifique, le visage illuminé.

— Ça veut dire que… si les diffuseurs s'arrêtent, les rêves disparaissent, c'est ça ?

— Vous voyez bien que ce n'est pas si compliqué.

Jef lisse sa courte crinière blonde, tout fier d'avoir compris. Dave croise les bras, un rien impatient. Il a hâte que cette démonstration, aussi spectaculaire soit-elle, se termine. Éric fronce les sourcils :

— Mais cette activité cérébrale est diffusée comment ?

— Par les diffuseurs, je viens de…

— Non, je veux dire : sous quelle forme ?

Zorn crispe sa bouche, puis répond rapidement :

— Nous l'avons transformée en ondes.

— Qu'est-ce que vous voulez dire ? Quelle sorte d'ondes ?

Zorn prend un air ennuyé et hautain, mais on le sent tout à coup incertain. Vivianne, toujours assise devant le tableau de contrôle, est parfaitement immobile, le corps raide.

— Franchement, c'est assez compliqué, répond Zorn. Toutes ces explications vous dépasseraient compl...

— J'ai tout de même travaillé en robotique pendant sept ans, rétorque Éric, piqué mais s'efforçant de ne pas trop le montrer.

— Toi, peut-être, mais pas nous autres! riposte Jef. Ça fait que tes bla-bla scientifiques, on s'en contre-crisse!

Éric se tait, contrarié.

Sur un des moniteurs vidéo, le couple onirique s'arrête devant la porte du débarras et y entre. Sur le moniteur adjacent, celui qui filme l'intérieur du débarras, l'homme et la femme apparaissent, examinent brièvement l'établi, la fournaise, les armoires, puis ressortent.

— Qu'est-ce qu'ils font? demande Jef qui suit leurs déplacements.

— Ils cherchent un endroit où aller, répond Zorn. Ils vont finir dans la salle de séjour. C'est toujours là qu'ils aboutissent.

Et, en effet, deux minutes plus tard, une série de moniteurs vidéo montrent le couple s'engageant dans un petit couloir, se rendant au bout et entrant dans une pièce qui ressemble à un salon, avec télévision, divan et fauteuils. La femme allume une lampe à faible intensité, tandis que l'homme met la télévision en marche. Tous deux s'installent enfin dans un divan et commencent à écouter une vieille série américaine, immobiles, le visage vide.

Pendant un moment, les quatre évadés fixent l'écran vidéo en silence, attendant la suite des événements. Éva soupire avec ennui:

— Est-ce qu'on remonte, monsieur?

Pour la première fois, Dave réalise que la bonne est témoin de toutes leurs discussions depuis le début… Elle est donc au courant de ces expériences ? Ça semble peu logique. Mais si Éva ne sait rien, comment peut-elle garder un air si indifférent ? si morne ?

— Bonne idée ! approuve Vivianne. Alors, vous êtes satisfaits ? On peut arrêter la démonstration ?

— Et ces rêves vous aident à comprendre vos psychopathes ? demande Loner qui parle pour la première fois depuis leur arrivée dans la Bulle.

— C'est l'objectif recherché, répond Zorn.

Mais il manque étrangement de conviction. Vivianne le remarque et lui lance un regard vaguement dédaigneux.

— C'est quoi, ce son qu'on entend ? demande Dave.

Tous écoutent. Faiblement, on entend des voix qui discutent. De l'anglais.

— C'est l'émission de télévision que le couple écoute, répond Zorn. Nos caméras sont munies de micros, on peut entendre ce qui se passe.

— Et nous, on peut communiquer avec eux ? demande Loner.

— D'ici, non.

Loner observe l'écran en silence, comme s'il réfléchissait à quelque chose, puis il annonce d'une voix égale :

— Je veux aller les rencontrer.

— Tu veux quoi ? s'exclame Dave.

— Je veux aller leur parler. (Et se tournant vers Zorn :) J'imagine que vous l'avez déjà fait vous-même ?

— Vivianne le fait souvent.

Dave dit qu'il n'en est pas question, mais Jef, après avoir pris une gorgée de scotch, lance nonchalamment :

— Laisse-le faire ! Ça pourrait être drôle !

— Êtes-vous tous tombés sur la tête ? s'exaspère Dave. Avez-vous oublié ce qu'on fait ici ? On se cache, on a des otages ! Criss ! On participe pas à… à… à un congrès scientifique !

— De toute façon, je refuse, fait posément Vivianne.

— Vous n'êtes pas en mesure de refuser quoi que ce soit, dit Loner d'un ton entendu.

Puis, se tournant vers Zorn :

— Vous allez pouvoir me voir avec les caméras. S'il arrive quelque chose, vous n'avez qu'à éteindre les diffuseurs et les rêves disparaîtront. C'est ça ?

— C'est ça, approuve le scientifique, qui a l'air de trouver l'idée intéressante.

— Et puis, je pourrais aussi apporter avec moi le… comment vous appelez ça, la commande à distance ?

— Absolument, fait Zorn. C'est d'ailleurs ce que fait Vivianne lorsqu'elle sort de la Bulle pour entrer en contact avec les rêves.

Et il fait signe à sa femme. Celle-ci se lève en soupirant, sort de sa poche le petit boîtier de métal et le tend à Loner qui le prend. Zorn explique :

— Il n'y a que deux boutons. Le rouge, c'est pour faire descendre l'ascenseur. Au cas où nous serions coincés à l'extérieur de la Bulle. Le bouton noir sert à arrêter les diffuseurs ou à les remettre en marche, selon le cas.

Loner examine le boîtier, hoche la tête. Dave fait une nouvelle tentative :

— Mais ces rêves doivent être dangereux.

— La plupart, admet Zorn. Ils proviennent tout de même de l'imaginaire de psychopathes…

— En tout cas, eux autres, ils ont pas l'air ben-ben dangereux ! remarque Jef en désignant le couple sur le moniteur vidéo. Dur à croire que le gars qui rêve à eux en ce moment est un fou furieux !

— Serge Boyer, quarante-deux ans, a tué quatre hommes âgés de dix-sept à vingt-trois ans, réplique Zorn d'une voix suave.

— Pis il passe son temps à rêver à un petit couple plate qui regarde la télé !

— La plupart du temps. Mais ils n'ont pas toujours le même âge. Parfois, ils rajeunissent ou vieillissent à l'intérieur de la même séquence onirique.

Tous regardent le couple, toujours assis dans le divan, toujours à fixer la télévision, puis Loner marche vers la porte de la Bulle.

— OK. J'y vais.

— Pourquoi tu fais ça ? intervient Dave d'un air presque suppliant. Pourquoi courir ce… ce risque inutile ?

Loner remonte ses lunettes sur son nez.

— Chacun nos intérêts, Dave.

Dave ouvre la bouche pour tenter encore de le dissuader, mais il se contente de dire :

— Au moindre danger, tu appuies sur le bouton !

Loner ne dit rien, puis adresse un petit signe à Vivianne. Cette dernière, à contrecœur, actionne une commande et la porte s'ouvre. Loner fait quelques pas à l'extérieur, puis revient aussitôt :

—Cette salle de séjour se situe où, exactement ?

Zorn lui indique le mur tout près de lui, sur lequel est épinglé un plan de la cave. Loner s'approche et l'examine.

Dave s'approche aussi, détache la feuille et la tend à son comparse pour qu'il l'apporte avec lui. Loner hausse les épaules, mais prend tout de même le plan. Enfin, sans un regard pour personne, sans un signe de nervosité ni d'excitation, il sort de la Bulle, puis la porte se referme derrière lui.

La cave d'*Oniria*

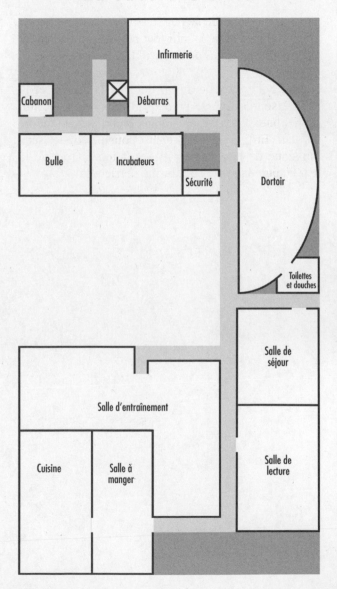

CHAPITRE 5

LONER

Tous les regards sont tournés vers les moniteurs vidéo, sauf celui d'Éva qui, le menton au creux de la main, continue à périr d'ennui. Loner passe sur le premier écran, puis sur le second. Sa démarche est naturelle, ni lente ni rapide.

Dave remarque que la bouteille de scotch de Jef est passée de presque pleine à presque vide.

— Jef, vas-y mollo avec l'alcool…

— Oui, maman, réplique bêtement Jef en souriant, la voix quelque peu pâteuse.

Dave revient à Loner, sur les moniteurs vidéo.

— Il n'y a pas de danger qu'il tombe sur d'autres rêves ?

Zorn explique qu'ils ont actionné uniquement les rêves de Boyer.

— Parfois, on matérialise les rêves de plusieurs patients en même temps, pour observer leur inter-action.

— Comme quand on est descendus dans la cave tout à l'heure ? demande Jef en s'adressant à Vivianne.

La psychiatre, toujours morose, ne répond rien.

— Heille, je te parle !

— Oui, oui, c'est ça, répond sèchement Vivianne. Quand vous êtes descendus dans la cave, j'avais activé les rêves de trois patients en même temps.

Sur l'un des écrans, on voit Loner dépasser les portes coulissantes en bois. Jef prend une autre gorgée de scotch, songeur, et demande :

— Le Ben Laden, c'était le rêve de qui ?

— Sûrement celui de Mathieu Therrien, explique Zorn. Il a à peine vingt et un ans et il a massacré une douzaine de personnes, à trois ou quatre du coup. Il rêve toujours à des personnes qui ont déjà existé et qui sont responsables de grands massacres. Attila le Hun, Hérode, Catherine de Médicis ou à de célèbres tueurs en série comme Jack l'Éventreur ou Ted Bundy…

— En tout cas, son Ben Laden, c'était ressemblant ! fait Jef avec une petite moue épatée. Il parlait même en arabe !

— Sûrement pas, glousse le scientifique. Pour ça, il aurait fallu que Therrien connaisse cette langue, ce qui n'est pas le cas. Le rêve devait dire des phrases qui ressemblaient vaguement à de l'arabe, mais rien de plus…

Sur l'un des écrans, Loner arrive à l'intersection, consulte le plan et tourne à droite. Dave le suit nerveusement des yeux. Éric, lui, examine d'un air embêté la console, les commandes, les moniteurs oniriques…

Jef, que l'alcool rend curieux, demande en désignant le couple dans le divan :

— Pourquoi votre patient, là, heu… Boyer, pourquoi il rêve toujours à ces deux-là ?

— On ne sait pas, répond Zorn en haussant les épaules.

— Ce n'est pas tout à fait vrai, nuance vivement Vivianne, insultée. Boyer a vécu chez ses parents jusqu'à l'âge de trente-six ans. Des parents, paraît-il, qui étaient très protecteurs, trop même…

Éric semble enfin entendre ce qui se dit. Il tourne un visage intrigué vers la psychiatre. Sur un écran, Loner, après consultation du plan, tourne dans un petit couloir transversal.

— Et alors ? demande Zorn, comme si ce n'était pas la première fois que lui et sa femme avaient ce genre de discussion.

— Tu le sais très bien ! Cela a un lien évident avec le concept que Boyer se fait de la famille, comme si…

— Il arrive ! l'interrompt alors Dave.

En effet, sur l'écran vidéo représentant la salle de séjour, Loner apparaît. Il entre lentement dans la pièce, s'immobilise. La caméra le filme du plafond, l'angle ne permet donc pas de voir clairement son visage. Le couple ne l'a même pas vu entrer, trop hypnotisé par la télévision.

— Aussitôt qu'on vous dit de couper vos diffuseurs, vous les coupez, c'est clair ? ordonne Dave.

— Mais il a la commande à distance avec lui, rappelle Zorn.

— C'est clair ? répète Dave à l'intention de Vivianne.

— Inquiète-toi pas, elle va écouter ! fait Jef en brandissant son arme.

La voix de Loner sort alors des haut-parleurs, douce, calme, mais pleine d'une curiosité mal dissimulée.

— Bonsoir…

En l'apercevant enfin, l'homme et la femme se lèvent avec enthousiasme, comme si tout à coup ils reprenaient vie.

— Tu es enfin revenu, mon trésor! lance la femme d'une voix rauque mais ravie.

— Où étais-tu? demande l'homme.

Ils font quelques pas étrangement malhabiles vers leur visiteur. Leur expression est celle de la joie, mais une joie figée, décalée.

— Qui êtes-vous? demande Loner. Est-ce que vous savez qui vous êtes?

— Bien sûr, affirme l'homme. Nous sommes tes parents.

— Et ceux de tous les enfants du monde, ajoute la femme.

— Ce n'est pas ce que je veux dire, fait Loner doucement. Est-ce que vous savez ce que vous êtes *vraiment*?

— Il ne faut plus! déclare alors la femme.

— Il ne faut plus quoi?

— Il ne faut plus, tu entends? renchérit l'homme en avançant.

Et il met sa main sur l'épaule de Loner. Dave se raidit, mais son comparse se laisse faire, n'a même pas un geste de recul.

— Où étais-tu? demande la femme. Avec qui?

— Il ne faut plus! répète son conjoint.

— Dites-moi de quoi vous parlez, je ne comprends pas, fait l'ex-prisonnier d'un ton conciliant.

— Promets-nous!

— Promettre quoi?

— Promets!

— Écoutez, j'aimerais que nous parlions de vous… de votre origine, de ce que vous êtes…

— Votre compagnon est vraiment intéressant, murmure Zorn qui ne quitte pas Loner des yeux.

Dave, lui, a juste hâte que cette ridicule rencontre se termine. Éric regarde l'écran avec attention, particulièrement fasciné. Sur le moniteur, la femme prend Loner par le bras et l'entraîne vers le divan :

— Viens t'asseoir, trésor… Viens regarder la télévision avec nous…

— C'est bon, la télévision, ajoute l'homme.

— Écoutez-moi, commence Loner en résistant doucement.

Tout à coup, l'homme lâche l'épaule de l'évadé et, les yeux exorbités, ouvre une bouche immense pour pousser un cri assourdissant, épouvantable, qui ressemble au miaulement qu'émettrait un chat géant enragé. Dans la Bulle, les trois ex-prisonniers sursautent, tandis que Zorn ricane en silence. À l'écran, Loner vacille littéralement et échappe même la commande à distance.

— Ça suffit ! Arrêtez les diffuseurs ! s'écrie Dave.

Vivianne tend la main vers la manette, mais Loner se tourne vers la caméra et, comme s'il avait deviné ce qui se passait dans la Bulle, lance à toute vitesse :

— N'arrêtez rien ! Je vais bien, c'est compris ? N'arrêtez rien !

Vivianne hésite, interroge Dave du regard, qui lui-même se mordille les lèvres. C'est Jef, appuyé contre un mur, qui tranche en disant nonchalamment :

— On le laisse aller, c'est tout !

À l'écran, Loner remonte ses lunettes sur son nez, ramasse la commande à distance et revient au couple. L'homme, en une seconde, a repris son expression exagérément heureuse.

— Viens… viens, la télévision est là…

— Oui, oui, oui, ânonne mécaniquement la femme.

— J'aimerais mieux qu'on parle, propose Loner, qui a repris son assurance. Qu'on discute…

La femme se met alors à pleurer, sans aucune transition, ce qui a un effet parfaitement déroutant.

— Il ne faut plus que tu t'en ailles…

— Où étais-tu? demande l'homme. Avec qui passes-tu tes soirées?

À ces mots, Éric, qui ne quitte pas l'écran des yeux, blêmit soudain.

— Il ne faut plus que personne s'en aille, répète la femme en pleurnichant.

— Avec qui tu étais, trésor?

— Viens! La télévision! La télévision!

— Calvaire! souffle Jef, déconcerté.

— Attendez un peu! fait Loner qui réussit à conserver une patience admirable. Êtes-vous conscients que vous venez… que vous provenez d'une forme de noirceur? de ténèbres mentales?

Dave a un tic agacé. Loner et ses lubies tordues! Comme si c'était le moment de s'intéresser à ce genre de choses! Il regarde autour de lui en soupirant, tandis que ses yeux tombent par hasard sur le miroir sans tain…

Dans l'autre pièce, celle qui renferme les huit incubateurs, une forme sort rapidement dans le couloir.

— Un autre rêve! s'écrie-t-il. Un autre rêve vient de sortir!

— Quoi, ça? s'écrie Jef. Ça ressemblait à quoi?

Mais Dave dit qu'il ne sait pas. Il pointe un doigt accusateur vers Vivianne:

— Vous aviez dit que vous aviez matérialisé les rêves d'un seul patient!

—C'est ce qu'on a fait! rétorque Vivianne. Mais un autre personnage a dû apparaître dans les rêves de Boyer!

Ils regardent vers le moniteur qui montre la première partie du couloir. Quelqu'un y marche rapidement. Manifestement un homme. Cheveux noirs et hirsutes, manteau de cuir, allure très rapide.

—C'est l'ado, marmonne Zorn.

—Qui ça?

—Un autre personnage auquel rêve souvent Boyer, explique Vivianne. Le fils du couple. Il doit avoir seize ou dix-sept ans…

—… et il est un peu plus agressif que ses parents, ajoute Zorn d'un air entendu.

Sur le moniteur, toujours à cause de l'angle de la caméra, l'adolescent demeure assez anonyme, mais Dave jurerait que son visage est en proie à de curieux mouvements, comme s'il se remodelait sans cesse…

—Arrêtez les diffuseurs, lance-t-il soudain.

—Pourquoi? Il n'y a pas encore de danger, fait Zorn, sarcastique.

—C'est vrai! approuve Jef. Pis ça va devenir enfin intéressant!

Dave regarde Loner qui, sur le moniteur, tente toujours de communiquer avec le couple, puis revient à l'autre écran, où l'adolescent a maintenant atteint l'intersection. Il s'arrête, tourne la tête en tous sens, puis repart à droite, le pas rapide, les poings serrés…

… et Dave est convaincu de l'entendre râler…

—Arrêtez, je vous dis!

—Moi, j'écoute celui qui a le revolver, réplique durement Vivianne.

—Jef, dis-lui!

— Voyons, les nerfs, toi ! rétorque l'évadé, agacé par la peur de son comparse. On a le contrôle pour l'instant ! Attendons un peu !

Dave lance un regard suppliant vers Éric, mais ce dernier est littéralement hypnotisé par la scène entre Loner et le couple. Il se tourne alors vers Vivianne. Elle soutient son regard, comme si elle le défiait.

— Viens regarder la télévision ! répète l'homme.

— Avec qui tu étais ? sanglote la femme.

Et Loner, patiemment, leur demande toujours de l'écouter…

L'adolescent passe comme une furie devant le cagibi du gardien…

— Jef, dis-lui d'arrêter les diffuseurs tout de suite, câlice ! C'est pas le temps de niaiser !

— Pas tant qu'il y aura pas de vrai danger ! C'est Loner lui-même qui l'a dit !

— Jef !

— *Fuck you,* le pissou !

Sur l'un des moniteurs, l'adolescent s'engage dans le petit couloir transversal et, cette fois, on l'entend parfaitement grogner, comme s'il s'agissait d'un chien. Dans cinq secondes, il va être dans la pièce…

Dave tourne la tête vers la console en réfléchissant à toute vitesse. Tout à l'heure, quand Vivianne a actionné les diffuseurs, elle a déplacé ce levier, non ? Celui-là ?

Il s'élance, agrippe le levier à deux mains et le descend si fort qu'un claquement sec retentit dans la Bulle.

Au même moment, l'adolescent entre dans la salle de séjour et se précipite vers Loner en beuglant d'une voix de tempête :

—Te v'là, toi, ostie de courailleux !

Loner fait volte-face avec une vitesse étonnante, juste à temps pour voir l'autre fondre sur lui. Mais l'adolescent est maintenant imprécis, transparent, et au moment où ses deux mains s'abattent sur l'ex-prisonnier, il se volatilise complètement.

Loner cligne des yeux, titubant, comme si un spectaculaire coup de vent venait de le happer. Derrière lui, le père et la mère ont aussi disparu.

Dave pousse un profond soupir, mais Loner lance vers la caméra, la voix déçue :

—Pourquoi avoir arrêté les diffuseurs ? J'avais la commande !

—Tiens ! s'exclame Jef en désignant l'écran. Tu vois, criss de paquet de nerfs !

Dave aurait voulu répondre à Loner qu'il y avait du danger, justement, mais comme il ne peut communiquer avec son comparse, il se contente de faire un geste vague de la main. Il a eu raison, il en est sûr ! *Fuck !* Est-ce qu'il est le seul à posséder encore un peu de bon sens ? Il se tourne vers Éric. Ce dernier fixe toujours le moniteur vidéo, le visage singulièrement bouleversé. Zorn remarque aussi cette curieuse expression, car il demande avec une fausse inquiétude :

—Ça va, jeune homme ?

Éric détourne la tête et rougit, mal à l'aise. Il répond que ça va.

—Cette petite rencontre entre votre complice et le couple onirique vous a secoué, on dirait, insiste le scientifique.

—J'ai dit que ça allait !

Dave en a assez. Tout ce cirque a assez duré.

—Ça va faire ! Aussitôt que Loner revient, on remonte !

Sauf que Loner n'a toujours pas quitté la salle de séjour. Sur l'écran, on le voit même hésiter, observer la commande à distance un moment.

S'il rallume les diffuseurs, je les éteins tout de suite ! se dit Dave, la main déjà sur le levier.

Mais Loner range la commande dans sa poche, fait quelques pas dans la salle de séjour, observe un moment l'énorme aquarium sur l'étagère au-dessus de la télévision, puis éteint cette dernière. Après quoi, il s'assoit dans le divan, le dos tourné à la caméra.

—Qu'est-ce qu'il fait ?

Loner ne bouge pas. Dave pousse un juron.

—Il doit réfléchir à tout ça ! répond Jef avec moquerie. Un vrai prof de philo !

—Il était professeur de philosophie ? demande Zorn avec intérêt.

Jef hoche la tête mollement. Il commence vraiment à être ivre.

—Ouais... Il enseignait dans un cégep, à Drummondville...

—Et pourquoi il s'est retrouvé en prison ?

—Ça, il en parle jamais ! Mais tout le monde le sait, *anyway* ! On en a parlé dans tous les journaux du pays !

—Jef ! soupire Dave.

Jef prend une autre gorgée et se lance :

—Son vrai nom, c'est Normand Gagnon, poursuit Jef. On l'appelle Loner parce qu'il est toujours tout seul pis qu'il parle presque à personne. Il a fait exploser le cégep où il enseignait, à Drummondville ! Boum ! Avec une bombe !

Zorn ouvre de grands yeux. Même Vivianne, malgré son air renfrogné, ne peut s'empêcher de hausser les sourcils. Seule Éva n'a aucune réaction.

—Le cégep qui a explosé il y a quinze ans… c'était lui? marmonne le scientifique médusé. Même dans les journaux d'Europe, on en avait parlé! Une trentaine de morts, si je me souviens bien…

Il dirige son regard vers le moniteur. Loner est toujours assis dans le divan, parfaitement immobile.

—Mais pourquoi? demande Zorn, plus curieux que choqué.

—On le sait pas. Je vous l'ai dit, il en parle jamais!

Dave secoue la tête. Cette question, il l'avait lui-même souvent posée au principal intéressé. Qui, bien sûr, n'avait jamais répondu. L'ancien professeur était un mystère complet. Ce qu'avait fait cet homme était si horrible, si inhumain, si contraire à toutes les valeurs de Dave… Et pourtant, sans être vraiment son «ami» (jamais il ne pourrait vraiment être l'ami d'un tel individu), il ne pouvait s'empêcher de retourner voir Loner dans sa cellule, de temps à autre. Il y avait dans cet homme taciturne et sombre quelque chose de brisé qui l'attirait, qui le chicotait. Une fois, Loner avait lâché un mot, un seul, sur son massacre. Dave lui avait demandé s'il n'éprouvait pas le moindre remords, et l'ex-professeur avait marmonné froidement : « Non. » C'était peut-être pour cette raison que Dave retournait le voir malgré tout : la loi des contraires. L'un qui n'a tué personne et l'autre qui a fait disparaître trente innocents d'un seul coup, l'un qui trouve le meurtre inadmissible et l'autre qui le banalise par sa propre indifférence…

Mais il y avait une autre raison, plus simple et plus égoïste : même si l'étrange prisonnier ne parlait presque pas, il n'avait jamais refusé la présence de Dave qui, à chacune de ses visites, répétait qu'il était innocent et qu'un jour il ferait éclater la justice à la face du monde. Loner, à ces mots, hochait la tête et répétait rêveusement : « À la face du monde... » Avec Vivianne, il était la seule personne qui écoutait patiemment Dave, sans démontrer le moindre agacement.

— À c't'heure, voulez-vous savoir pourquoi Éric est en prison, lui ? propose Jef malicieusement. Tant qu'à être dans les confidences !...

Éric, qui avait recommencé à examiner avec curiosité la console de contrôle, se raidit, sur le qui-vive.

— Éric Tétreault a écrasé son patron avec sa voiture, fait Zorn d'une voix égale.

Jef en est tout déconfit.

— Nous le savions déjà, explique le scientifique, amusé. Vivianne l'a eu comme patient durant quelques mois, elle m'en a parlé...

— Ce qu'on sait pas, c'est pourquoi il a tué son *boss* ! relance Jef qui ne veut pas être en reste. Une histoire de jalousie, peut-être ?

— Ferme-la, Fortin ! se fâche l'ex-ingénieur.

Dave se frotte le front. Discussion grotesque ! Il lève un regard exaspéré vers le moniteur. Mais qu'est-ce que Loner attend pour revenir ?

Vivianne, qui en a aussi plus qu'assez, se redresse et dit sèchement :

— Bon. On peut remonter, maintenant ?

Le visage d'Éva s'éclaire, comme si elle approuvait.

—On commence pourtant à s'amuser, non ? riposte Zorn avec un sourire en coin.

Sa femme le dévisage avec cette fois un évident mépris et, comme si elle retenait ce mot depuis longtemps, lâche dans un souffle :

—Imbécile !

Le sourire de Zorn se fige, mais ne disparaît pas.

—Et c'est exactement pour cela que tu m'as épousé, marmonne-t-il avec amertume. Parce que tu avais besoin d'un imbécile pour tes expériences…

Vivianne blêmit et, pendant une seconde, Dave est convaincu qu'elle va sauter sur son mari pour le faire taire. Mal à l'aise, il s'empresse donc de dire :

—OK ! Je vais chercher Loner pis on retourne en haut. Vous m'attendez ici. Ouvrez la porte, Vivianne.

La psychiatre s'exécute. Dave hésite, puis lui demande de l'accompagner. Comme elle connaît la cave, il sera plus tranquille. À contrecœur, elle marche vers la porte, tandis que Dave lance un regard peu rassuré vers Jef.

—Tu penses pas que tu devrais donner ton revolver à Éric ?

Outré, Jef se redresse de toute sa hauteur.

—Pas question ! Tu me prends pour qui, coudon ?

Pour un gars qui commence à être pas mal trop soûl, a envie de répondre Dave, mais il s'abstient. Il interroge Éric du regard, qui lui indique que tout va bien aller. Enfin, lui et la psychiatre sortent.

—On attend patiemment, fait Jef en brandissant son revolver.

Sur quoi, tout en prenant une gorgée de scotch, il lance un clin d'œil à Éva, qui daigne briser son masque d'ennui pour lui sourire.

Éric se remet à examiner les commandes autour de lui, l'air songeur.

◆

— Je suis désolé, fait Dave.

Lui et Vivianne viennent de dépasser les portes de bois coulissantes. Elle tourne la tête vers l'évadé, sans comprendre.

— Je suis désolé de tout ça, répète Dave. Notre présence ici provoque… heu… fait éclater des… des choses entre votre mari pis vous…

— Vous ne faites rien éclater du tout, répond-elle mollement. Vous ne faites que secouer des ruines…

— Pis je suis désolé de… de mettre au jour vos recherches secrètes…

Cette fois, elle s'arrête, plisse les yeux. L'éclairage verdâtre produit sur son visage des ombres qui la rendent étrangement impressionnante. Derrière elle, le couloir s'allonge, disparaît dans les ténèbres.

— Vous m'aviez pourtant dit que vous viviez seule, se justifie platement Dave.

— Un psychiatre ne révèle jamais rien de sa vie privée à un patient, vous ne saviez pas ça ?

Dave ne trouve rien à rétorquer. À le voir ainsi, la mine basse, on ne croirait jamais que c'est lui qui tient l'autre en otage. Vivianne l'examine un moment et demande gravement :

— Pourquoi être venu ici, Dave ?

— Je vous l'ai dit, j'ai trouvé votre adresse dans votre sac à main pis…

Elle secoue la tête avec agacement, comme si cela ne la satisfaisait pas, puis se remet en marche.

—En tout cas, quand nous serons aux États-Unis, je dirai rien à personne, promet Dave en lui emboîtant le pas.

— Dire quoi ?

— Ben… Vos expériences… Même si je sais tout, je dirai rien.

Dave l'entend émettre un son ressemblant à un ricanement. Sans se retourner, Vivianne murmure comme pour elle-même :

— Parce que vous pensez tout savoir…

À l'intersection, ils tournent à droite.

◆

Sur le moniteur vidéo, Loner se lève enfin du divan, mais ne sort pas de la pièce. Il fait quelques pas devant la télé, se caresse le menton de l'index, réfléchit toujours. Sur un autre écran, Dave et Vivianne passent devant la porte en métal du dortoir.

—Ils vont y être dans quelques instants, fait Zorn. Et on devra remonter. Quel dommage !

— Où est la machine ?

C'est Éric qui a posé la question, penché sur une série de voyants qui semblent le rendre perplexe.

— Pardon ? demande Zorn.

— La machine qui rend les rêves réels, elle est où ?

— Mais… elle est là, autour de vous ! Vous êtes dans la salle de contrôle en ce moment.

Éric se relève, se tourne vers le scientifique.

— Pas les commandes. La machine proprement dite, celle qui prend l'activité cérébrale des rêveurs, qui la transforme en ondes, comme vous dites, et qui transforme ces ondes en… en vraies personnes…

Il prononce ces phrases d'un air incrédule, comme si cela le dépassait encore complètement. Jef, qui ne suit pas du tout la conversation, fixe par la grande vitre les huit portes des incubateurs dans la pièce adjacente, le regard vitreux mais songeur, comme s'il préparait un mauvais coup. Zorn croise les mains pour se donner une contenance. On le sent de nouveau sur la corde raide.

— Eh bien… elle est dans les murs…

— Dans les murs ?

— On fait apparaître un autre rêve ! s'écrie soudain Jef en se tournant vers Zorn.

— De quoi tu parles ? lui demande Éric, décontenancé.

— On fait apparaître un autre rêve, juste pour faire peur à Loner pis à Dave !

Éric n'en croit pas ses oreilles. Mais Jef explique, tout fier mais la voix pâteuse, que c'est juste pour rigoler un peu. Un seul rêve, pas dix ! Et puis, Loner a toujours la commande à distance, il n'y a pas de danger. Il avance vers Zorn, légèrement titubant, et lui ordonne :

— Vas-y ! Fais apparaître le rêve de… ton patient, là, qui rêve à des gens mutilés…

— Drouin, précise le scientifique. Il a tué six femmes enceintes en quatre ans. Mais il ne rêve pas toujours à des mutilés… Parfois, ce sont seulement des gens bizarres, hors de…

— Pas grave, on prend lui ! Des gens bizarres ou des mutilés, c'est quand même pas trop dangereux !

— Il n'en est pas question ! objecte Éric.

— Toi, ta gueule !

Éric oscille sur place, comme s'il hésitait à se jeter sur Jef. Mais la vue du revolver l'incite à la prudence et il se contente de marmonner :

—T'es soûl, Fortin… Tu vois plus clair…

Jef émet un gloussement rauque, puis ordonne à Zorn de s'exécuter. Le scientifique hausse les épaules, s'approche de la console et s'affaire sur des commandes sous le moniteur onirique numéro huit.

—Monsieur, il faudrait vraiment qu'on remonte! intervient la bonne dont l'ennui cède maintenant la place à un début d'impatience, comme si elle avait tout à coup peur de manquer un rendez-vous.

—Bientôt, Éva, bientôt…

Sur le moniteur onirique, les lignes vertes apparaissent, zigzaguent, ondulent. Loner, sur l'écran vidéo, marche vers la porte de la salle de séjour et sort enfin.

—Jef, réfléchis! implore Éric. C'est vraiment pas une bonne idée!

Zorn prend la manette qui actionne les diffuseurs, jette un regard interrogateur vers Jef. Ce dernier, en prenant une gorgée de scotch, fait signe que oui. La manette claque.

Ils regardent maintenant vers la grande vitre, même Éric qui, en secouant la tête, maugrée:

—T'es vraiment un pauvre con, Fortin…

Jef ne répond rien, les yeux rivés sur la porte de l'incubateur numéro huit, aussi excité qu'un gamin.

—On va rire…

◆

Vivianne et Dave ne sont qu'à quelques pas du petit couloir qui mène à la salle de séjour lorsque Loner en sort.

—Ah! Tu te décides enfin à venir nous rejoindre! lance Dave.

Loner s'immobilise, manifestement ennuyé de l'arrivée de son compagnon.

—Pas tout à fait, explique l'ex-professeur. Je m'en allais examiner le reste de la cave.

—Tu penses vraiment que c'est le temps de faire du tourisme ! proteste avec un soupir son compagnon en s'arrêtant tout près de lui.

—Je ne fais pas du tourisme, rétorque l'autre sur un très léger ton de reproche.

—Tu fais quoi, d'abord ?

Loner se tait un moment, puis demande :

—Tu te rappelles pourquoi j'ai accepté d'organiser cette évasion ?

Dave s'en souvient. Au début, l'idée de proposer une évasion à un homme qui avait froidement fait exploser une école pleine d'étudiants l'inquiétait, mais Loner, incarcéré depuis quinze ans, connaissait ce pénitencier comme le fond de sa poche. Et il était intelligent. L'ex-professeur avait écouté la proposition de Dave, avait hésité, pour finir par accepter de monter un plan, presque à contrecœur.

—Je vais le faire pour toi, avait-il dit.

Cela avait étonné Dave, qui avait demandé pourquoi.

—Moi, ma quête est terminée, avait répondu l'autre. Mais on dirait que la tienne ne fait que commencer. Disons que ton obstination à vouloir faire éclater la justice, toute naïve soit-elle, est… intéressante.

Sur le coup, Dave n'avait rien compris, puis il avait saisi : sa quête, c'était de retrouver l'assassin de Sonia ! Il avait saisi le bras du prisonnier presque avec violence :

—Donc, tu me crois? Tu le sais que je suis innocent, hein?

Loner l'avait observé avec indifférence, comme si le fait de le croire ou non n'avait aucune espèce d'importance.

Et il avait organisé l'évasion. Avec une intelligence et une efficacité parfaites. Mais aussi avec une absence de conviction et d'émotion déconcertante.

Et maintenant, dans cette cave surréaliste, voilà que Loner revient là-dessus…

—Pourquoi tu me demandes ça? s'étonne Dave.

—Je t'avais dit que tu devais aller au bout de ta quête…

—Loner, où tu veux en venir?

Il hausse une épaule, le regard lointain derrière ses lunettes.

—Peut-être que moi aussi, je dois aller jusqu'au bout de moi-même. Moi qui ai toujours cru m'être rendu le plus loin possible, il me reste peut-être encore un peu de chemin à parcourir…

Il regarde autour de lui. Les murs, le couloir, la cave. Cette ambiance de sous-marin en béton. Sa voix devient aérienne.

—Et ce bout de chemin, c'est peut-être cette cave…

Vivianne le fixe intensément, soudain intéressée. Mais Dave, lui, ne l'est pas du tout. De plus en plus exaspéré, il dit à son comparse qu'ils doivent remonter, qu'ils ont passé suffisamment de temps dans ce trou. Ils rebroussent donc chemin, y compris Loner, toujours songeur.

Soudain, Dave renifle l'air, les sourcils froncés: l'étrange odeur plane de nouveau dans la cave. Il lève la tête au plafond et les deux autres l'imitent.

Sous le grillage du diffuseur, la petite lumière rouge est allumée.

— Vous nous avez dit que vous les aviez fermés ! s'écrie Dave en prenant brutalement la psychiatre par le bras.

— Mais je l'ai fait ! réplique-t-elle, tout aussi abasourdie.

Elle n'a pas terminé sa phrase qu'une forme apparaît au loin. Un individu qui transporte quelque chose de gros et de cylindrique. Sa respiration est forte, ce qui démontre l'effort fourni pour transporter son fardeau.

— La commande, Loner ! souffle Dave.

Loner sort la commande à distance de sa poche, mais n'appuie pas sur le bouton. Dave lui demande ce qu'il attend.

— Pas tout de suite, répond l'ex-professeur, la voix particulièrement intense.

On distingue maintenant les traits de l'apparition onirique qui s'approche toujours. Un homme dans la cinquantaine, l'air fatigué, aux cheveux rares, plutôt banal. Sauf que ses vêtements sont en lambeaux et laissent voir une maigreur repoussante.

Et il transporte un tonneau en bois.

Le bouton, Loner ! répète Dave.

— Attends un peu !

Vivianne, derrière les deux hommes, ne quitte pas non plus l'apparition des yeux, sur le qui-vive.

L'homme dépose enfin son tonneau en poussant un soupir de soulagement. Il essuie son front, regarde le trio d'un air satisfait et dit :

— Tout est là.

Personne ne bouge. Dave est légèrement penché vers l'avant, comme s'il s'attendait à une attaque imminente.

— Qu'est-ce qui est là? demande Loner, les sourcils froncés.

La voix égale, l'homme articule d'une voix presque chantonnante :

— La vie, la mort, le sexe, l'amour…

Et il désigne le tonneau de bois, qui lui arrive aux hanches.

— Rien de tout ça ne m'intéresse, fait l'ex-professeur.

— Loner! souffle Dave.

— Ce qui m'intéresse, moi, poursuit Loner, c'est vous. Votre provenance. La noirceur de laquelle vous êtes né.

L'homme bat des paupières plusieurs fois, comme s'il ne comprenait rien. Il finit par donner une petite tape sur son tonneau en répétant avec assurance :

— Tout est là.

Vivianne plisse les yeux, fascinée. Loner hoche la tête, puis se met en marche vers le tonneau. Au moment où il s'apprête à pencher sa tête au-dessus pour regarder à l'intérieur, Dave se précipite et repousse son comparse de toutes ses forces, se retrouvant à sa place tout près du récipient de bois.

— Qu'est-ce que tu fais, criss! C'est dang…

Mais il ne termine pas sa phrase : avec une rapidité foudroyante, des membres surgissent du tonneau, tels des tentacules monstrueux, et s'emparent brutalement de Dave. Ce dernier réalise confusément qu'il est agrippé par cinq bras humains, nus et lisses, cinq mains qui s'acharnent sur son torse et sa chemise…

Cinq mains à quatre doigts, sans pouce.

Dave se met à frapper sur ces bras hystériques, mais, malgré le fait qu'elles soient dénuées de pouce, les mains ne lâchent pas prise, tirent l'évadé vers le tonneau, duquel surgissent des sons apocalyptiques, s'apparentant tout autant à des hurlements de souffrance qu'à des rires démentiels. À l'écart, l'homme maigre regarde la scène avec détachement, l'air vaguement ailleurs.

—Le bouton, Loner ! hurle Dave qui se débat sauvagement. Le bouton !

Les bras l'obligent à se pencher vers le tonneau, à approcher sa figure de l'ouverture. L'intérieur n'est que noirceur, comme un puits sans fond, comme si les mains émergeaient du cosmos... mais au milieu de ces ténèbres, entre les membres frénétiques, une image apparaît soudain. Et Dave reconnaît la scène du mystérieux tableau, avec cet homme au visage camouflé par les ombres, et cette plaine à l'arrière-plan recouverte d'une foule immense. Mais cette fois, ce n'est plus une peinture. C'est une scène réelle. Vivante. La foule est en mouvement, des milliers de petites fourmis humaines qui bougent, courent, s'agitent, provoquant une rumeur assourdissante... et la main sans pouce de l'homme au capuchon, qui était dressée vers l'avant, effectue lentement un arc de cercle à l'horizontale et montre la plaine, désigne la montagne tout au bout, comme pour faire comprendre quelque chose à Dave, comme pour lui dire que tout...

... est...

... là...

Dave sent son cœur s'accélérer, battre trop vite, au point d'éclater, au point de surgir de sa bouche pour tomber vers cette plaine, vers cette foule grouillante qui court vers la montagne…

Mais les bras le lâchent soudainement et il s'écrase sur le sol.

Déboussolé, il regarde partout : plus de trace du tonneau ni de l'homme en haillons.

Sous le diffuseur du mur, la lumière est éteinte. Loner, le doigt sur le bouton noir qu'il vient d'actionner, observe Dave avec calme mais intérêt.

— Ça t'a pris ben du temps ! vocifère Dave en se relevant, se rendant à peine compte du tremblement de ses jambes. Toi pis tes osties de questions de… de…

— Qu'est-ce qu'il y avait dans le tonneau ?

— Hein ?

— Qu'est-ce que tu as vu, à l'intérieur ?

— Mais qu'est-ce que ça peut crisser, ce que j'ai vu !

Et pourtant, en se rappelant sa vision, il sent le tremblement de ses jambes remonter jusqu'à ses bras.

Des bruits de course. Là-bas, diffuse dans l'éclairage blafard, Vivianne tourne le coin au fond du corridor et disparaît. Il ne manquait plus que ça ! Dave s'élance à la poursuite de la psychiatre en criant à Loner :

— Va voir ce qui se passe avec les autres !

Il arrive à son tour au coude et tourne à droite, réalisant vaguement qu'il se trouve dans une partie de la cave encore inexplorée. Aucune ouverture sur les côtés, mais le couloir se termine sur une porte de bois à double battant grande ouverte. Dave la traverse et, malgré l'absence de lumière, devine qu'il s'agit d'une sorte de vaste salle à manger. Sur le mur en face, un rectangle de lumière se détache. L'ex-prisonnier contourne la table, se précipite vers la nouvelle porte qu'il traverse.

Il se retrouve dans une vaste cuisine éclairée aux néons : comptoirs, fourneau, chaudrons et marmites sur de multiples étagères, tout est propre et ordonné.

Vivianne est là, le dos à Dave, et, trousseau de clés cliquetant entre les doigts, déverrouille nerveusement le cadenas d'une armoire.

— Vivianne !

L'armoire s'ouvre enfin et la psychiatre enfouit sa main à l'intérieur. Dave se précipite, mais s'arrête en voyant la femme faire volte-face, un couteau de boucher à la main, le visage grimaçant et mauvais.

— Reculez, sinon je vous tue !

Une mèche de cheveux lui tombe sur la joue droite, sa respiration est légèrement sifflante. Immobile, les bras écartés, Dave la regarde droit dans les yeux.

— Pis après ça ? Vous allez tuer Loner ?… Pis Éric ?… Pis Jef ?… Voyons, Vivianne…

Entre ses doigts, le couteau est ferme, mais sous le masque menaçant perce l'incertitude.

— Lâchez ça, poursuit doucement Dave.

Criss ! il savait qu'ils n'auraient pas dû descendre dans cette cave ! Tout a dégénéré, maintenant ! Lui qui voulait seulement demeurer dans cette maison pour la nuit, tranquille, sans causer de mal à personne, et repartir le lendemain matin ! Est-ce si dur à comprendre ?

Le duel silencieux se poursuit quelques secondes, puis subitement, en poussant une longue expiration découragée, Vivianne lance l'arme qui rebondit sur le comptoir.

—Mais pourquoi être venus ici! gémit-elle en se passant les deux mains dans les cheveux, comme si ceux-ci lui devenaient insupportables. Pourquoi, pourquoi?

—Je vous l'ai dit, je savais que vous viv…

—Arrêtez de me donner cette stupide raison! Il faut qu'il y ait une autre explication! Il y en a *nécessairement* une!

Dave baisse la tête et finit par bredouiller, comme un gamin gêné:

—J'ai aussi choisi votre maison parce que… Je me disais que… peut-être, vous comprendriez…

—Comprendre quoi?

Elle a l'air intéressé tout à coup, il jurerait même qu'elle l'encourage du regard. Dans la cuisine, on n'entend pendant quelques secondes que le ronronnement du frigo, puis, avec plus d'assurance, Dave précise:

—Comprendre pourquoi je fais ça… Pourquoi je m'évade… Vous m'avez écouté durant six mois pis… vous m'avez jamais jugé. Même la première fois qu'on s'est rencontrés.

À son grand soulagement, elle n'éclate pas de rire. Surprise, elle demande même:

—Vous vous rappelez notre première rencontre?

Il s'en souvient parfaitement. Quand il avait entendu sa sentence à la fin du procès, il s'était évanoui d'incrédulité et de désespoir. Il s'était réveillé dans une petite pièce vide, assis sur le sol, si démoli moralement qu'il n'avait pas bougé durant une bonne demi-heure, attendant passivement que la porte devant lui s'ouvre pour laisser passer les flics qui allaient sûrement venir le chercher d'une minute à l'autre. Mais c'était finalement une femme qui était entrée. Elle l'avait examiné de son regard froid et intéressé à la fois, puis lui avait demandé comment il se sentait. Qui c'était, cette femme ? Il le lui avait demandé et elle avait répondu :

— Je me nomme Vivianne Léveillé. Je suis psychiatre.

— Psychiatre ?

— Je travaille en clinique privée... et aussi à la prison de Donnacona.

À ces mots, il s'était enfin révolté, hurlant qu'il n'avait pas tué Sonia, qu'il était innocent et qu'il refusait d'aller en prison. Il avait même voulu s'élancer vers la porte, mais Vivianne avait eu le temps de sortir et de verrouiller derrière elle.

Premier contact pas très prometteur.

Dave était demeuré longtemps dans cette pièce vide, à tourner en rond et à broyer du noir. Mais durant ces quelques heures de solitude, il avait réfléchi et avait compris que cette psychiatre était la seule personne qui pourrait peut-être le croire, le sortir de cet enfer. Il en était là dans ses réflexions lorsque la porte, après une éternité, s'était ouverte une nouvelle fois. Deux policiers étaient entrés.

— Où est la psychiatre ? avait demandé Dave, qui avait compté sur elle pour l'aider.

— Elle te verra en prison.

— Ouais. C'est là qu'on s'en va, bonhomme...

Ils avaient voulu le menotter pour l'amener dans le fourgon. Dave avait senti la révolte de nouveau. Il n'avait pas vraiment tenté de frapper les flics, lui qui ne s'était jamais battu de sa vie, mais il avait beaucoup gesticulé en hurlant qu'il voulait parler à

Vivianne Léveillé. Une matraque s'était abattue sur sa nuque, et il s'était évanoui encore une fois. Lorsqu'il avait repris conscience, il était dans le fourgon qui roulait vers sa nouvelle demeure. Il avait compris que, maintenant, il n'y avait plus d'espoir possible, et il avait pleuré comme un enfant.

—Dès cette première rencontre, j'ai vu en vous une alliée, ajoute Dave en soutenant le regard de Vivianne.

—Et vous êtes venu ici en pensant que je vous aiderais? demande-t-elle avec un certain étonnement.

—Non, pas que vous m'aideriez, mais… que peut-être vous…

Il se gratte l'oreille en faisant la moue. Ce n'est pas de la compassion qu'elle démontre en ce moment mais de la curiosité. Une curiosité purement professionnelle. Comme toujours. Il se traite intérieurement d'idiot: il a eu tort d'y croire, depuis le début.

Il avance vers elle, arrache le trousseau de clés de la serrure de l'armoire et dit d'une voix morne:

—Venez… On va rejoindre les autres…

◆

Quand Loner arrive à la porte de la Bulle, il tombe sur une scène de désordre total. Éric, hors de lui, engueule Jef qui proteste en rigolant. Éva, à l'écart, supplie Zorn de remonter à l'étage, et ce dernier l'exhorte à un peu de patience. Personne ne remarque la présence de Loner, jusqu'à ce qu'il demande ce qui se passe.

—C'était son idée! se défend Éric en pointant vers Jef un doigt accusateur. Je lui ai dit que c'était complètement stupide, mais il a rien voulu entendre!

— Pis après ? Est-ce qu'il est arrivé quelque chose de grave ? Non ? Bon, ben, calme-toi un peu, le fif, pis arrête de...

Éric s'élance vers Jef, sous le regard intéressé de Zorn, mais Loner pousse alors un « Hé ! » assourdissant qui paralyse tout le monde. L'ex-professeur reprend aussitôt son calme pour ordonner d'une voix neutre :

— On remonte.

Il sort la commande à distance de sa poche et appuie sur le bouton rouge. Aussitôt, on entend le vrombissement de l'ascenseur qui entreprend sa descente. Jef proteste d'une voix molle, en faisant remarquer que c'est plus marrant ici qu'en haut, mais Loner, le ton dur cette fois, rétorque :

— Aussitôt que Dave et Vivianne sont revenus, on remonte.

Éva approuve avec une exagération presque comique. Éric hoche aussi la tête, mais il regarde autour de lui avec une légère déception, comme s'il aurait aimé en savoir plus sur cette « machine » à rêves.

Tous sortent donc de la pièce, tandis que Loner dépose la commande à distance sur la console. Dans le couloir, Jef demande :

— Ils sont où, les deux autres ? Ils font du *necking* dans un coin ?

Et son hilarité se perd dans une gorgée de scotch, mais Loner, qui s'est approché, lui enlève alors la bouteille des mains, comme s'il s'agissait d'une poussière sur sa chemise. Jef en demeure bouche bée une courte seconde, puis demande à son complice ce qui lui prend.

— Je pense que t'en as assez pris pour ce soir.

— Depuis quand tu t'intéresses à ma santé, toi ?

— Ta santé, je m'en tape. C'est notre sécurité à tous qui me préoccupe.

Nouvelle discussion houleuse. Éric n'aime pas du tout cette tension et, avec inquiétude, jette un coup d'œil vers Éva, qui piétine sur place comme si elle avait envie de pisser, et Zorn, qui observe l'altercation avec attention. *On ne peut pas s'engueuler et continuer à surveiller les otages !* songe-t-il. D'ailleurs, Jef semble avoir oublié qu'il tient un revolver et le balance en tous sens comme s'il s'agissait d'un simple crayon.

— Entrez là-d'dans, vous deux ! lance alors l'ex-ingénieur en pointant du doigt la salle aux incubateurs.

Zorn veut répliquer quelque chose, mais Éva, qui semble trouver l'idée excellente, pousse le fauteuil de son maître à l'intérieur de la pièce.

— Pour la dernière fois, redonne-moi mon scotch ! s'énerve Jef.

Alors, Loner lève la bouteille à la hauteur de sa tête et, d'un mouvement presque gracieux, l'incline vers le bas. Le reste de l'alcool se déverse en une ondulante banderole dorée qui passe devant le visage impassible de l'évadé. Ahuri, Jef regarde le précieux nectar se répandre sur le sol et Éric, soudain inquiet, se dit que ce maniaque va se rappeler qu'il tient un revolver et tirer à bout portant sur Loner.

Pendant deux secondes, le visage de Jef se tord en une étrange et peu rassurante grimace, mais lorsqu'il éclate enfin, ce n'est pas de rage mais de rire. De sa main libre, il donne une claque dans le dos de Loner.

— Avoue que c'était drôle en criss, tout à l'heure !

Devant l'hilarité de Jef, Loner demeure de marbre, mais il marmonne tout de même :

— C'est vrai que c'était assez intéressant…

— Bon ! Parle-moi de ça, une réaction de même ! s'exclame Jef en prenant Éric à témoin. C'est pas comme le téteux à Dave, qui arrête pas de…

— Qui arrête pas de quoi ?

C'est Dave qui s'approche, précédé d'une Vivianne sombre et songeuse. Loin d'être intimidé par la présence de son complice, Jef redresse la tête et complète avec un air de défi :

— Qui arrête pas de capoter pis d'agir comme si c'était nous autres qui étaient en danger !

— On *est* en danger, justement ! La police nous cherche, je te rappelle ! Pis toi, pendant ce temps-là, tu t'amuses ! Parce que c'est toi qui as ordonné d'actionner les diffuseurs, hein, avoue !

— Certain que c'est moi ! Pis après ? T'es-tu mort ? Relaxe un peu, criss !

— T'es soûl, ostie de con ! Je le sais pas ce qui me retient de…

Il s'arrête, fouille soudain le couloir des yeux.

— Zorn pis la bonne… Ils sont où ?

Éric lui explique qu'ils sont dans la salle des incubateurs.

— Comme on s'engueulait, je me suis dit que c'était plus prudent de les mettre à l'écart pis…

— Seuls ?

— Il y a juste huit petites pièces vides, là-d'dans ! lui rappelle Éric. Ils ne peuvent pas aller nulle part.

Cela ne rassure pas Dave qui marche vers la porte de la salle tout près. Jef lève les bras de découragement : est-ce que ce parano ne pouvait pas passer plus de trois minutes sans angoisser ?

En entrant dans la pièce, Dave s'attendait à tout : à trouver Zorn et Éva en train de se sauver par une porte secrète, à les découvrir soudainement armés, il aurait même accepté de les voir jouer du violoncelle.

Mais ça, ça dépasse tout.

Éva est agenouillée devant Zorn et lui taille une pipe. Et si la servante démontre un enthousiasme évident, son patron, lui, manifeste une nervosité certaine et tente gauchement de la repousser. Comme si la scène n'était pas suffisamment grotesque, le pantalon baissé du scientifique permet de constater que ce dernier possède, au lieu de membres inférieurs, deux prothèses cylindriques. La vue de cette jeune femme en train de sucer avec ardeur un homme muni de deux jambes en plastique aurait pu, en d'autres circonstances, faire éclater Dave de rire, mais en ce moment, il se sent tout simplement déboussolé, n'arrive pas à croire ce qu'il voit. Par contre, Jef, qui apparaît derrière lui dans la porte, ne se gêne pas pour exprimer avec fracas son amusement.

—Ostie, c'est pas vrai ! *Man,* je rêve !

Et son rire redouble devant le sursaut de Zorn qui tente de remonter maladroitement son pantalon, tandis qu'il grogne vers la servante :

—Je te l'avais dit, idiote, que ce n'était pas le moment !

Tout le monde est maintenant dans l'encadrement de la porte. Loner se contente de soulever un sourcil. Quant à Vivianne, pas du tout étonnée ou choquée, elle retrousse les lèvres avec mépris.

Éva, toujours à genoux, grimace de frustration, en ignorant parfaitement la présence des autres.

— Mais c'est pas fini! piaille-t-elle en voulant se remettre à l'ouvrage.

— Éva, ça suffit! rétorque Zorn en reculant son fauteuil.

Et il achève de remonter son pantalon, gêné, confus. Personne ne trouve rien à dire, sauf Jef qui continue à se marrer comme une baleine. Éva, la coiffure en désordre, est si en furie qu'on a peine à reconnaître la petite servante docile de tout à l'heure. Maintenant debout, elle se met à donner des coups de talon sur le plancher en scandant le plus sérieusement du monde:

— Je veux une queue!

Dave sent sa tête tourner. En moins de deux minutes, ils sont passés de la science-fiction glauque au burlesque surréaliste. Mais dans quelle maison de fous sont-ils tombés? Il revoit alors Vivianne qui lui demande d'un air suppliant: *Pourquoi avoir choisi cette maison? Pourquoi?*

— Je veux une queue *tout de suite*!

Alors Jef cesse de rire, un éclat étrange traverse son regard ivre et il avance dans la pièce en lâchant d'une voix basse:

— OK, ma belle... Je vais t'arranger ça...

Éva le considère un moment, puis approuve avec une exagération frénétique. Tandis qu'il détache sa ceinture de sa main libre, Jef ordonne à Zorn de sortir de la pièce. Le scientifique ne se le fait pas dire deux fois. Mais Dave intervient aussitôt:

— Jef, criss, t'es pas sérieux!

— Des filles de même, y a une chance sur mille pour qu'on en rencontre une! Je manquerai pas ma chance certain!

— Y est pas question que...

—Mêlez-vous donc de vos affaires et laissez-nous tranquilles ! riposte Éva avec une hargne déroutante.

—C'est un tueur, tu le savais ? lance-t-il à la servante. Il a tué pis violé une fille dans une ruelle !

—Ben oui, ben oui, je l'ai dit, tantôt ! renchérit Jef, soudain allumé. Pis pas juste une, monsieur le curé ! J'en ai tué une autre, y a un an, à Montréal ! Une femme dans son appartement ! J'ai pas eu le temps de la violer, elle, mais je l'ai tuée quand même ! Pis jamais la police l'a su, pour celle-là !

Dave cligne des yeux, sidéré par cet aveu lâché avec une telle désinvolture. Dans l'encadrement de la porte, Éric secoue la tête, dégoûté.

—Hein ? Tu vois ! poursuit Jef. J'ai rien à cacher ! Je fais pas l'hypocrite ! Je joue pas aux innocents, *moi* !

Allumé par l'alcool et sa propre audace, il se tourne vers Éva avec un air de défi. Cette dernière, qui claque sur ses cuisses d'impatience, rétorque rapidement :

—Je m'en fous, je m'en fous complètement ! Je veux juste sucer une queue, c'est pas compliqué !

Jef revient à Dave, triomphant. Ce dernier dévisage Éva. Mais qu'est-ce que c'est que cette… que cette *fille* ?

—Bon, sortez à c't'heure ! s'impatiente Jef.

Mais Dave continue à protester. *Fuck !* Ça dérape de plus en plus, ça n'a pas de sens ! Il faut remonter en haut, reprendre le contrôle de la situation, est-ce que ce cave de Fortin peut comprendre ça ? Mais Loner, qui s'est approché, marmonne d'une voix lasse :

—Laisse tomber, Dave.

Dave le dévisage, puis, poussant un grognement de rage et d'abandon, marche vers la porte.

— Bon ! Loner, lui y comprend ! triomphe Jef.

— Pas vraiment, rétorque l'ex-professeur. C'est juste qu'on discute pas avec un imbécile. On le laisse faire ses conneries en espérant qu'il comprenne, c'est tout.

— Comprendre quoi ? Voyons, ciboire, je veux juste…

Loner fait un pas vers lui, le visage grave.

— Si t'as pas encore compris que cette fille n'est pas normale, ça prouve que t'es vraiment un imbécile.

— Évidemment, que je l'ai compris ! susurre Jef en faisant un clin d'œil. C'est justement ça qui est excitant !

Loner ne dit rien, jette un coup d'œil vers Éva qui se tord les doigts d'impatience, puis marche vers la porte. Zorn, avant de sortir, se tourne vers le couple. La gêne a quitté son visage, ce qui permet à son ironie habituelle de retrouver son territoire.

— Amusez-vous bien, se permet-il même de lancer.

Là-dessus, Loner referme la porte.

Jef se tourne vers Éva et continue de défaire sa ceinture, un sourire carnassier aux lèvres.

— OK, ma belle, à nous deux…

Éva, le visage soudain lumineux, se précipite vers lui et baisse brusquement son pantalon.

◆

Dans le couloir, c'est le silence et l'immobilité. Un peu à l'écart, Vivianne est perdue dans de profondes pensées.

Dave, qui marche de long en large, prévient les autres :

—Aussitôt que ce *twit* a fini ses niaiseries, on remonte en haut, c'est clair ?

Loner, appuyé contre le mur, hoche la tête. Éric, lui, contemple l'un des grillages du mur, tout près d'une caméra.

Dave arrête enfin son va-et-vient, soupire, regarde vers le bout du couloir, du côté de l'infirmerie. Glauque, imprécis, nébuleux. Il tourne la tête dans l'autre direction : la salle aux incubateurs, la Bulle… Puis, plus loin, au bout, une autre porte, à droite. Fermée. Sur quelle pièce peut-elle ouvrir ?

—C'est par ces appareils que les ondes mentales de vos patients sont diffusées dans la cave, c'est ça ? demande alors Éric.

—Exactement, répond Zorn.

Éric continue d'observer le petit rectangle grillagé, l'expression dubitative.

—Pourquoi vous n'avez pas voulu que je voie le visage de la femme, tout à l'heure ? demande Loner à Vivianne.

—Hein ?

—Cette femme, dans la salle de lecture, qui a voulu enlever son masque… Vous l'avez fait disparaître juste avant que l'on voie son visage… Pourquoi ?

Dave soupire et s'appuie sur le mur à son tour, excédé par la tranquille curiosité de Loner. Vivianne hésite à répondre, mais Zorn prend le relais :

—On ne peut pas voir les visages des rêves d'Évelyne Madore.

—Évelyne Madore ?

—Elle est arrivée ici dès le début, il y a neuf mois. Trente-sept ans, divorcée, assistante dentaire, elle a tué sept personnes en quinze ans, toujours des gens qui travaillaient dans le milieu des cosmétiques. Elle parle très peu. Comme presque tous nos patients.

Éric se détourne du diffuseur et écoute Zorn, intrigué. Ce dernier, satisfait d'être de nouveau le centre d'attention, poursuit, malgré le regard noir que lui lance sa femme:

—Madore rêve à des gens masqués. Hommes ou femmes, ils portent toujours des masques neutres, sans personnalité. Parfois, ses rêves ne comportent qu'un personnage, comme la femme de tout à l'heure, mais ils sont plus souvent en groupe. Ce qui est intéressant, c'est que lorsque Madore avait huit ans, ses parents avaient organisé un bal masqué dans leur maison. Un bal durant lequel la jeune fille aurait piqué une crise de panique, au point qu'on avait été obligé de l'amener à l'hôpital où elle était restée quelques jours. Mais jamais elle n'a reparlé de ce bal, et personne ne sait exactement ce qui s'y est passé.

—Pourquoi on ne peut pas voir les visages de ses rêves? insiste Loner.

—C'est trop… dangereux.

—Comment ça?

Tout en jetant un œil vers sa femme, le scientifique ajoute:

—J'ai bien peur que vous en demandiez un peu trop sur…

—Et pourquoi pas le leur dire? lance tout à coup Vivianne. Au point où on en est! La police va finir par les rattraper et…

—La police ne nous retrouvera pas ! coupe sèchement Dave.

—Mais oui, elle va vous rattraper, tôt ou tard ! Et là, vous aller leur raconter tout ce que vous avez vu ici ! Dans quelques semaines, *Oniria* va devenir aussi populaire que Disney World et toute recherche deviendra impossible ! Tout sera su, tout ! Y compris que…

Elle s'interrompt et, soupirant de rage, fait quelques pas dans le couloir, étrangement vaporeuse sous cet éclairage poisseux. Puis, elle se remet à parler, comme si le fait de tout raconter devenait une vengeance, un défoulement contre la mauvaise fortune.

—Quand Angus vous a dit que vous alliez être les premiers à voir le résultat de nos expériences, ce n'était pas tout à fait vrai… La nuit où nous avons fait apparaître les rêves de Madore pour la première fois a coïncidé avec la visite d'un émissaire gouvernemental, un psy nommé Picard. Il venait en «examinateur» et devait faire un premier rapport au ministre… Picard, en même temps que nous, a vu apparaître des gens masqués qui erraient dans la cave, dans les couloirs. Mais l'un d'eux, détaché du groupe, est entré dans la salle d'entraînement pour ne plus en sortir. Picard était évidemment fasciné et il nous a dit qu'il voulait entrer en contact avec cet homme. Nous avons accepté et nous lui avons promis de tout arrêter si les choses devenaient dangereuses. Nous lui avons même donné la commande à distance. Picard s'est donc dirigé vers le gymnase et, sur le moniteur vidéo, nous l'avons vu entrer.

Dave, qui a cessé de faire les cent pas, écoute comme les autres.

—Nous avons vu Picard s'adresser à l'homme masqué, lui poser des questions. Mais le rêve ne disait rien. Puis, il a fini par enlever son masque. Il tournait le dos à la caméra, de sorte que nous n'avons pu distinguer son visage… mais Picard, lui, l'a vu. Et…

Vivianne examine ses doigts, retrousse ses lèvres en une petite moue étrange, puis lâche négligemment:

—Il est mort.

—Hein?

—Le rêve l'a… l'a tué?

—Quand le masque a été enlevé, Angus et moi avons très bien vu l'expression de Picard. Son visage s'est littéralement ratatiné de terreur, il s'est mordu les lèvres au sang… et il s'est écroulé, la face la première contre le sol.

Elle regarde enfin les trois évadés.

—Je n'avais jamais vu quelqu'un avoir si peur.

Elle hausse une épaule:

—Officiellement, il a été foudroyé par une crise cardiaque. Le ministre ne nous a pas posé de questions, mais le ministère n'a plus envoyé d'examinateur depuis.

Elle réfléchit en jouant avec son camée, puis poursuit:

—Trois nuits plus tard, plusieurs de ces masqués dansaient dans la salle à manger de la cave. J'ai décidé d'entrer en contact avec eux et j'ai demandé à Angus d'enregistrer sur vidéo la rencontre. Munie de la commande à distance, je suis allée dans la pièce. Ils étaient une dizaine, ils m'ont regardée en silence, puis ont commencé à enlever leur masque.

J'ai fermé les yeux. Puis, au bout de vingt secondes, j'ai actionné l'interrupteur des diffuseurs et les rêves ont disparu. Angus avait enregistré la scène, sans la regarder, comme je le lui avais demandé.

Elle soupire, perdue dans ses souvenirs.

— Pendant deux semaines, j'ai laissé la cassette dans mon magnétoscope, au salon, mais jamais je n'ai visionné la scène jusqu'au bout, appuyant sur « stop » chaque fois que les rêves commençaient à soulever leur masque. Je n'osais pas. Je laissais la cassette dans le magnétoscope, en me disant que je finirais bien par me raisonner…

— Et vous avez fini par la regarder ? demande Éric.

— Moi, non… Mais un soir, nous avons reçu un ami d'Angus, Helms, un scientifique de passage au Québec. Il a couché ici. Angus savait qu'Helms souffrait d'insomnie, mais nous n'y avons pas prêté attention. Le lendemain matin, nous avons découvert notre invité mort dans la cuisine. Il s'était tranché la gorge avec un couteau à viande. Dans le salon, la télévision était ouverte.

— Il avait écouté la cassette ! souffle Dave.

Vivianne hoche la tête, tournant son verre entre ses mains. Loner, les bras croisés, écoute attentivement.

— Pour déjouer son insomnie, il avait sûrement voulu regarder la télé et, curieux, avait visionné la cassette dans le magnétoscope… Ce qu'il y a vu l'a rendu fou au point qu'il s'est enlevé la vie…

Avec dépit, elle ajoute :

— Nous avons détruit la cassette. Depuis ce temps, ni Angus ni moi n'avons essayé de voir les vrais visages de ces créatures oniriques.

Tout le monde se tait, impressionné.

—Donc, si j'avais vu le visage de cette femme, tout à l'heure, j'aurais pu mourir de peur, remarque Loner. Cela aurait fait votre affaire, non ?

—Oui, mais vous auriez pu aussi devenir fou comme Helms, rétorque sèchement la psychiatre. Et Dieu seul sait comment vous auriez réagi avec moi. Je n'ai pas voulu courir le risque.

Loner hoche la tête.

—Je l'aurais couru, moi, ce risque, murmure-t-il.

—Vous voyez donc l'utilité de la chose, dit Zorn avec sarcasme. Nous faisons apparaître les rêves de Madore, qui sont des personnes masquées, mais nous ne pouvons pas voir leurs visages…

—Ça nous a tout de même conduits à la piste du bal de son enfance ! rétorque sa femme. Nous pouvons facilement conclure qu'elle y a vu quelque chose d'épouvantable que son inconscient a…

—Et tu crois que cela nous aide à comprendre la démence de Madore ? l'interrompt son mari avec un sourire mauvais. Tu crois que le fait qu'on sache que Prud'homme rêve à des enfants nous aide à quoi que ce soit ? Ou Boyer à une famille déjantée ? Ou…

Il se tait, comme s'il réalisait son soudain emportement. Dédaigneuse, Vivianne hoche la tête.

—Tu n'as jamais cru à l'utilité de tout ça… Jamais…

—Alors, pourquoi l'avez-vous soutenue dans ses expériences ? demande Éric. Pourquoi avez-vous tout consacré à son projet ?

—Pourquoi m'être sacrifié, c'est ça ? complète Zorn.

Son ton est de nouveau ironique, mais d'une ironie sombre. Vivianne détourne la tête. Zorn émet son petit ricanement de crécelle, sans aucune trace de joie puis, curieusement, caresse ses deux fausses jambes.

Pendant un bref moment, personne ne parle ni ne bouge, puis Dave se remet à marcher de long en large, agacé par ces discussions inutiles. Il jette un regard impatienté vers la porte fermée de la salle des incubateurs.

— Mais qu'est-ce qu'il fout, criss ?

◆

Éva pompe le sexe de l'ex-prisonnier avec une jubilation spectaculaire. De temps à autre, elle lève vers Jef un regard si pervers que ce dernier en est étourdi d'excitation. Bon Dieu ! Quelle salope ! Jamais il n'a été sucé de cette manière ! Les mouvements de succion deviennent de plus en plus rapides, presque urgents, tandis que la respiration d'Éva s'accélère, à croire que c'est elle qui approche de l'orgasme et non lui.

Jef se dégage tout à coup avec un gloussement essoufflé. Faut qu'elle arrête un peu, sinon il va exploser tout de suite ! Ça serait vraiment du gaspillage ! Éva le dévisage avec effarement.

— Qu'est-ce qu'il y a ? demande-t-elle d'un ton presque choqué.

Il l'oblige à s'étendre sur le dos, à même le plancher. Elle se laisse faire, mais ne comprend pas.

— Vous voulez que je vous suce sur le dos ?

— Ben non ! Je vais m'occuper de toi un peu...

Il se met à genoux, dépose son arme sur le sol, relève la jupette. Le slip en dentelle noire apparaît.

— Qu'est-ce que vous allez faire ?

Sa voix est incertaine, son corps étendu est tout raide.

— Laisse-toi faire, j'te dis ! Y a rien qui m'excite plus que de bouffer une petite fente juteuse !

D'une voix tout à coup inquiète, elle lui dit que ce n'est pas une bonne idée et veut même se relever. Jef devrait trouver cette réaction étrange, contradictoire, mais il est trop excité et se contente de la repousser légèrement, en lui répétant de se laisser faire. Il arrache carrément le slip, qui se déchire sans résistance. La vue du sexe totalement rasé le rend presque fou. Ostie ! Il va la baiser jusqu'à lui percer le dos ! Mais, encore une fois, Éva se redresse brusquement, sa voix maintenant carrément paniquée :

— Non, faites pas ça, je veux pas ! Je veux pas que vous alliez *là* !

Mais qu'est-ce qui lui prend, à cette conne ? Elle joue les allumeuses de première, le suce comme un aspirateur, et tout à coup, alors qu'il est bandé comme un étalon, elle devient une sainte-nitouche ? Elle est bien comme toutes les autres ! Une hypocrite qui ne veut que tout contrôler, qui ne veut que profiter des hommes ! Comme sa chienne de mère !

Mais lui n'est pas comme son père. Oh ! que non ! Il a des couilles, lui ! Et il sait s'en servir !

Il repousse avec violence la bonne sur le dos.

— Bouge pas ou je te cogne !

Et il plaque sa bouche violemment contre la vulve. Sans délicatesse, il suce et lèche le sexe d'Éva tout en se masturbant de la main droite. La fille ne résiste plus, mais son corps est tendu et son regard figé est tourné vers le plafond, comme dans l'attente d'un terrible événement. Mais Jef ne se rend compte de rien, l'excitation lui brouille les sens, le fait littéralement haleter. Voilà ! Elle a enfin compris son rang et son rôle ! C'est pourtant pas compliqué ! Pourquoi sa mauviette de père ne l'avait jamais compris, lui ? Il avait préféré se laisser humilier toute sa vie par une salope qui avait fini par le pousser au suicide, se laisser traiter comme la dernière des merdes, au lieu de…

Pense pas à ça là, ostie de con ! T'as la plotte du siècle entre les mains, profites-en !

Il suçote le clitoris sans ménagement, écarte de sa langue les grandes lèvres et enfonce davantage sa bouche dans la fente. Encore quelques secondes de ce nectar, après quoi il va la pénétrer, la clouer sur le plancher, la…

Tout à coup, il sent un léger chatouillement sur sa lèvre supérieure, qui recouvre rapidement toute sa bouche. Il recule la tête, stupéfait, mais la démangeaison ne disparaît pas. Au contraire, elle se transforme en une douleur aiguë, comme si une aiguille transperçait sa lèvre. Il pousse un petit couinement et, instinctivement, balaie rapidement sa bouche de ses doigts.

Quelque chose tombe sur le sol. Un petit insecte, gros comme une coccinelle, hideux, impossible à identifier, qui s'empresse de trottiner jusque dans un coin de la pièce, sous l'œil sidéré de Jef, qui ne remarque pas qu'Éva, la tête relevée, le contemple d'un œil plein de rancune.

Mais ça bouge toujours, sur sa bouche, ça continue de grouiller… et ça pince… ça mord… Paniqué, il frotte ses lèvres furieusement, ce qui fait tomber trois ou quatre autres de ces bestioles, mais les grignotements, loin de diminuer, deviennent encore plus intenses, plus profonds…

Alors, la bouche transformée en un champ de souffrances, il se met à hurler.

CHAPITRE 6

ÉVA

Dave, qui ne cesse de marcher de long en large, voudrait bien savoir quelle heure il est. Cet imbécile de Jef doit être trop soûl pour avoir son stupide orgasme ! Loner, toujours appuyé contre le mur, se tourne alors vers Zorn.

— On vous a amputé les jambes il y a long-temps ?

Un peu surpris par la question, le scientifique hésite un moment.

— Heu… Oui, il y a une quinzaine d'années… Un accident de voiture…

— Donc, bien avant que vous ne connaissiez Vivianne…

La psychiatre tourne un regard intrigué vers l'ex-professeur. Zorn lui-même fronce les sourcils, perplexe.

— Mais oui… Bien avant… Pourquoi cette question ?

Loner ne dit rien, son regard intense fixé sur le scientifique. Vivianne semble tout à coup nerveuse.

Dave s'appuie contre le mur, croise les bras. Il repense à ce qu'il a vu, tout à l'heure, dans le tonneau du rêve. L'homme sans visage du tableau, sa main sans pouce qui a soudainement montré la plaine derrière lui, cette plaine grouillante de gens hystériques…

Pourquoi avait-il eu cette vision ? Quel rapport avec ce rêve ?

Il se frotte le visage. Demain matin, ils fonceront vers les États-Unis, loin de cette maison délirante. Et là, il montera un plan pour retrouver l'assassin de Sonia.

Sonia…

Il tourne la tête vers Vivianne et, avec une amertume lasse, lui dit :

— Vous croyez pas que je suis innocent, hein ?

Vivianne fronce les sourcils, prise au dépourvu.

— Depuis le début, vous me croyez pas, poursuit Dave. Je pensais le contraire, mais je me suis fourré un doigt dans l'œil. Vous pensez que je mens. Maintenant que je suis plus officiellement votre « patient », admettez-le donc…

Vivianne observe l'ex-prisonnier un moment, puis elle articule :

— Non, je ne crois pas que vous mentez…

Dave en est si éberlué qu'il ne trouve rien à dire pendant de longues secondes. Avait-il finalement raison ? Elle est donc vraiment avec lui ?

Elle le croit ! Elle le *croit* !

Ils entendent alors le cri de Jef, un cri qui n'a rien à voir avec l'extase. Dave et Éric bondissent, tandis que Loner pousse un soupir fataliste.

— J'ai l'impression que votre ami est allé fouiner là où il n'aurait pas dû, remarque Zorn d'un ton gouailleur.

Les deux ex-prisonniers ouvrent vivement la porte.

Éva est debout au milieu de la pièce, la jupette en désordre, calme mais le visage dur, et elle regarde Jef qui sautille sur place, la main plaquée contre sa bouche débordante d'hémoglobine. Dave et Éric ne trouvent rien à dire ni à faire pendant quelques secondes, mais tentent de comprendre ce qui se passe. Entre eux deux, Vivianne apparaît et observe la scène froidement.

— Criss, Jef, qu'est-ce qui s'est passé ? demande enfin Dave.

En tournant sur lui-même, Jef vocifère des mots incompréhensibles, comme si sa bouche, toujours recouverte, n'arrivait pas à bien articuler. De sa main libre, il désigne Éva qui se tourne vers les trois arrivants.

— Je l'avais prévenu, il ne m'a pas écouté ! dit-elle avec aplomb.

Dave voit alors sur sa cuisse droite un petit point noir qui descend vers le sol. Qu'est-ce que c'est que ça ? La bestiole file maintenant sur le plancher et Dave en remarque plusieurs qui trottinent sur le sol.

Il n'a pas le temps de s'interroger davantage que la bonne se met en marche vers Jef, toujours sautillant de douleur, et prononce ces mots incroyables, absurdes :

— Bon ! Calmez-vous, maintenant, que je finisse de vous sucer !

Aussitôt, le poing libre du blessé va percuter avec force le menton de la fille qui s'écroule sur le sol, inconsciente. Jef enlève enfin sa main de sa bouche sanglante et beugle une phrase confuse, chaotique, qui ressemble à : « Je vais te tuer, ostie de salope ! »

Sur quoi, il s'élance vers le corps inerte, qu'il battrait probablement à mort si Dave n'intervenait. Il se saisit de son comparse par-derrière, l'implore de se calmer, mais Jef est une vraie furie, il continue à hurler des phrases impossibles à saisir.

—Éric, calvaire, viens m'aider! grince Dave, à bout.

Éric se met en branle et tous deux réussissent enfin à maîtriser Jef qui, en gémissant, se laisse finalement tomber à genoux sur le plancher. Dave se tourne alors vers Vivianne. Étrangement, le regard de celle-ci est fixé sur le sol.

Le revolver!

Tous deux s'élancent vers l'arme, mais Dave arrive le premier et la saisit juste à temps. Il la pointe vers Vivianne, qui affiche un air déçu presque comique.

—Vous venez de me dire que vous êtes de mon bord! s'écrie Dave. Pis aussitôt que j'ai le dos tourné, vous essayez de...

—Ce n'est pas ce que j'ai dit!

—Qu'est-ce qui s'est passé? demande Loner.

Il vient d'entrer à son tour avec Zorn. Il voit les insectes déguerpir sur le sol et les suit des yeux. Certains vont disparaître sous le mur, par un mince interstice. Loner croit alors deviner les contours d'une neuvième porte, plus petite, à peine visible, qui se confond avec la couleur du mur. Il plisse les yeux de curiosité.

Zorn, en voyant Jef à genoux, émet un petit gloussement aigu:

—La bouche! Hé bien, mon cher, elle ne vous a pas manqué!

—Il saigne comme un cochon, explique Éric, penché sur le blessé. Merde ! Il a les lèvres charcutées !

Zorn observe avec amusement le sol et Dave comprend qu'il regarde les petits insectes qui grouillent toujours sur le plancher. Il doit bien y en avoir une quinzaine. Vivianne les voit à son tour et, en grognant d'agacement, se met à les piétiner.

—Il faut soigner ça, s'impatiente Éric.

Vivianne, qui a écrasé cinq ou six bestioles, s'immobilise enfin. Elle dévisage Jef avec morgue, replace une mèche de cheveux et propose d'aller le soigner à l'infirmerie, qui se trouve près du dortoir. Dave réfléchit à toute vitesse, puis organise la situation : Vivianne va s'occuper du blessé à l'infirmerie, accompagné d'Éric qui aura le revolver. Pendant ce temps, Dave et Loner montent Éva en haut et Zorn les accompagne.

—Vous venez nous rejoindre aussitôt que la blessure de Jef est soignée, dit Dave en donnant le revolver à Éric. On vous attend au salon.

Éric le prend sans enthousiasme.

—Et vous deux, vous n'aurez pas d'arme ? fait-il remarquer.

—Pour surveiller une fille inconsciente et un handicapé, on pourra s'en passer.

Éric soutient Jef d'un bras autour des épaules. Ce dernier, en meuglant ses insultes incohérentes, veut de nouveau se lancer sur Éva, mais on finit par lui faire entendre raison et il se calme. Toujours gémissant, il palpe sa bouche mutilée tout en lançant des regards affolés vers le sol. Dave comprend qu'il cherche les insectes. Seraient-ce eux qui… ?

Éric et Jef sortent dans le couloir et marchent vers l'infirmerie, précédés de Vivianne. Éric, l'arme pointée vers la psychiatre, aide du mieux qu'il peut le blessé, qui continue à baver du sang, tout en jetant des coups d'œil curieux dans cette partie de la cave qu'il voit pour la première fois. Il s'assure que les petites lumières rouges sous les diffuseurs sont bel et bien éteintes.

Enfin, on arrive à un embranchement et Vivianne tourne à gauche pour presque aussitôt entrer dans une pièce qui s'ouvre dans le mur de gauche. Elle allume des néons et l'explosion de cette aveuglante lumière blanche rassure l'ex-ingénieur.

On étend Jef sur une table d'examen. Vivianne se penche sur la blessure, plutôt vilaine. Les lèvres ont été lacérées, plusieurs lambeaux pendent. La langue elle-même a subi une bonne entaille.

— Je vais devoir recoudre tout ça. Le mieux, ce serait de l'endormir.

La main ensanglantée de Jef saisit mollement la psychiatre au collet.

— 'on, 'éveillé ! bredouille-t-il rageusement. 'e 'eux 'es'é 'éveillé !

— Il ne veut pas qu'on l'endorme, traduit bêtement Éric.

— Dans ce cas, qu'il se cramponne, ça ne sera pas une partie de plaisir ! prévient la psychiatre en marchant vers une armoire.

◆

Loner et Dave entrent dans l'ascenseur, soutenant tous deux Éva inconsciente. Zorn entre à son tour et appuie sur le bouton. L'ascenseur commence son ascension.

— Qu'est-ce qu'Éva lui a fait, exactement ? demande Loner.

L'air très à l'aise dans son fauteuil roulant, le scientifique sourit avec une fausse naïveté. *Il est bien le seul qui s'amuse, cette nuit !* songe Dave. Il y avait aussi Jef, mais là, il ne rira sûrement plus avant un petit bout de temps…

— Ce n'est pas tout à fait Éva qui lui a fait ça, mais… disons… des insectes.

— Que voulez-vous dire par « pas tout à fait » ? C'est elle ou les insectes ?

— Les deux. Les insectes proviennent d'Éva.

— Vous pourriez être plus précis ?

— Si vous attendiez d'être installés confortablement ?

En haut, ils entrent au salon, se demandent où étendre Éva.

— Il y a un divan dans mon bureau, propose Zorn en indiquant la porte au fond de la pièce. Elle sera tranquille et nous pourrons discuter.

Les deux hommes vont étendre la bonne dans le bureau, puis reviennent au salon où Zorn attend docilement. Dave s'enfonce dans un fauteuil en laissant fuser de sa bouche une longue expiration. L'horloge de parquet indique une heure cinquante et l'évadé se sent tout à coup exténué. Loner, lui, demeure debout, face au scientifique.

— Alors, ces insectes ?

— Eh bien, pour dire les choses clairement, lorsqu'on tente de toucher Éva dans ses parties intimes, des petites bestioles voraces et particulièrement dévastatrices surgissent de son sexe.

Le silence est complet. À l'exception du tic-tac de l'horloge.

— Arrêtez de nous niaiser ! s'écrie enfin Dave.

— Il me semble qu'avec tout ce que vous avez vu et appris cette nuit, vous n'en êtes pas à une invraisemblance près.

— Les autres aberrations étaient des rêves, rétorque Loner. Éva est réelle, et aucun être humain ne peut…

Il se tait et ses traits s'allongent, révélant une émotion rarissime chez lui : un véritable étonnement.

— Éva est un rêve, marmonne-t-il en bougeant à peine les lèvres.

Zorn ne répond rien, mais son expression démontre que Loner a vu juste.

— Pourtant, il n'y a pas de diffuseurs en haut et…

— Elle est différente des autres rêves. Elle est une Projection.

— Une quoi ?

Zorn hésite. Il jette un coup d'œil vers l'entrée du salon, comme s'il craignait de voir apparaître son épouse, puis hausse les épaules.

— Il peut arriver qu'on se voie dans nos propres songes, mais pas comme on est réellement. C'est une sorte de fantasme que le rêveur a de lui-même, un « moi » idéalisé. Vivianne a appelé cela une Projection. Cette Projection, une fois matérialisée, ne disparaît plus, même si les diffuseurs s'éteignent, même si le rêveur se réveille. La Projection… eh bien, la Projection devient réelle, voilà !

Silence. Tic-tac.

— Mais c'est pas possible, ça ! souffle Dave.

— Votre incrédulité devient lassante…

—Éva est la Projection d'un de vos patients, constate calmement Loner.

—Celle d'Ève Granger, trente-six ans, qui a tué six hommes, tous des amants d'une nuit. Durant les premières semaines de sa présence ici, elle rêvait à ses anciennes victimes, ou à des gens bizarres… puis, une nuit, il y a sept mois, elle s'est *projetée* dans un de ses rêves. Une version d'elle mais plus jeune, plus sexy. Cette Projection n'est jamais disparue. Nous l'avons appelée Éva. Nous croyons qu'elle représente l'idéal que se fait Ève Granger d'elle-même : Éva est provocante et sexuelle, alors qu'Ève, bien que jolie, est renfermée et timide. D'ailleurs, les six fois où Ève Granger a couché avec un étranger, elle l'a tué, sûrement par remords.

Zorn se frotte la joue.

—Sauf qu'Éva, la Projection, n'aime que le sexe oral. En fait, elle en a besoin de manière… disons… pathologique. Au moins une fois par jour, sinon elle devient agressive. Par contre, elle refuse catégoriquement qu'on touche son propre sexe. Sous aucun prétexte. Si on s'y aventure, ces horribles insectes apparaissent. Système de défense très efficace. Je l'ai découvert personnellement assez vite.

Et, en souriant, il dresse sa main droite, à laquelle manque le majeur.

—Depuis ce temps, Ève Granger ne rêve plus. Nous en avons conclu que lorsqu'un rêveur crée une Projection, toute activité onirique cesse en lui.

Loner hoche doucement la tête et dit sans l'ombre d'une moquerie :

—Comme Éva ne disparaissait pas, vous l'avez gardée comme bonne et comme distraction personnelle.

— Il fallait bien faire quelque chose de ce rêve !
Au change, Vivianne s'est rapidement accommodée
d'Éva : ça nous fait une bonne qui garde bien la
maison, fait bien à manger, ne rouspète jamais et
ne s'étonne pas du tout de sa présence ici. En fait,
pour elle, sa vie a commencé il y a sept mois. Elle
ne demande qu'une chose : sa dose de sexe oral
quotidienne. Tout le monde est content !

Dave secoue la tête, vaguement écœuré.

— Et cette Éva ne disparaîtra jamais ? demande
Loner.

— À moins qu'on ne la tue, ou qu'elle ne meure
accidentellement, comme n'importe quel être humain.
Ou qu'Ève Granger, l'original, ne meure elle-même.

— Comment vous savez ça ?

— Un des premiers patients qui est arrivé ici il y
a neuf mois s'appelait Archambeault, c'était un policier qui avait tué une dizaine d'enfants au Jardin
botanique de Montréal. Il a été le premier patient à
rêver à une Projection, un double de lui-même
mais habillé en prêtre, c'était vraiment curieux. Ce
double était chauve, nous n'avons jamais compris
pourquoi… Pendant trois semaines, nous avons
gardé la Projection enfermée dans un cabanon. Puis,
un soir, Archambeault est mort d'une crise cardiaque. Aussitôt, la Projection a disparu. Volatilisée.
Conclusion : les Projections vivent sans diffuseurs,
elles vivent même lorsque le rêveur est éveillé…
Mais quand l'original meurt, elles disparaissent.

— Pourquoi ?

— Nous n'en savons rien.

— Comment ça, vous le savez pas ! s'étonne
Dave. C'est vous qui avez inventé cette machine à
rêves ! C'est vous, le scientifique !

—Oui, mais…

Zorn hésite.

—Oui, mais quoi ? insiste Dave.

Zorn se frotte la lèvre du pouce, puis lâche négligemment :

—La science n'explique pas tout.

Dave le dévisage avec stupéfaction. Qu'est-ce que ça veut dire, cette remarque ? Pendant une fulgurante seconde, il revoit la scène du tonneau, sans savoir pourquoi.

—À part Granger et Archambeault, est-ce que d'autres de vos patients ont déjà rêvé à des Projections ? demande Loner qui n'a toujours pas bougé.

Zorn ne répond pas tout de suite, comme s'il réfléchissait à toute vitesse. Puis :

—Oui. Un autre.

Et, avec un sourire coquin :

—Vous voulez voir ?

Loner n'hésite même pas :

—Oui.

—Non, non ! s'interpose Dave. On reste ici et on attend les autres.

—Je commence à croire que Jef a raison, remarque Loner. Tu es vraiment parano.

—Mais…

—Reste si tu veux. Moi, je descends avec Zorn.

Il commence à marcher vers le couloir, suivi du scientifique. Dave demeure immobile un moment. Est-il vraiment parano ? Ou est-il le seul à sentir que moins ils seront dans cette cave, mieux ça vaudra ? De toute façon, Loner va faire à sa tête. Comme toujours.

—OK, OK, je descends aussi! capitule-t-il en
levant les bras. On en profitera pour aller voir
comment va Jef.

On se souvient soudain de la bonne. On en fait
quoi? Zorn dit que son bureau se verrouille de
l'extérieur. Il n'y a pas d'autre porte ni de fenêtre,
donc aucun danger qu'elle se sauve si elle se réveille. Il donne la clé à Loner, qui retourne dans le
bureau, suivi de Dave.

Éva est toujours inconsciente sur le divan. Loner
jette un coup d'œil vers les photos sur le mur et en
montre une du doigt à l'intention de Dave. Il s'agit
de cette photo représentant Vivianne et Zorn sur
une plage, en maillot de bain, lui dans son fauteuil
roulant, elle debout à ses côtés.

—Qu'est-ce qu'il y a? demande Dave.

—Regarde cette photo.

Dave s'approche, cherche un élément insolite,
ne trouve rien. Il interroge Loner du regard. Ce
dernier fait un signe vague de la main, comme
pour dire « oublie ça », puis sort du bureau. Dave
observe le cliché une dernière fois avant de rejoindre son compagnon.

Loner referme la porte, la verrouille, met la clé
dans sa poche.

—Allons-y.

Dans l'ascenseur, les trois hommes se taisent,
mais Zorn sourit aux deux autres comme s'ils
allaient prendre un verre sur une terrasse. Dave fait
une petite moue boudeuse.

*Bon, OK. Zorn va montrer son truc à Loner, la
blessure de Jef va être soignée, et ensuite, on remonte tous et on attend l'aube une fois pour
toutes!*

Retour dans le sous-marin verdâtre. Zorn roule vers la Bulle, mais Dave l'arrête.

— Attendez-moi ici, je vais aller voir si tout va bien à l'infirmerie.

Et, d'un pas rapide, il se met en marche dans la direction opposée. Il passe devant le débarras, franchit les portes de bois coulissantes. Il jette un œil au plafond, vers les diffuseurs. Éteints. Évidemment.

Devant apparaît enfin l'intersection. L'infirmerie est à gauche, s'il se souvient bien. Juste avant de tourner, il jette un coup d'œil vers la droite. Seule une grande porte de métal se détache dans la semi-obscurité.

Le dortoir.

Derrière cette porte, huit psychopathes dorment.

Et rêvent.

Dave frissonne et entre enfin dans l'infirmerie, en rétrécissant les yeux sous l'éclairage agressif des néons blancs.

Dave ne peut voir Jef, caché par Vivianne qui s'affaire sur lui, mais s'il se fie aux mains de son complice, crispées contre la table d'examen, et aux grognements lancinants qui planent dans la pièce, le blessé passe un sale quart d'heure. Debout à l'écart, revolver à la main, Éric observe la scène et Dave jurerait voir un vague sourire flotter sur ses lèvres. L'ex-ingénieur prendrait-il un malin plaisir à voir souffrir celui qui s'amuse à le ridiculiser depuis le début de cette longue nuit?

— Tout va bien? demande Dave.

Éric sursaute, se tourne vers Dave et, l'air comiquement coupable, dit que tout va très bien.

— Encore quelques minutes et ça devrait y être, indique Vivianne sans même se retourner.

— On va rester en bas, finalement, explique Dave. Zorn veut… nous montrer quelque chose.

La psychiatre cesse tout mouvement et, cette fois, tourne la tête vers l'évadé, les sourcils froncés.

— On va être du côté de la Bulle, ajoute Dave.

Éric lui fait signe que c'est OK, puis Dave sort. Il parcourt rapidement le chemin en sens inverse et ne peut s'empêcher de se sentir rassuré en rejoignant enfin Zorn et Loner.

— Qu'est-ce que vous allez nous montrer, au juste ? demande-t-il tandis que tous trois marchent vers le laboratoire.

— Vous vouliez savoir si un autre patient avait déjà rêvé à une Projection, non ?

Le petit groupe dépasse la Bulle, puis Zorn s'arrête devant la dernière porte, celle que Dave a déjà remarquée en se demandant où elle pouvait bien mener. Zorn introduit une clé dans la serrure tout en expliquant :

— Avec la Bulle et le dortoir, c'est la seule pièce de la cave où les rêves n'ont pas accès. C'est pour ça qu'à l'intérieur il n'y a ni caméra ni diffuseur.

Ils entrent et le scientifique tend le bras pour actionner un commutateur : des néons blancs éclaboussent une petite pièce tout en béton, parfaitement vide à l'exception de deux autres portes en métal. Toutes deux sont bloquées par des barrures en acier, qui sont elles-mêmes verrouillées à l'aide de gros cadenas. Une toute petite lucarne s'ouvre dans chacune à la hauteur d'un adulte de grandeur moyenne.

— Jetez un coup d'œil, propose Zorn en désignant la première porte.

Il s'amuse de nouveau. Court moment d'indé-
cision, puis Loner finit par s'approcher. Il regarde
à travers la lucarne un moment.

—On ne *le* distingue pas beaucoup, commente-
t-il.

—C'est aussi bien ainsi.

Dave s'approche à son tour de la lucarne et
regarde. De l'autre côté, on devine un cabanon de
ciment de deux mètres sur trois. Le seul éclairage
provient de la lucarne, mais Dave perçoit tout de
même, contre le mur granuleux du fond, une forme
humaine assise à même le sol, mais beaucoup plus
large, beaucoup plus grande qu'un individu normal.
Difficile d'en savoir plus à cause de l'obscurité
presque totale. La silhouette est parfaitement immobile, au point que Dave se demande s'il ne s'agit
pas d'une roche, jusqu'à ce que quelque chose
bouge au milieu des ombres. Dave comprend que
ce sont deux yeux qui viennent de se lever vers lui,
deux pupilles qui transpercent les ténèbres avec une
telle acuité que l'évadé s'éloigne rapidement de la
porte.

—Imaginez si vous le voyiez parfaitement, dit
Zorn.

—Il a l'air immense, marmonne Dave qui, même
éloigné de la porte, continue à fixer celle-ci avec
méfiance.

—Presque trois mètres de hauteur, deux fois
large comme vous… Si les barrures et la porte
n'étaient pas en métal hyper-résistant, il sortirait
sans difficulté…

—Aucun être humain ne peut avoir de telles
proportions.

—Il s'agit d'une Projection, explique le scientifique. L'original est le patient Kurt Farell, un petit comptable qui a tué cinq de ses collègues à coups de pistolet. Farell est notre patient le plus récent, il est arrivé à *Oniria* il y a trois semaines. En moins de six jours, il a rêvé à Truk.

—Truk?

—C'est le nom que nous avons donné à sa Projection. Kurt inversé.

—Ce Farell doit être assez effrayant, dit Dave.

—Venez voir.

Ils marchent vers la porte et, juste avant de sortir, Dave lance un dernier regard vers les portes de métal, qui disparaissent en même temps que s'éteignent les néons.

De retour dans le couloir, Zorn referme la porte et la verrouille. Au même moment, une voix féminine se fait entendre, lasse:

—Évidemment, tu n'as pas pu t'empêcher de le leur montrer…

C'est Vivianne qui, à moins de dix mètres, surgit des ténèbres vertes, suivie d'Éric qui pointe maladroitement son revolver vers elle.

—Il a fallu que je leur explique pour Éva, réplique Zorn tranquillement. Alors, aussi bien leur parler de Truk…

Vivianne s'arrête, vient pour dire quelque chose, puis renonce en haussant mollement les épaules.

—Et Jef? s'informe Dave.

—J'ai recousu ses plaies. Je ne suis pas infirmière, mais… Bon, ça devrait aller. Mais c'est pas très esthétique, je vous préviens…

Éric émet un bref gloussement, puis tousse, gêné.

—Il est où ? demande Dave qui se dit qu'ils vont remonter enfin pour de bon.

—Il récupère un peu, explique Éric. Il est plus endormi que conscient. Dans une dizaine de minutes, j'imagine qu'il va aller mieux…

—En attendant, je continue ma visite guidée ? propose Zorn avec entrain.

Et son fauteuil roulant se dirige vers la porte de la Bulle, qu'il ouvre en appuyant son pouce contre la serrure tactile.

—C'est qui, ce Truk ? demande Éric à Dave.

Dave, en suivant les autres, résume en quelques mots. Éric écoute, bouche-bée, les yeux écarquillés.

Dans la Bulle, Zorn s'immobilise au milieu de la pièce, fait pivoter sa chaise et, les mains croisées sur ses faux genoux, demande d'un air affable :

—Très chère, montre donc à nos invités à quoi ressemble Kurt Farell…

Vivianne ne réagit pas. Toute trace de colère ou de lassitude a disparu de son visage. Elle a maintenant l'air lointaine, comme si elle réfléchissait à quelque chose, et son regard est fixé sur le revolver que tient Éric.

—Très chère ?

Elle entend enfin et, au lieu de s'opposer à ce nouveau caprice de son mari, elle obéit en silence, l'esprit manifestement ailleurs. Elle va à une armoire dans laquelle se trouvent huit épais dossiers et en prend un. Elle l'apporte à Loner, qui l'ouvre. Dave, curieux malgré tout, y jette aussi un œil.

Sur la première page se trouve une photo représentant un homme chétif, dans la quarantaine, aux cheveux rares, aux lunettes épaisses et aux épaules étroites. Il ne regarde pas la caméra et fixe plutôt le sol, l'air gêné et mal à l'aise. Un nom est inscrit sous la photo : Kurt Farell.

— Cette feluette est l'original du mastodonte qu'on a entrevu il y a deux minutes ? demande-t-il.

— Notre idéal peut nous ressembler, mais il peut aussi être totalement l'inverse de ce que nous sommes réellement, fait Zorn d'un air entendu. Farell était intelligent, mais physiquement ridicule. Tous riaient de lui, surtout les femmes. Nous croyons que cela le frustrait. Il a rêvé à une sorte de monstre immense, parfaitement imbécile, muet, qui ne pense qu'à détruire et violer. Quand il est apparu, il a déambulé dans la cave et a rencontré trois rêves, provenant de deux autres patients. Deux hommes et un enfant. Sans même attendre d'être attaqué ou même d'être interpellé, Truk a réduit les deux hommes en miettes, à mains nues. Quant à l'enfant, une fillette d'à peine dix ans, il l'a violée avec une sauvagerie que vous ne pouvez imaginer. Un vrai carnage. Je vous jure qu'enfermer ce monstre n'a pas été de la tarte. Il a fallu l'attirer vers le cabanon et…

Il fait un signe vague, résumant par ce geste toute la complexité de l'opération.

— Vous n'aviez qu'à le tuer, ce n'est qu'un rêve, dit Éric.

— Truk est immortel.

Dave hausse les sourcils. Vivianne, dans son coin, continue de réfléchir en jouant avec le camée à son cou, l'air tourmenté.

— Nous avons essayé de le tuer, poursuit le scientifique. Je lui ai personnellement tiré une balle dans la tête. Il saigne, son corps se marque, mais il ne meurt pas. Et les blessures qu'on lui inflige guérissent en quelques heures.

Il sourit.

—Voilà l'idéal qu'imagine Kurt Farell pour lui-même : une abomination qui tue, viole et qui est invincible. Charmant, n'est-ce pas ?

—Truk ne disparaîtra jamais ? demande Éric.

—Seulement à la mort de Farell, l'original, répond Zorn.

—Comment peut-on s'idéaliser dans un tel monstre ? remarque Dave avec une grimace en jetant le dossier sur la console.

Puis il se dirige vers la porte et lance :

—Bon ! On va chercher Jef pis on monte !

—À moins qu'il y ait d'autres choses à apprendre sur cette cave, fait Loner.

Et il se tourne vers Zorn. Ce dernier prend un air détaché.

—Non. On vous a tout dit…

—Vous en êtes sûr ?

—Vous me traitez de menteur ?

—Ce ne serait pas votre premier mensonge de la soirée, rétorque doucement Loner.

Zorn prend un air choqué. L'ex-professeur explique :

—Vous nous avez dit tout à l'heure que vous aviez été amputé de vos jambes dans un accident de voiture, bien avant d'avoir rencontré Vivianne.

Le scientifique ne dit rien, mais on le sent tout à coup sur le qui-vive. Loner poursuit :

—Dans votre bureau, il y a une photo de vous et de Vivianne à la plage. Vous êtes en fauteuil roulant, mais vous êtes en maillot de bain et on voit très bien vos jambes. De vraies jambes.

Court silence.

—Vous êtes peut-être paralysé depuis un bon moment, mais vous avez perdu vos jambes récemment, conclut Loner.

Dave dévisage son compagnon avec une certaine perplexité. Zorn lui-même demande, calme mais prudent :

—Où voulez-vous en venir, monsieur Gagnon ?

Vivianne semble enfin suivre la discussion. Loner hausse les épaules :

—Je me demande juste pourquoi vous nous avez menti...

—Vous croyez que j'ai envie de raconter les détails de ma vie privée ?

—Disons que, depuis notre arrivée ici, vous avez montré peu de pudeur en ce qui vous concerne...

Zorn et Vivianne se jettent un rapide coup d'œil.

—Dois-je comprendre que je touche à un point délicat ? demande Loner.

Cette fois, Zorn émet son ricanement rouillé et aigu.

—Comprendre !

Il fait rouler son fauteuil vers Loner et, avec une gravité qu'on ne lui a pas vue de la nuit, articule :

—Peu importe tout ce qu'on vous a dit ce soir, peu importe tout ce que vous pourriez apprendre de plus, vous seriez incapable de comprendre ce qui se passe *vraiment* ici...

Loner soutient le regard du scientifique. De nouveau, Dave songe au tonneau de tout à l'heure et à ce qu'il a vu à l'intérieur... De nouveau, il songe à ce tableau en haut, au personnage sombre et à la plaine remplie de gens délirants... Et de nouveau, il se dit que jamais, jamais ils n'auraient dû venir dans cette maison.

Ils *doivent* remonter. Maintenant.

Tout à coup, des cris de rage se font entendre de l'extérieur de la Bulle. Tous reconnaissent Jef. Dave se remet automatiquement en mode parano :

—Éric, t'as le *gun*, reste pour surveiller ! Loner, viens avec moi !

Tous deux sortent rapidement de la pièce, avant que leur compagnon puisse objecter quoi que ce soit.

Aussitôt, le regard de Vivianne retourne au revolver que tient Éric.

CHAPITRE 7

ÉRIC

À dix mètres devant, Dave croit voir Jef prendre le petit couloir menant à l'ascenseur. Loner et lui-même le rejoignent en quelques secondes et l'interpellent vivement. Sur le point d'entrer dans l'ascenseur, Jef se retourne, un scalpel dans la main, toute trace d'ivresse évaporée sous l'ébullition de sa fureur. Ses lèvres arrachées découvrent encore plus ses dents serrées, ce qui rend son aspect particulièrement effrayant

—Laissez-moi faire ! crie-t-il (son élocution reste déformée, mais elle est tout de même plus claire que tout à l'heure). Quand je vais avoir fini avec cette salope, c'est plus des bibites qui vont lui sortir de la plotte, mais ses intestins !

—On a dit qu'on tuait personne ! lui rappelle Dave, hésitant devant le scalpel.

Jef l'envoie au diable et se tourne vers l'ascenseur.

—Je suis d'accord, Jef, fait alors Loner.

L'enragé s'immobilise.

—Tu veux monter régler le compte de la bonne ? poursuit l'ex-professeur. Parfait. Mais on ne se sépare pas. Si on s'éparpille, on multiplie les risques.

Alors tu nous attends, on va tous monter, et après, tu feras ce que tu voudras avec la fille…

Choqué, Dave veut répliquer quelque chose, mais Loner, d'un geste sec de la main, lui impose le silence. Jef hésite. Il dévisage les deux hommes, le regard en feu.

Au loin, la voix d'Éric éclate, étrangement affolée :

— Qu'est-ce que vous faites, les gars ? C'est long ! Revenez donc !

Cet appel est aussitôt suivi d'un cri étouffé, puis de hurlements paniqués et douloureux.

Dave et Loner, après une demi-seconde de stupeur, se précipitent rapidement.

— Criss, Jef, viens ! lance Dave sans s'arrêter. Il se passe quelque chose de grave !

Jef a une moue embêtée, ce qui le fait aussitôt gémir de douleur, puis il suit ses compagnons au pas de course.

◆

Aussitôt Loner et Dave sortis, Éric pointe son arme vers Zorn avec plus ou moins de conviction.

— On ne bouge pas, hein ?

— Quel dommage, ironise Zorn. Moi qui voulais jouer une partie de foot.

L'évadé tourne son arme vers Vivianne. Debout près de la chaise, elle joue toujours avec son camée. Son regard de plus en plus fiévreux va du revolver à la porte ouverte. Éric n'aime pas ça. Cette nervosité soudaine de la part de la psychiatre ne lui dit rien de bon.

Du calme. Il a le revolver. Rien ne peut arriver. Rien ne peut…

— Alors, Éric, commencez-vous à assumer ?

C'est Vivianne qui a posé la question. Éric ne comprend pas.

— De quoi… de quoi vous parlez ?

— En prison, je vous ai eu comme patient pendant à peine deux mois, mais vous m'avez quand même expliqué ce qui s'était passé : vous avez écrasé votre patron avec votre voiture parce qu'il n'arrêtait pas de passer publiquement des remarques homophobes sur vous, subtilement mais constamment. Il aurait bien aimé vous mettre dehors, mais il ne pouvait pas, car vous étiez un bon ingénieur. Alors, il s'était mis en tête de vous rendre la vie si difficile que…

— Et alors ? coupe Éric avec une sorte de panique dans la voix. Vous voudriez que j'assume quoi ? Que je l'ai tué ?

— Que vous êtes homosexuel.

— Mais je ne le suis pas !

Il jette des regards obliques vers Zorn qui, peu à peu, comprend le jeu de sa femme.

— Je vous l'ai dit plusieurs fois, en prison, que j'étais pas gai ! Je l'ai tué parce que ça… ça devenait insoutenable, mais ça ne veut pas dire que…

— Allons, Éric, nous ne sommes plus en consultation officielle…

Elle parle doucement, ce qui n'empêche pas cette étrange fébrilité de bouillir en elle, comme si ses paroles n'avaient pas vraiment d'importance, visaient autre chose. D'ailleurs, son regard descend souvent vers le revolver qu'Éric tient le long de son corps.

— Vous pouvez bien l'admettre maintenant que…

— Taisez-vous ! crie l'ex-ingénieur en faisant un pas vers elle. C'est pour ça que j'ai changé de psy : vous êtes une bornée qui refusait de me croire ! Comme aujourd'hui !

— Voyons, Éric, il faut vous calmer. Vous êtes trop sensible, aussi…

C'est Zorn, cette fois, qui a parlé. Éric sursaute et se tourne vers lui, comme si le scientifique venait d'apparaître dans la pièce. Au loin, on entend Jef et Dave s'engueuler.

— C'est comme tout à l'heure, quand on vous a expliqué les rêves de Boyer et que vous avez assisté à leur rencontre avec Loner, poursuit doucement le scientifique. Ces deux parents surprotecteurs semblaient vous bouleverser beaucoup… Est-ce qu'ils vous auraient rappelé vos propres géniteurs, par hasard ?

Éric le dévisage avec effroi. Zorn prend un air compatissant.

— C'est vrai que les parents peuvent parfois être très harcelants… Surtout lorsqu'ils sentent que leur fils leur cache quelque chose…

— Ferme ta gueule ! hurle Éric en levant son revolver. Fermez vos gueules tous les deux, sinon… sinon…

Il se veut menaçant, mais ressemble à un homme piégé qui cherche désespérément une échappatoire. Il marche rapidement vers la porte et passe la moitié de son corps à l'extérieur, dont la main gauche qui tient le revolver. Oubliant toute prudence, il regarde vers le couloir puis se met à appeler d'une voix presque hystérique :

— Qu'est-ce que vous faites, les gars ? C'est long ! Revenez donc !

Tout à coup, la fébrilité de Vivianne explose enfin dans une action aussi rapide qu'imprévue. Elle s'élance vers la console et, en poussant un petit cri, écrase un bouton de son poing gauche. La porte automatique se referme vivement et percute le corps d'Éric qui pousse un cri autant de surprise que de douleur. Sous le choc, il en échappe le revolver qui rebondit sur le sol, dans le couloir. L'épaule droite coincée entre la porte et le chambranle, il se met à gesticuler comme un pantin fou tout en poussant une série d'appels à l'aide. Entre ses hurlements, on perçoit vaguement le petit ronronnement électrique produit par le moteur de la porte qui force pour se refermer complètement.

Vivianne fonce sur Éric, avec l'intention de le repousser complètement à l'extérieur de la pièce, sous le regard ravi et admirateur de Zorn.

Les trois autres évadés apparaissent dans le couloir et constatent aussitôt la mauvaise posture de leur complice.

— Décoincez-moi ! Décoincez-moi *vite !*

— Il faut rouvrir la porte ! s'écrie Dave en s'élan-çant comme une flèche.

Juste avant d'atteindre la porte, il a le temps d'apercevoir, par l'entrebâillement, le visage dur et triomphant de Vivianne qui pousse Éric une ultime fois. Celui-ci se dégage enfin, pour tomber dans les bras de Dave. Les deux hommes s'affalent sur le sol, tandis que la porte métallique se referme complètement avec un claquement moqueur.

Dave se relève d'un bond et s'active sur la ser-rure tactile de la porte, mais en vain. Éric geint en se tenant l'épaule et Loner le relève sans la moindre délicatesse. Jef s'empare alors du revolver sur le sol et, en maugréant, tire sur la serrure. La balle rebondit et passe tout près de la tête de Dave.

— Arrête, tu vas juste réussir à nous tuer ! ordonne Loner qui, même s'il réussit à demeurer calme, a la voix un peu plus rapide qu'à l'habitude.

Jef jette son scalpel, frappe sur la porte de son poing libre et hurle malhabilement des imprécations à l'intention de Zorn et de Vivianne, leur jurant de les tuer s'ils n'ouvrent pas immédiatement. À l'écart, Éric, misérable, au bord des larmes, masse toujours son épaule meurtrie.

— Je... je suis désolé, je voulais pas... J'ai juste passé la tête à l'extérieur pour vous appeler... Je... je me rappelais plus que la porte pouvait s'actionner par...

Jef se tourne vers lui, terrible. Il l'aurait sans doute frappé si un bruit sourd ne s'était soudainement déclenché dans la cave.

— L'ascenseur !

Ils se ruent vers le petit couloir, mais lorsqu'ils arrivent sur place, l'ascenseur est déjà bien haut. Dave cherche une commande sur le mur : aucune, bien entendu, puisqu'on ne peut actionner l'ascenseur que de l'intérieur de celui-ci. Ou de la Bulle.

— Pourquoi l'ont-ils fait remonter ? demande Éric.

Une idée folle traverse soudain l'esprit de Dave, mais il refuse d'y croire. Il retourne rapidement dans le couloir principal, entre cette fois dans la salle des incubateurs.

Dave se place devant le miroir sans tain. Il n'y voit que son reflet, mais il sait que, de l'autre côté, Zorn et Vivianne le regardent à l'instant même, victorieux.

— Vivianne ! M'entendez-vous ?

Il cherche un micro ou quelque chose du genre. Sur le mur, il voit un diffuseur, dont le voyant rouge est éteint, et près du miroir un cercle noir recouvert de minuscules trous. Sûrement un haut-parleur.

— Vous avez gagné ! Faites descendre l'ascenseur pis on s'en va !

Silence. Les trois autres évadés entrent dans la pièce à leur tour, tandis que Dave continue à crier vers la glace :

— Vous êtes en sécurité dans la Bulle ! Mais tant qu'on va être dans la maison, vous pourrez pas sortir ! Ça donne quoi, de nous garder ici ? C'est… c'est con ! Faites descendre l'ascenseur, on va partir, pis vous allez pouvoir…

Sa voix est enterrée par un coup de feu, tiré par Jef. La balle, qui rebondit sur le miroir en y laissant à peine une estafilade, termine sa course dans le béton du plafond. La voix de Vivianne résonne enfin dans la pièce :

— Vous ne pouvez pas partir. Plus maintenant.

La voix de la psychiatre, amplifiée par le haut-parleur, est calme, posée.

— Depuis votre arrivée, je me demande pourquoi vous avez choisi cette maison. Ça devait avoir un sens. Et je l'ai trouvé.

Une légère excitation dans ces derniers mots.

— Il n'y a pas de hasard, ajoute-t-elle.

— De quoi tu parles, câlice ? crache Jef. Arrête de philosopher pis fais descendre l'ascenseur, sinon…

Le pressentiment de Dave réapparaît, prend même des proportions affolantes…

… et tout à coup, l'odeur revient, cet arôme d'encens mêlé à quelque chose de plus âcre, de plus… épais…

Comme s'ils avaient tous eu la même idée, les quatre hommes lèvent la tête avec un synchronisme parfaitement chorégraphié. Mais Dave sait déjà ce qu'il va voir.

Le voyant rouge du diffuseur est allumé.

Éric devient complètement blanc, comme si de la craie liquide coulait tout à coup dans ses veines.

—Elle… elle a… elle a…

Il ne réussit à dire rien d'autre. Loner, lui, hoche la tête.

Jef tire vers le diffuseur, mais la balle ne parvient qu'à esquinter le grillage métallique. Dave se précipite contre la vitre, le visage presque plaqué sur le miroir.

—Pourquoi, Vivianne?

—Parce que c'est intéressant.

L'évadé serre les dents. Encore, toujours cette fascination froide et purement intellectuelle! Et dire que tout à l'heure il a vraiment cru qu'elle le comprenait, qu'elle était de son côté!

—Zorn! vocifère Dave. Parlez à votre femme, raisonnez-la!

—J'ai bien peur que vous surestimiez mon influence, cher ami.

Le ton du scientifique est moqueur, mais on y sent tout de même une pointe d'incertitude. Puis de nouveau la voix de Vivianne, plus aérienne:

—Et puis, ce ne sera pas intéressant que pour moi. Vous êtes sur le point de vivre une expérience extraordinaire, Dave. Stupéfiante.

Après un court silence, elle ajoute:

— Encore plus que vous ne l'imaginez…

Dave se met à marteler le miroir de ses deux poings lorsque la voix chevrotante d'Éric l'interpelle. Celui-ci désigne le mur du doigt.

Le bouton de la porte numéro huit commence à tourner, très lentement. Dave recule vers ses trois compagnons pétrifiés, tandis qu'une crampe douloureuse lui tord l'estomac.

Une autre poignée, celle de la porte deux, se met en mouvement à son tour.

— Tous en même temps, marmonne Loner d'une voix sourde.

Comme si ces mots étaient un signal d'alarme, ils se précipitent enfin vers la sortie, sauf Jef qui lève son arme :

— Qu'ils viennent, criss ! On a un *gun* !

La porte huit est maintenant suffisamment ouverte pour que Jef distingue la main qui la pousse, petite, jaunâtre, aux veines saillantes.

— Justement, on en a juste un ! rétorque Dave sur le point de sortir. Pis on sait pas combien *eux* vont être ! Viens-t'en !

La seconde porte s'entrouvre à son tour. Jef hésite, joue un moment avec son arme, puis, comme à contrecœur, va enfin rejoindre ses compagnons. De la porte numéro deux fuse un étrange rire cristallin.

CHAPITRE 8

ONIRIA

Les quatre évadés courent de toutes leurs jambes dans le long couloir glauque. Éric, le souffle court, demande où ils vont.

— Au bout, répond Dave, la voix à peine altérée par la course. Le plus au bout possible ! Il y a une cuisine au fond !

Ils franchissent les portes de bois coulissantes, arrivent à l'intersection et tournent à droite. Mais Jef s'arrête devant la porte métallique du dortoir et Dave lui demande ce qu'il fait.

— Ils sont là ! Tu comprends ? répond Jef, l'excitation rendant sa prononciation plus boiteuse encore. Les huit psychopathes, ils dorment là-d'dans ! Il faut entrer pis les réveiller, c'est tout !

Dave ne trouve rien à répondre, étonné d'entendre Jef proposer une idée sensée. On essaie d'actionner le levier de la porte, mais en vain. Dave se souvient qu'il a sur lui le trousseau de clés de Vivianne. Il le sort, cherche une serrure dans la porte, mais n'en trouve aucune. Éric désigne du doigt le petit écran tactile et Dave se souvient : comme pour la porte de la Bulle, seules les empreintes digitales de Zorn ou de la psychiatre peuvent ouvrir le dortoir. Dépité, il jette le trousseau de clés sur le sol. Jef tire un coup de feu sur la serrure.

—Calvaire, vas-tu arrêter de tirer comme un malade pis de gaspiller nos balles !

Jef se met alors à frapper sur la porte de ses poings en hurlant :

—Réveillez-vous ! Heille ! les fous ! Réveillez-vous !

Une autre bonne idée. Décidément, la panique active ses neurones, se dit Dave, et il se lance à son tour sur la porte. Éric les rejoint et les trois hommes se mettent à frapper dans une cacophonie totale et plutôt grotesque. De son côté, Loner se penche vers le sol, ramasse le trousseau de clés et l'examine, comme s'il se demandait quoi en faire. Puis, négligemment, il le met dans sa poche de pantalon en disant :

—Ça doit être complètement insonorisé…

Les trois autres s'arrêtent enfin. Éric renifle avec force en grimaçant :

—Et cette odeur dégueulasse ! Ça va me rendre fou, ce mélange d'encens et de…

Son visage est alors traversé par un éclair de compréhension.

—… de sang !

Dave se met à renifler à son tour et force est d'admettre qu'Éric a raison. Cette odeur familière, qu'il a lui-même sentie si souvent lorsqu'il était concierge dans un hôpital et qu'il nettoyait les salles d'opération, c'est vraiment celle du sang !

Et ces relents sortent des… des diffuseurs ? !

—Regardez, fait Jef.

Au loin, en provenance de la salle des incubateurs, deux petites formes surgissent de l'ombre, l'une sautillante et l'autre plus raide. Loner a raison : manifestement, les dormeurs n'ont pas été réveillés par leurs cris…

Les quatre hommes se remettent en mode fuite. Ils passent devant le couloir menant à la salle de séjour, croisent celui qui conduit à la salle d'entraînement, dépassent la salle de lecture… Dieu, que cette cave est grande ! Nouveau coude, puis ils tournent à droite. Une quinzaine de mètres, puis la double porte en bois, qu'ils franchissent tous et que Dave referme derrière eux.

—On est où ? demande Jef.

—Je pense que c'est la salle à manger, répond Dave qui, après quelques tâtonnements, trouve une lampe sur pied.

L'éclairage ainsi créé est blafard mais suffisant pour montrer qu'il a raison. La pièce est vaste et la table centrale entourée d'une dizaine de chaises. Quelques fauteuils contre les murs, quelques tableaux aussi insignifiants que ceux vus plus tôt dans le couloir, et une seconde lampe, dans l'autre coin, éteinte.

—C'est sûrement ici que les patients mangent, suppose Loner.

—Il y a une cuisine, là-bas, fait Dave.

Ils entrent dans cette pièce violemment éclairée et referment encore une fois derrière eux. Loner va ouvrir les deux autres portes qui se trouvent dans le mur du fond. L'une donne accès à la chambre froide, l'autre à un placard pour les conserves.

—On dirait bien que ça finit ici…

Éric s'appuie contre le mur et se laisse glisser jusqu'au sol. Jef laisse enfin exploser sa colère. Tout en arpentant la cuisine de long en large, insensible à la douleur de sa bouche mutilée, il arrose tout le monde de ses malédictions : Vivianne, Zorn, les rêveurs, les rêves, les gardiens du pénitencier, et même Dave qui a choisi cette maison de fous.

— J'ai obligé personne ! se défend l'accusé. Vous étiez tous d'accord, pis toi aussi !

Ne sachant que répliquer, Jef tourne sa rage vers Éric.

— C'est de ta faute ! beugle-t-il, les mots déformés par sa bouche mutilée. C'est toi qui devais surveiller Zorn pis sa plotte, pis tu t'es fait avoir ! Ça prend ben un ostie de fif pour se faire fermer une porte dessus !

Avant qu'Éric n'ait le temps de répliquer, Jef est déjà tout près et pointe son arme vers la tête de son comparse, qui en louche tout à coup de terreur.

— Pis si tu dis une autre fois que t'es pas un fif, j'te descends, câlice ! J'te jure que j'le fais, t'as compris, ostie de *gauge* à marde ? J'te tire dans la tête pis je pisse dans le trou, tabarnak !

— Jef, arrête ça ! intervient Dave.

Jef crache maladroitement par terre et marche vers le mur opposé. Loner, appuyé contre le four, les bras croisés, demeure silencieux, la tête légèrement penchée vers l'avant.

— Pourquoi elle fait ça, l'ostie de salope ? recommence Jef. Pourquoi elle se contente pas de nous laisser sortir ?

— Elle se sert de nous pour poursuivre ses observations scientifiques, répond Loner.

Jef a un ricanement incrédule, tandis qu'Éric se couvre la tête des deux mains en grimaçant. Loner ajoute :

—Et il faut avouer que l'expérience peut, en effet, être assez fascinante…

Trois regards effarés se tournent vers lui.

—T'es aussi fou qu'elle, marmonne Jef.

L'ex-professeur ne réagit pas. Dave, pour la millième fois, l'imagine en train de faire exploser le cégep rempli d'étudiants. Et pour la première fois, il se demande s'il a eu raison d'entraîner Loner dans cette évasion.

Sauf que sans lui, l'évasion n'aurait jamais fonctionné.

Mais a-t-elle vraiment réussi?

—On a juste à rester ici! fait Éric en se relevant. Si un de ces… de ces rêves franchit la porte de la cuisine, on le tire à bout portant, c'est tout! Peut-être qu'ils ne viendront même pas jusqu'ici! Il est quelle heure, là? Deux heures? Deux heures et demie? Dans environ cinq heures, les patients vont se réveiller et les rêves vont disparaître! Peut-être même que les employés vont arriver avant et…

—Pis quand ils vont arriver, on va leur dire: «Ah! merci! merci beaucoup!» pis ils vont nous remettre en prison! raille Jef. Bonne idée, Tétreault! Criss de bonne idée!

—Tu proposes quoi, d'abord? rétorque Éric en massant son épaule douloureuse.

—Faut crisser notre camp d'ici! On a pas le choix! On est quatre pis on a un *gun*!

—L'ascenseur est remonté, y a pas d'autres sorties!

—Qu'est-ce qu'on en sait? *Fuck!* Faut essayer *quelque chose*!

Éric ne sait plus quoi penser. Loner joue mollement avec l'un des boutons du four.

— OK, Jef, t'as raison, finit par dire Dave.

— Bon, enfin ! s'exclame Jef tout en se précipitant vers la porte. Envoyez, venez-vous'en !

— Une minute ! On se lancera pas comme ça à l'aveuglette, la tête la première, sans réfléchir ! Faut préparer une stratégie, décider un plan de…

Jef lève les bras au ciel. Stratégie ! Plan ! Ce qu'il faut, c'est foncer et tout de suite ! Éric et Dave tentent de lui faire entendre raison, mais il ne tient plus en place d'exaspération. Les effets de l'alcool, même s'ils sont moins forts, gonflent toujours son agressivité jusqu'à la démesure.

— Ostie de gang de pisseux ! C'est ça, réfléchissez, montez des plans, faites-vous même un café, tant qu'à y être ! Moi, j'agis ! J'ai pas peur, j'ai peur de personne ! J'en ai déjà tué du monde, moi ! Pis pas juste une personne !

— Ouais, ouais, on le sait, t'as tué une autre femme, tu nous l'as raconté tout à l'heure !…

— Mets-en, que je l'ai tuée ! Parce que je suis pas un pisseux, moi !

Dave secoue la tête, écœuré…

… mais, tout à coup, il tressaille violemment.

Qu'avait dit Jef sur cette femme ? Qu'il l'avait tuée à Montréal, dans un appartement alors qu'elle était seule ? Il y a… environ un an ?

— Tu l'as tuée comment ? demande soudain Dave d'une voix blanche.

— Hein ?… Ben… À coups de couteau, un couteau de cuisine que j'ai pris chez elle… (Il secoue la tête, ne comprenant pas pourquoi on lui parle de ça.) Assez de placotage ! On y va ou non ?

Dave sent l'air vaciller autour de lui. La cuisine devient ombre, puis abîme. Il ne reste que Jef, au centre de ce vide, parfaitement illuminé, comme une cible.

L'œil fixe, la bouche entrouverte, Dave fait deux pas vers lui, la démarche raide. Éric, qui a tout à coup compris, se place alors sur son chemin et lui met la main sur l'épaule.

— Du calme, vieux, marmonne-t-il.

Dave s'arrête. Avec un aplomb qu'il n'avait pas deux secondes plus tôt, Éric poursuit :

— Du calme. Saute pas aux conclusions.

Trop fébrile pour se rendre compte de ce qui se passe, Jef ouvre la porte brusquement et s'écrie :

— *Let's go*, moi j'y vais ! Pis si je trouve une sortie, je reviens vous chercher ! Vous avez beau être des pissous, on est un *team* pareil !

Et il sort précipitamment. Dave veut le rattraper, mais Éric s'interpose de nouveau et se met à parler à toute vitesse :

— Voyons, Dave, tu penses quand même pas que c'est lui !

— Une femme seule, dans un appartement à Montréal, il y a presque un an !

— Tu penses que ta Sonia est la seule femme à s'être fait tuer à ce moment-là ?

— Avec un couteau de cuisine !

— Tu vois rouge, là, calme-toi ! Et qui te dit que c'est vrai ? Il invente peut-être tout ça pour se rendre intéressant !

Dave s'humecte les lèvres plusieurs fois, jette des regards désespérés vers la porte ouverte.

— Mais si c'est lui, Éric ? Si c'est vraiment lui ? Ça se peut ! C'est pas *impossible* !

— Même si c'est lui, tu vas faire quoi ?

Dave ne trouve rien à répondre. En effet, que ferait-il ?

Qu'a-t-il l'intention de faire, au juste, lorsqu'il trouvera le tueur de Sonia ? Le tuer ? Lui qui est contre toute forme de meurtre, en serait-il capable ? Ou a-t-il plutôt l'intention de le faire arrêter ? S'est-il seulement posé la question déjà ?

Éric ajoute gravement :

— Jef a un revolver… Pas toi.

L'argument a son effet. Dave sent l'air se restabiliser autour de lui, son corps se détend légèrement.

— On sort d'ici et on s'occupe de ça après, ajoute Éric en hochant la tête. OK ?

Dave hoche aussi la tête, puis regarde son comparse avec étonnement.

— Mais si tu me dis ça… c'est parce que… tu me crois ? Finalement, tu me crois ?

L'ex-ingénieur ne répond rien, se contente de sourire.

— Qu'est-ce que vous avez l'intention de faire, maintenant ?

C'est Loner, toujours appuyé contre le four, ennuyé par la scène qui se déroule devant lui.

Éric regarde autour, puis lève les yeux vers le diffuseur au plafond, en secouant la tête d'incompréhension.

— Ces bidules servent à diffuser les ondes cérébrales et ils… ils propagent une senteur d'encens et de sang ! Ç'a pas de sens !

Il se tourne vers ses deux comparses.

— D'ailleurs, tout est bizarre dans cette histoire ! Ces diffuseurs d'ondes, ces rêves qui deviennent autonomes tout en étant reliés au rêveur ! Ces Projections qui ne disparaissent plus ! C'est… Tout ça est…

Il soupire. Dave regarde nerveusement vers la porte, mais Loner ne quitte pas Éric des yeux, qui finit par lever les bras en signe d'impuissance.

— Scientifiquement, ça marche pas ! Ça marche pas du tout !

— Tu penses que tout ça est un canular ?

— Non ! On l'a bien vu, ils font vraiment apparaître des rêves ! Je pense que Zorn est vraiment un scientifique, il y a une bonne base technologique à tout ça, mais…

Il secoue encore une fois la tête en regardant vers le diffuseur.

— Qu'est-ce que tu veux dire, au juste ? insiste Loner, intéressé.

— Je le sais pas ! s'énerve Éric. Je sais pas comment expliquer ça, c'est juste que… Y a des trous ! Des trous immenses !

L'ex-professeur ne dit rien. Dave, qui reluque toujours la porte, marmonne :

— Faudrait penser à une stratégie pour sortir pis…

— La machine, par exemple ! s'exclame Éric. La machine qui permet tout ça ! Elle est où ? On l'a pas vue ! On a vu la Bulle, et je suis sûr que c'est une vraie salle de contrôle, mais elle contrôle quoi ?

Il marche vers Loner, lui demande de sortir le plan de la cave qu'il a pris tout à l'heure. Loner le lui tend et Éric l'examine.

— Regardez. Les couloirs et les pièces font un fer à cheval. Mais au milieu, là… (du doigt, il indique le trou vide au centre du plan), il y a quoi ?

Il lève les yeux vers Loner.

— La machine doit être là.

—Si ça vous fait rien, on discutera science une autre fois! intervient Dave. Il faudrait qu'on…

—Justement! rétorque Éric. Si on arrivait à trouver cette machine, on…

Ils tournent tous la tête vers la porte. Des pas approchent.

Quelqu'un vient d'entrer dans la salle à manger.

En vitesse, Dave va vers l'armoire que Vivianne a déverrouillée plus tôt et en sort un couteau. Éric l'imite et se retrouve armé d'un hachoir. Loner demeure immobile.

La poignée tourne. La porte s'entrouvre et Dave serre les lèvres avec tant de force qu'elles en deviennent blanches.

Un enfant de sept ou huit ans apparaît.

Le visage d'Éric s'allonge de deux pieds. Le gamin a des cheveux noirs plats, porte des vêtements d'été et dévisage les trois hommes avec un large sourire, comme ravi de les trouver là. Dave baisse son arme en soupirant. Enfin, un rêve normal! Il s'approche de l'enfant en souriant vaguement :

—Peux-tu parler?

Le garçonnet le regarde d'un air interrogateur. Éric ose un petit ricanement, mais Loner conserve un visage grave. Dave se penche pour être à la hauteur de l'enfant. Ce dernier incline la tête sur le côté, en jouant avec l'un des boutons de sa chemise.

—Aie pas peur… Je veux juste savoir si… s'il y a d'autre monde, là-bas… Es-tu tout seul?

Une petite main se propulse vers l'avant et cinq ongles tranchants se plantent dans la joue de l'évadé. Dave pousse un cri et lâche son couteau. Il se redresse d'un bond en portant la main à sa joue meurtrie, pour aussitôt hurler avec encore plus de force. Le gamin, qui a saisi le couteau avec une vitesse stupéfiante, vient de le planter dans son mollet droit. Dave se met à tituber, puis, perdant l'équilibre, tombe à la renverse. L'enfant bat des mains en gazouillant de joie, le sourire tout à coup inquiétant. Il est sur le point de se précipiter sur Dave lorsque Éric intervient enfin. Sans réfléchir, il allonge un coup de pied qui atteint le petit en plein visage et le fait basculer sur le dos.

Éric se baisse vers Dave et lui enlève le couteau de la jambe, ce qui déclenche un nouveau cri chez le blessé, tandis que Loner, toujours immobile, observe la scène avec un certain intérêt.

Des sanglots. Des sanglots aigus, déchirants. Des sanglots d'enfant.

Perplexe, Éric se tourne vers le gamin, roulé en boule, le visage entre les mains, pleurant à chaudes larmes.

— Tu m'as fait mal ! hoquette-t-il.

L'ex-ingénieur se relève. Pendant une seconde, il doute qu'il a un rêve devant lui.

— Mais… mais c'est toi qui…

L'enfant fait soudain volte-face. Le nez en sang, avec son sourire toujours aussi juvénile et tordu, il se précipite sur Éric, qui l'attrape au vol. La petite furie se met à se débattre, tente d'atteindre le visage tout en poussant des couinements stridents.

— Loner ! appelle Dave, toujours au sol. Aide-le, qu'est-ce que t'attends !

L'interpellé se met enfin en mouvement. Il attrape le petit par-derrière et le lance de toutes ses forces contre le mur, près de la porte. Le gamin tombe sur le sol, mais se relève aussitôt, légèrement étourdi.

Pendant quelques secondes, l'enfant et les trois hommes se défient du regard, puis le petit monstre éclate d'un rire aigu, gratifie ses adversaires d'une grimace tout à fait puérile et file à toute vitesse par la porte.

Les évadés se dévisagent, comme si chacun attendait que quelqu'un ose commenter ce grotesque événement. C'est finalement Éric qui, se massant de nouveau l'épaule, casse la glace :

— Comment ça se fait que... que Jef l'a pas croisé ?

— Peut-être que l'enfant était caché dans une des pièces, répond Dave en tenant sa jambe. Peut-être qu'il l'a menacé avec le *gun* pis que l'enfant a eu peur...

— Peut-être que Jef est mort, ajoute tout simplement Loner.

Court silence. Dave essaie de se lever, grimace de douleur, renonce. Éric se penche encore une fois vers lui et relève la jambe de son pantalon : la blessure n'est pas trop grave, mais saigne un peu trop.

Loner, sans un mot, se met en marche vers la porte. Dave lui demande où il va.

— Pendant que tu te fais soigner, je vais aller voir ce qui se passe.

— Tu as dit toi-même, tout à l'heure, qu'il fallait pas s'éparpiller !

— C'était vrai quand on était maîtres de la situation, mais ce n'est plus vraiment le cas. Je vais juste m'assurer qu'aucune autre mauvaise surprise va nous tomber dessus...

Il atteint la porte, se tourne vers ses compagnons, le regard soudain lointain.

— Vivianne a peut-être raison : on n'est peut-être pas ici par hasard…

Dave soupire. Encore ces considérations philosophiques qui ne mènent à rien ! Loner hoche la tête, puis lance avec négligence :

— À plus tard…

Il sort enfin de la cuisine. Éric va refermer la porte, puis revient vers son compagnon :

— Allez, on s'occupe de ta blessure et, après, on va le rejoindre ! Et tant pis pour la stratégie !

Il se met à la recherche d'une serviette, sous le regard de verre de la caméra fixée au plafond.

◆

Sur l'un des dix-sept moniteurs vidéo de la Bulle, l'enfant lance une grimace dérisoire vers les trois évadés, puis sort de la cuisine. Zorn hoche la tête.

— Ils viennent de faire connaissance avec les rêves de Prud'homme. Heureusement pour eux, il n'y a qu'un seul enfant… pour l'instant.

Il fait pivoter son fauteuil roulant vers sa femme qui, assise sur l'unique chaise du labo, observe les moniteurs vidéo avec attention.

— Je ne crois pas que ce soit une bonne idée, Vivianne…

— Ça ne m'étonne pas ! réplique-t-elle sèchement.

— Pourquoi ne pas faire descendre l'ascenseur et les laisser partir ? Je sais que, s'ils se font tuer, on pourra toujours évoquer la légitime défense, mais est-ce vraiment souhaitable ? C'est ce que tu espères, qu'ils meurent ?

Elle ne répond rien. Zorn continue :

— Je sais que tu vois aussi cet affrontement forcé comme une belle occasion d'observation scientifique, mais…

Il semble alors comprendre et ajoute plus doucement :

— Tu espères *plus* que ça, n'est-ce pas ?

Elle demeure toujours muette, mais un scintillement traverse son regard rivé sur les écrans.

— Tu sais bien que c'est impossible, très chère…

— Observons le déroulement de l'expérience, se contente-t-elle de répondre.

Le fauteuil roulant s'approche d'elle. Toute trace d'amusement a quitté les traits de Zorn :

— Arrête ça, Vivianne. On arrête tout et on les laisse partir !

— Pas question.

— Je ne trouve plus ça drôle, tu m'entends ? insiste-t-il en lui mettant la main sur l'épaule. Je ne suis plus d'accord !

— Tu n'as *jamais* été d'accord ! crache-t-elle en repoussant violemment sa main. Tu n'étais pas d'accord à propos de ma fascination pour les troubles de personnalité sociale ! Ni sur mes recherches ! Ni sur les *moyens* que j'ai trouvés pour améliorer ta pauvre machine à rêves qui n'était pas foutue de fonctionner ! Tu n'étais d'accord sur rien, mais comme tu es lâche, tu n'as jamais osé t'affirmer et tu m'as quand même suivie jusqu'au bout !

Et elle désigne dédaigneusement ses deux fausses jambes.

— Jusqu'au bout, Angus !

D'abord ébranlé par une telle tirade, il murmure enfin :

—C'est vrai, Vivianne. Malgré tout, je t'ai suivie… Mais pas par lâcheté. Par…

Il se tait, mal à l'aise, baisse la tête. Vivianne émet alors le plus méprisant des ricanements.

—Par amour, c'est ça ? C'est la même chose, *très cher* ! La même chose !

Zorn, la tête toujours baissée, ne réagit pas, mais se recroqueville davantage, comme si sa masse musculaire venait de quitter son corps. Vivianne, maintenant debout, entraînée par sa colère et son mépris, poursuit en arrosant son mari de postillons :

—Tu as toujours fait exactement ce que j'ai dit, toujours ! Et ce n'est certainement pas cette nuit, alors qu'il se passe quelque chose de parfaitement unique et extraordinaire, que ça va changer ! Alors, tu te tais et tu me laisses agir comme d'habitude, tu entends ? *Tu te tais, pauvre larve !*

Elle prend de grandes respirations, légèrement stupéfaite de sa propre fureur. Zorn ne relève toujours pas la tête, mais sa voix se fait entendre, une voix misérable mais pas bouleversée. Juste terriblement, profondément résignée.

—Tu ne m'avais jamais parlé comme ça. Jamais.

—Tu devrais être content, toi qui me reproches de ne plus te parler depuis six mois ! dit-elle en se rassoyant.

Elle se tourne vers les moniteurs oniriques, replace une mèche rebelle derrière son oreille et, de nouveau calme et maîtresse d'elle-même, dit d'une voix égale :

—Il y a trois patients dont les rêves sont déjà matérialisés. Et un quatrième est en route.

Sur quelques moniteurs vidéo, on voit Jef passer d'un écran à l'autre, tandis qu'il parcourt rapidement

le couloir principal. Zorn redresse enfin la tête. Ses
cheveux semblent avoir blanchi, ses rides s'être
multipliées, et son regard bleu est maintenant aussi
terne qu'un ciel d'automne.

—D'accord, Vivianne… Observons le spectacle…

◆

En sortant de la salle à manger, Jef s'assure qu'il
n'y a personne dans le couloir devant lui, puis se
met en marche d'un pas décidé. Au coude, il tourne
à gauche sans ralentir le pas. Personne devant,
quoique, avec cet éclairage pourri, on ne discerne à
peu près rien à dix mètres. Il passe devant la salle
de lecture et le couloir menant à la salle d'entraînement. Il a l'impression d'entendre du bruit provenant de ce dernier, comme un ricanement d'enfant,
mais ne s'arrête pas pour vérifier. Plus loin cependant,
il ralentit le pas.

Là, à trois mètres devant lui, tout près de la porte
du cagibi du gardien de sécurité, un nain avance à
petits pas. Habillé d'une salopette en jeans, le visage rond et les cheveux en brosse, il fixe Jef en
affichant un sourire malicieux et vaguement fêlé.
L'évadé s'arrête, le considère avec curiosité.

—Alors, la vie est belle? lance le nain d'une voix
étonnamment basse.

Son sourire s'élargit, devient extravagant, et il
serre les mâchoires avec une telle force que ses dents
se mettent à craqueler, à casser, à s'effondrer en une
cascade d'ivoire et de sang, sans que le sourire en
soit altéré.

Jef a une moue dédaigneuse. Pas question de gaspiller une balle pour cet avorton. Alors que les dernières dents tombent de la bouche édentée et hilare, Jef frappe de toutes ses forces de son poing, visant la tempe gauche. Le nain décolle littéralement du sol, percute le mur et s'effondre, inerte. Jef le contemple un moment. Si les prochains rêves sont comme ce minable, ça ne sera vraiment pas difficile! Les autres s'inquiétaient pour rien! Il va leur montrer, à ces trouillards! Il va leur montrer qu'il est le plus courageux, le plus fort! Il s'était toujours dit qu'il ne deviendrait jamais comme son faible de père, et il a tenu parole! Personne ne lui a jamais dit quoi faire, personne ne l'a jamais humilié!

Surtout pas sa mère! Ni aucune autre de ces… de ces salopes!

Sauf Éva, mais elle, elle ne perd rien pour attendre…

À l'intersection, il tourne à gauche. Vingt secondes plus tard, il arrive devant la cage d'ascenseur. Mais celui-ci est évidemment remonté. Il passe la tête dans la cage, regarde vers le haut et voit l'ascenseur, à sept ou huit mètres. Criss! Ils sont vraiment loin dans le sol! S'il avait une corde, un grappin, quelque chose…

N'y a-t-il pas une pièce à débarras, juste à côté, où se trouve la fournaise? Peut-être qu'il y découvrirait quelque chose d'utile…

Jef retourne dans le couloir principal. En passant devant la salle des incubateurs, il entend des sons, comme des bruits métalliques accompagnés de mots impossibles à saisir.

Jef humecte avec précaution ses lèvres charcutées. Cette fois, *ils* vont être plusieurs. Mieux vaut ne pas traîner…

Il accélère le pas, mais sans courir, et tombe presque aussitôt sur la porte du débarras. Il entre et, par prudence, referme derrière lui. Fournaise, établi, armoires grillagées contre les murs… Il s'approche de l'une d'elles et regarde à l'intérieur. Malgré la pénombre, il distingue un marteau, des clous, une hache, un tournevis… Intéressant, tout ça. Ça pourrait faire d'excellentes armes. Et là, ce n'est pas une corde ?

Il veut ouvrir la porte : verrouillée, mais par une frêle serrure qu'il arrache facilement. Il ouvre enfin mais dresse alors l'oreille.

On marche dans le couloir, juste de l'autre côté de la porte du débarras. Plusieurs personnes, peut-être une dizaine. Des pas saccadés, pesants, produisant un curieux bruit de ferraille. Jef a beau ne pas avoir peur, il sent son cœur accélérer la cadence et se félicite tout de même d'avoir refermé la porte.

Les pas de la cohorte inconnue diminuent d'intensité, s'éloignent. Sans faire de bruit, Jef tend la main dans le placard ouvert, vers la corde… mais ce n'est qu'un vieux fil électrique d'à peine cinquante centimètres de long ! Rien à faire avec ça ! De rage, il lance le fil dans le placard, qui percute un pot rempli de gros clous. Le récipient tombe sur le sol en produisant un vacarme effrayant. Les clous s'éparpillent sur le sol et Jef, alarmé, tourne la tête vers la porte.

Les lointains bruits de pas se sont arrêtés. Une goutte de sueur, une seule, dégouline du front de l'évadé et roule jusque dans son cou.

Tout à coup, une voix nasillarde lance un ordre dans une langue que Jef n'a jamais entendue. Aussitôt, les pas reprennent, s'approchent dans un tintamarre maintenant anarchique. Jef entrouvre ses lèvres charcutées et lève son arme vers la porte.

— Venez, bande de minables, marmonne-t-il. Vous êtes des rêves...

La porte s'ébranle sous une ruée de coups. Nouveaux appels secs et incompréhensibles. Pendant une seconde absurde, il croit entendre les injures de sa mère.

— Juste des osties de rêves...

La porte s'ouvre brusquement et déverse en même temps dans la pièce sept ou huit personnes, qui se figent devant l'ex-prisonnier. Dans ce court moment d'accalmie, Jef reconnaît avec ahurissement des légionnaires romains. Et s'il avait eu assez de culture, il aurait su que celui qui se tient à leur tête, habillé d'une toge blanche, est Néron, l'empereur fou, premier grand persécuteur des chrétiens. Mais Jef ne sait pas tout ça. Il sait seulement que sept soldats munis de lances se tiennent devant lui et que les Romains, si les albums d'Astérix disent vrai, n'étaient pas réputés pour leur esprit pacifique.

— *Nihilo erat volontas!* s'écrie alors l'empereur d'un air ridiculement théâtral, s'exprimant en une vague parodie de latin. *Vini legit!*

Aussitôt, les légionnaires s'élancent vers Jef qui tire un premier coup de feu :

— Allez vous faire enculer, ostie de clowns !

Un Romain s'écroule, mais le revoler n'a même pas le temps de cracher une seconde balle que quatre paires de bras se saisissent de son propriétaire. L'arme s'envole, Jef veut la rattraper mais la voit disparaître sous la fournaise. Il se met à jurer, gesticulant au milieu de ses agresseurs. Un légionnaire, qui a trouvé une longue planche de bois, s'approche de l'établi, tandis qu'un autre ramasse le marteau et quelques gros clous. Jef est si occupé à se débattre et à abreuver ses adversaires d'injures qu'il ne remarque pas qu'on cloue la planche en position transversale sur la table.

Dans le feu de l'action, personne ne voit, par la porte restée ouverte, un curieux groupe composé d'une douzaine de personnes masquées, passant silencieusement dans le couloir.

On étend Jef sur l'établi, les bras allongés et maintenus contre la planche transversale. Confusément, il réalise qu'on lui enlève ses souliers et ses chaussettes. Néron, qui regarde la scène en silence depuis le début, fait un petit signe de tête affirmatif. Aussitôt, un légionnaire s'approche de Jef et ce dernier, en voyant les clous et le marteau, comprend enfin et arrête de se débattre.

— Vous allez pas me…

Méticuleusement, le légionnaire place un clou vis-à-vis du poignet droit de leur victime. Celle-ci recommence à se démener comme un diable, mais les nombreux bras qui le maintiennent demeurent inflexibles.

— Dave ! Loner ! Venez m'aider, vite ! Dave !

Le Romain lève le marteau. Jef suit le mouvement d'un regard affolé.

— Fais pas ça, câlice ! Fais pas…

Le reste se perd dans un terrible cri de souffrance, au moment où le clou s'enfonce dans les tendons du poignet. Lorsque le long hurlement s'éteint enfin,

Jef prend une grande respiration, le visage écarlate, et vocifère vers son bourreau :

—J'vais te tuer, mon ostie ! T'entends ce que j'te dis ? J'vais te tuer !

Nouveau coup de marteau. Cette fois, Jef sent le clou traverser l'os et le cri qu'il pousse est si fort que Néron grimace, incommodé.

Tandis que le second clou transperce le poignet gauche du supplicié, l'un des légionnaires aperçoit la caméra dans le coin du plafond et, la tête penchée sur le côté, la toise avec méfiance.

◆

Loner tourne le premier coin. Toujours personne, aucune menace en vue. Que faire alors ? Retourner dans la cuisine avec les autres ?

Après l'ombre d'une hésitation, il poursuit son avancée et entre dans la première pièce qu'il croise, c'est-à-dire la salle de lecture, pièce qu'il a déjà vue plus tôt. La lampe est toujours allumée. Une fouille rapide lui permet de constater l'absence de sortie secrète, de trappe ou de quoi que ce soit du même genre. Il s'en doutait bien.

D'ailleurs, cherche-t-il vraiment une sortie ?

Il regarde les rayons de livres, met ses mains sur ses hanches et expire bruyamment. Que cherche-t-il au juste ? Qu'espère-t-il trouver dans cette cave qui le fascine tant, dans cette maison qu'un mystérieux destin a mis sur leur chemin ? Lui si désillusionné de l'humanité, blasé par l'horreur humaine, maintenant insensible à toutes les atrocités car convaincu qu'il n'y a que cela de réel, découvrira-t-il finalement dans ces sombres pièces quelque chose qui le secouera, une preuve qu'au bout du compte *tout ça* vaut peut-être la peine ? Ou, au contraire, qu'il a raison depuis le début et que tout n'est que ténèbres et destruction ?

Que trouvera-t-il, au bout ?

Il entend, provenant de très loin, un hurlement déchirant. Il jurerait qu'il s'agit de Jef. Ce demeuré paléolithique s'est finalement fait prendre. Devrait-il aller à sa rescousse ? L'idée ne lui sourit pas du tout. Pas par peur, juste par… désintérêt.

Alors ?

Les livres, la cave, les psychopathes, les rêves…

Scientifiquement, il y a des trous, a dit Éric.

Des trous…

Tout à coup, de l'autre côté de la porte ouverte, un cortège d'hommes et de femmes se profile dans le couloir, tous habillés en tenue de soirée, tous silencieux, tous portant un masque blanc sur le visage. Élégants, discrets, presque aériens, ils passent sans apercevoir Loner qui, dans la bibliothèque, les observe avec curiosité.

Les rêves de Madore. Ces rêves toujours masqués. Ces visages qui font perdre la raison…

Visage que Loner a failli voir tout à l'heure, ici même…

Visage qu'il aurait *voulu* voir…

Pourquoi ?

Aller jusqu'au bout…

La cohorte se termine enfin. Mais un retardataire apparaît, vêtu d'un smoking, et, au lieu de poursuivre son chemin pour rejoindre le groupe, il s'arrête devant la porte puis se tourne vers la salle de lecture.

L'ex-professeur sent alors quelque chose qu'il n'a pas éprouvé depuis bien longtemps : un long frisson, qui lui traverse tout le dos, de la base du cou jusqu'au coccyx. Un frisson non pas d'angoisse mais de sourde excitation.

Lentement, sans produire le moindre bruit, comme s'il flottait, l'homme masqué entre dans la pièce et repousse la porte derrière lui, la laissant seulement entrebâillée.

Au loin, un nouveau hurlement roule dans les couloirs sombres de la cave.

◆

Éric finit d'enrouler un linge autour du mollet de Dave, puis rabaisse le bas du pantalon sur la jambe :

— C'est pas grand-chose, mais ça ne saigne plus.

— Merci… Au moins, il reste toi sur qui je peux compter…

Le blessé se retrouve enfin debout et effectue quelques pas en grimaçant. Il claudique fortement mais, au bout du compte, ça devrait aller.

— OK. On prend nos couteaux pis on sort d'ici…

Ils ont à peine saisi leurs armes qu'un léger remue-ménage se fait entendre dans la salle à manger. Des pas feutrés, des tissus en mouvement… Dave va prudemment jeter un œil par la porte qu'il entrouvre à peine.

Une douzaine d'hommes et de femmes masqués, en tenue de soirée, se trouvent dans la salle. Certains marchent, allant et venant entre les zones d'ombres et de lumière créées pas l'éclairage tamisé de la lampe sur pied, d'autres sont immobiles, réunis en petits groupes. Il y a même deux couples qui dansent la valse avec une élégance digne des grands bals. Le tout dans un silence absolu, ce qui donne à la scène une ambiance surréaliste et étrangement morbide.

Dave retourne vers son compagnon et lui explique la situation. Éric demande ce qu'ils devraient faire.

—On est toujours d'accord que rester ici sert à rien ? fait Dave.

—Oui…

—Bon, on y va. Ces rêves-là sont pas nécessairement dangereux. Il faut juste pas… qu'on voie leur face. On sort donc lentement, sans se presser… Peut-être qu'ils s'occuperont même pas de nous…

Éric approuve, malgré la peur qui se dégage de lui comme s'il en était infecté. Dave, lui-même peu rassuré, lui donne une claque dans le dos.

Ils vont à la sortie de la cuisine. Dave prend le bouton de porte, interroge du regard Éric qui approuve de la tête, puis ouvre la porte toute grande.

Douze masques blancs, totalement inexpressifs, se tournent vers les deux intrus et les fixent avec une immobilité surnaturelle.

À la grande surprise de Dave, Éric se met en marche le premier, prudemment, sans geste brusque. Il évite la table, contourne un premier masqué, puis un second, regardant droit devant lui. Si ce n'était de la raideur de son corps et de sa respiration légèrement saccadée, il passerait pour un simple quidam traversant une petite foule.

Encouragé par l'attitude de son comparse, Dave se jette dans l'arène à son tour, boitillant sur sa jambe blessée.

Les douze têtes pivotent avec grâce, suivent en silence les déplacements des deux hommes.

Tout à coup, du coin de l'œil, Dave perçoit le mouvement d'une femme qui lève une main vers son masque. Comme s'il s'agissait d'un signal, tous effectuent le même geste. Une décharge électrique parcourt Dave et, dans le silence de la pièce, sa voix a l'effet d'une explosion nucléaire :

— Ils vont enlever leur masque ! À la porte, vite !

Éric s'élance, accrochant une ou deux personnes au passage. Dave veut aussi se précipiter, mais sa jambe blessée bute contre une patte de la table. Une onde de douleur lui fait perdre l'équilibre et il s'étend de tout son long sur le plancher de bois. Éric est à la porte, il a réussi, mais il se retourne et, en voyant son compagnon sur le sol, fait mine de revenir pour l'aider.

— Viens pas, Éric, faut pas que tu voies leur face ! Va-t'en !

Éric s'arrête, incertain. Les mains ont maintenant atteint les masques et, avec une lenteur sinistre, commencent à les soulever.

— Je vais aller te rejoindre, va-t'en ! hurle Dave en se mettant sur les genoux.

Éric pousse un gémissement de frustration, tourne les talons et disparaît dans le couloir.

Les masques se soulèvent toujours, des mentons apparaissent.

Alors Dave, toujours à genoux, ferme les yeux de toutes ses forces.

Silence et immobilité.

Puis, l'ex-prisonnier entend une série de sons légers, tout autour de lui, comme des petits chuintements. Il comprend : les douze masques viennent de tomber sur le sol.

La respiration de Dave devient un peu plus rapide. Il s'oblige à la ralentir et, les yeux toujours fermés, cherche le couteau sur le sol. Sa main droite finit par le trouver. Il se relève, sans se presser. Le silence autour de lui est oppressant. Il sait qu'ils sont tous là, qu'ils le regardent…

… le visage découvert…

… attendant qu'il ouvre les yeux…

Non… Non, pas question !

Il combat la peur qui s'agite en lui. La porte est quelque part devant, ça ne devrait pas être difficile de s'y rendre…

Si on le laisse passer, bien sûr…

Il tend sa main libre devant lui et, tel un aveugle, ose enfin se mettre en mouvement d'une démarche plus qu'incertaine. Après quelques pas à peine, ses doigts rencontrent un corps. Il recule vivement sa main.

…*regarde pas*…

et redresse le couteau en poussant un petit hoquet de stupeur, s'attendant à ce que l'*autre* l'attaque. Mais non, rien. Il perçoit tout juste un froissement de robe.

Calme… rester calme…

Dave fait deux pas de côté, tend de nouveau sa main libre qui tremble légèrement. Se remet en marche. Peut-être qu'il pourrait ouvrir les yeux et fixer seulement le sol ? Mais il n'ose pas : l'un d'*eux* pourrait volontairement se pencher pour être à hauteur de son regard… Il n'y a pas de risque à courir. Il garde donc les paupières closes.

Ses pieds écrasent des objets qui crissent sous ses souliers : les masques…

Il percute un autre corps… Et, cette fois, une main se pose sur son bras, une main si glaciale que Dave sent le froid traverser la manche de sa chemise. Ce contact déclenche en lui un début de panique et il bondit sur le côté pour se remettre en marche rapidement, trop rapidement. Il ne veut que la porte, cette maudite porte qui ne doit pourtant pas être si loin…

Nouveau contact contre sa main tendue. Substance molle et froide, qui le pétrifie net. Un cou. C'est un cou, il en est certain… et quelques centimètres plus haut doit se trouver le visage…

Ce visage qui rend fou.

Un souffle brûlant, en total contraste avec le froid de la chair, passe sur sa main. Une respiration qui émane directement de l'enfer.

La panique éclate, prend le contrôle et propulse Dave vers l'avant, qui se met à courir sans réfléchir, sans prudence. Presque aussitôt, il s'écrase contre un mur. Étourdi, il titube sur lui-même pour retrouver son équilibre, haletant, réussissant par miracle à ne pas ouvrir les paupières.

Le mur ! Il n'a qu'à le suivre pour arriver à la porte !

On se saisit de lui par-derrière. Trois mains, non, quatre, qui le tâtent dans le dos, atteignent sa poitrine. Épouvanté, il fait volte-face, les yeux fermés si violemment

…regarde pas regarde pas regarde pas…

qu'ils lui font mal, et il pousse de sa main libre sur le premier corps qu'il rencontre. L'*autre* bascule vers l'arrière, en silence, mais le second ne le lâche pas, ses mains montent vers son cou, vers son visage… Dans un éclair de terreur, Dave comprend :

on veut lui ouvrir les yeux de force, l'obliger à regarder, à *voir* !

Il pousse un cri rauque et frappe avec son couteau. Il sent la lame percuter quelque chose de flasque, s'enfoncer jusqu'à la garde... Le cou ? La joue ? *L'autre* ne profère toujours aucun son, cependant les deux mains qui le tâtaient deviennent incertaines, cherchent maintenant la lame... Mais Dave ne lâche pas le couteau, il le pousse encore davantage... et sur sa main, *ça* se met à couler, mélange de liquide et de caillots qui se répand sur ses doigts, son poignet, son bras, comme si un égout percé se vidait sur lui.

La peur monte d'un autre cran, transformant la panique en véritable hystérie : Dave se retourne contre le mur et se met à le frapper à deux mains, comme s'il espérait passer à travers. Il hurle et frappe, sans même se rendre compte qu'il se déplace de plus en plus sur sa droite... et soudainement, ses poings rencontrent le vide et il tombe par en avant, sur un plancher de ciment.

Il a trouvé la porte ! Il est dans le couloir !

Il se relève et, ignorant totalement la douleur dans sa jambe blessée, il se met à courir, réalisant tout à coup qu'il a toujours les yeux fermés. Il les rouvre juste à temps : arrivé au coude du couloir, il s'arrête à trois centimètres du mur. Alors, malgré lui, il se retourne vers la salle à manger. Là-bas, dans l'encadrement de la double porte, il distingue quatre, cinq silhouettes. La pénombre camoufle heureusement leurs traits, mais il *sait* qu'ils regardent vers lui... qu'ils vont peut-être même sortir pour le rattraper...

La terreur contrôle toujours Dave, qui tourne le coin et se met à courir dans le couloir, éperdu. Son cerveau confus enregistre la présence d'une ouverture, là, sur sa gauche. Une ouverture pour se cacher, pour se ratatiner, pour ne plus être trouvé ni touché par personne, par *eux*! Dave s'y engouffre. C'est un court couloir, qu'il franchit rapidement, qui le mène à une grande pièce éclairée violemment par des néons blancs: la salle d'entraînement. Les deux mutilés rencontrés plus tôt ne s'y trouvent plus. Mais Dave ne songe pas à cela du tout. Son regard frénétique cherche seulement le commutateur: il faut fermer cette lumière qui rend tout visible: lui-même, les *autres*, les visages…

Il découvre le commutateur, l'arrache presque en le fermant. Obscurité, enfin! Il se précipite dans un coin de la pièce, se jette derrière un module de musculation et là, couvert de sueur, tremblant comme un enfant, il ne bouge plus.

Confusément, la voix de la raison se fraie un chemin dans la tempête de son cerveau.

Tu peux pas rester ici! Ça donne rien! Cherche les autres! Il faut se remettre ensemble, rester en groupe!

Oui, c'est ce qu'il faut faire, mais pas tout de suite. Son corps tremble trop, il faut qu'il laisse la panique passer, se dissiper, se diluer…

Il pense à Sonia. Dans son esprit se dessine le visage souriant de sa bien-aimée. Dave ferme les yeux, se fond dans cette vision rassurante, comme un homme en flammes se jetant dans un lac glacé…

Quelques minutes… Juste quelques minutes…

◆

En entendant Dave lui crier de partir, Éric se propulse dans le couloir, arrive au coude puis s'arrête. Pendant une seconde, il songe à retourner à la salle à manger… mais s'il apercevait le visage de l'un d'*eux*…

Il va rester ici et attendre que Dave sorte. Éric ouvre la bouche, avec l'intention de l'appeler, pour lui faire comprendre qu'il l'attend, mais un cri lointain lui fait tourner la tête dans la direction opposée.

Le long corridor glauque s'étend sans fin, se perd dans les ténèbres après une dizaine de mètres. Personne en vue.

Ce cri, c'était Jef, Éric en mettrait sa main au feu. Était-ce un appel ? un cri de souffrance ?

L'ex-ingénieur se mordille les lèvres. Qu'est-ce qu'il fout ? Il veut rester ici pour attendre Dave, mais si l'autre a trouvé une sortie, il faut aller voir, lui donner un coup de main…

Et Jef a un revolver… Il pourrait revenir dans la salle à manger pour aider Dave…

Et Loner ?

Éric prend une grande inspiration, puis se met en marche. Son regard bondit dans tous les coins, à l'affût du moindre mouvement. La porte de la salle de lecture est entrebâillée, mais pas assez pour qu'il puisse voir à l'intérieur. Toujours le calme.

Et de nouveau ce cri. C'est Jef, pas le moindre doute là-dessus. Éric allonge le pas.

Il finit par voir quelque chose. L'enfant de tout à l'heure est près du cagibi du gardien de sécurité, penché vers le sol. Il s'affaire sur une forme immobile, qui ressemble aussi à un gamin, mais qu'Éric

finit par reconnaître comme étant un nain inconscient. L'enfant lui fouille dans la bouche d'un air
intéressé, mais, en apercevant Éric, il serre les dents
d'un air mauvais.

— C'est moi qui l'ai trouvé le premier ! couine-t-il
avec détermination.

Sans grande conviction, Éric effectue des mou-
linets avec son arme.

— Va-t'en ! lance-t-il d'un air qu'il espère menaçant. Allez, va-t'en !

Le gamin émet un grommellement boudeur, puis
lance quelque chose, une masse gélatineuse et sai-
gnante que l'ex-ingénieur reçoit sur la cuisse. Le
temps que ce dernier sursaute en grimaçant, l'enfant
s'est relevé et a détalé.

Éric baisse la tête vers le sol, à la recherche du
projectile qui l'a atteint.

Une langue ! La langue du nain !

Un bruit de course, derrière. L'évadé se retourne
et croit distinguer une silhouette, là-bas, qui entre
en vitesse dans le couloir menant à la salle d'entraînement. Dave ? Comment en être sûr ! Avec cet
éclairage, impossible de savoir !

Une chose à la fois : il décide de poursuivre son
chemin, à la recherche de Jef. Ou de Loner. Il se
remet en marche, arrive à l'intersection. Tout droit
jusqu'à l'infirmerie ou à gauche vers la Bulle ?

— Jef ! appelle-t-il.

Ce salaud crèverait qu'Éric ne verserait pas beaucoup de larmes, sauf qu'il peut tout de même être un
atout important en cas de danger... et son revolver
est plus que jamais indispensable.

Il décide de tourner à gauche.

— Où tu es, Jef ?

Il traverse les portes de bois coulissantes… et entend alors des bruits métalliques, ainsi qu'une rumeur ressemblant à une discussion. Ça vient de cette porte ouverte, là-bas. Le débarras.

Et il y a un autre son, aussi… Un halètement rauque… que produirait quelqu'un qui souffre, par exemple…

—Jef?

Un légionnaire romain sort du débarras. Éric le contemple de longues secondes, parfaitement éberlué. Le Romain, en voyant l'ex-ingénieur, lance un appel incompréhensible vers l'intérieur de la pièce. En moins de deux secondes, six autres soldats viennent rejoindre leur compagnon. Parmi eux se trouve un romain habillé en toge qui désigne Éric du doigt et s'écrie avec emphase :

—*Ad populi narrandum !*

Revenu enfin de sa stupéfaction, Éric tourne les talons et se sauve à toutes jambes, tandis que les Romains se mettent en branle. Il revient à l'intersection, tourne à droite et file devant lui, la tête bombardée par mille pensées simultanées. Où est Jef? Et Loner? Et où s'en va-t-il, comme ça? Rejoindre Dave? Et les masqués, au fond? Et…

Il trébuche sur le nain, toujours affalé sur le plancher, et se retrouve étendu sur le ventre. Il se retourne sur les coudes pour voir les légionnaires apparaître à l'intersection. Ils ne courent pas. Ils marchent d'un pas rapide mais synchronisé, lances tendues devant eux. À leur tête, l'empereur a un visage inébranlable, un regard dur, une moustache noire…

Une moustache?

Il n'en avait pas, tout à l'heure… Et qu'est-ce que c'est que ces cheveux qui changent à vue d'œil sur sa tête? Même sa toge se transforme, devient un long manteau de cuir noir… Le son métallique des cuirasses fait place à un roulement rythmé de bottes… Et les lances pointées sont maintenant des canons de mitraillettes…

Les yeux écarquillés, Éric fixe les soldats nazis qui avancent vers lui, faisant trembler toute la cave de leur terrible pas militaire. À leur tête, le Fuhrer darde son regard d'aigle vers l'évadé, toujours sur le dos.

—*Ich achtung nargen!* vocifère Hitler d'une voix hargneuse.

Éric veut se relever, mais une main l'empoigne à l'épaule: c'est le nain, revenu à lui. La tête relevée, il sourit à Éric de sa bouche sanglante, édentée. Les mots déformés par l'absence de la langue, il lance joyeusement:

—A'ors, 'a vie est be'e?

Éric se dégage en poussant un bref mugissement et se relève enfin pour reprendre sa course, poursuivi par le bruit de pas qui lui transperce le dos avec de plus en plus de profondeur… Bruit de pas qui, pendant un bref moment, devient mou et spongieux. Un flash immonde traverse l'esprit d'Éric: les terribles bottes de cuir en train de piétiner le nain, sans ralentir… Il aperçoit alors trois silhouettes, loin devant: des masqués, aux visages couverts!

Il est coincé!

Là, un corridor qui s'ouvre sur sa gauche! Il s'y précipite, court sur quelques mètres, puis fait irruption dans une pièce dont il referme aussitôt la porte derrière lui. Ses yeux tombent sur un énorme bahut.

Les forces décuplées par la panique, il pousse le meuble contre la porte. Au même moment, des coups de poing résonnent contre celle-ci, accompagnés de vociférations en allemand. Éric recule de quelques pas, frissonnant comme s'il sortait d'une rivière glacée. Les coups s'intensifient, le buffet glisse peu à peu…

Il réalise qu'il n'a plus son hachoir : il a dû le perdre en tombant. Il s'arc-boute contre le buffet pour faire contrepoids, mais des coups de feu éclatent au même moment : on mitraille la porte. Plusieurs balles se perdent dans le bahut, mais d'autres passent à côté et fauchent les jambes d'Éric, qui s'écroule par terre en hurlant.

Tout s'arrête un bref moment, puis, de plus loin, une voix clame :

— *Schnell das rilk !*

Des pas de course, des cris en allemand qui filent vers le couloir principal, s'éloignent encore plus… Malgré l'épouvantable douleur qui le cloue au sol, Éric devine qu'un Allemand a aperçu les masqués et que tous les poursuivent maintenant jusqu'à la salle à manger. Et là…

Comme pour lui donner raison, provenant de très loin, les pétarades de mitraillette reprennent : les nazis qui tirent sur les masqués. Des rêves massacrant d'autres rêves…

Étendu sur le dos, Éric ferme les yeux, appuie les deux poings sur ses oreilles et se met à gémir. Pendant de longues secondes, cris et mitraillettes forment un épouvantable concert, et enfin le silence.

Non, pas tout à fait… Des voix en sourdine, de la musique… On dirait le son d'une émission de télévision…

Éric ouvre les yeux.

Deux personnes sont penchées au-dessus de lui. Un homme et une femme, dans la cinquantaine, lui tout maigre, en vieux complet-cravate brun, elle plutôt grasse, en robe de chambre usée. Tous deux blêmes, cernés, sinistres. Éric les reconnaît aussitôt.

Malgré leur air cadavérique, une expression de joie intense apparaît sur leurs traits tirés. La femme entrouvre ses grosses lèvres blanches et Éric, paralysé par la terreur, l'entend marmonner d'une voix fêlée :

—Tu es revenu, mon trésor…

◆

L'homme masqué et Loner sont face à face, silencieux. Même s'il ne peut voir son regard par les minces fentes du masque, Loner sait que le rêve l'observe avec attention. Ils ne bougent pas, même lorsque Éric passe dans le couloir, devant la porte entrouverte.

—Qui êtes-vous ? demande finalement l'ex-professeur.

Silence de l'*autre*. Loner hoche la tête, comme s'il comprenait. Il remonte les lunettes sur son nez, réfléchit un moment puis marmonne :

—Je veux voir…

Le masqué ne bronche toujours pas. Aucun souffle ne soulève sa poitrine. Loner poursuit, articulant avec précision chaque mot :

—Je veux voir l'Horreur. La vraie. La source où puise l'Humanité.

Bruits de pas dans le couloir, cris, coups de feu. Ni Loner ni le masqué n'ont la moindre réaction.

—Je veux voir, poursuit Loner. Je veux voir si j'avais raison.

Et de sa voix calme émane une étrange fatalité.

Alors, comme au ralenti, accompagnées par la cacophonie en provenance du corridor, les mains de l'*autre* se mettent en mouvement, atteignent le masque et commencent à le soulever.

Loner, sans ciller, fixe le visage qui se révèle peu à peu. Il fronce d'abord les sourcils... puis sa bouche s'entrouvre... ses yeux s'agrandissent, s'écarquillent...

... et s'emplissent de l'innommable.

◆

Ça va mieux.

Dave respire posément. Il tremble encore un peu, son cœur n'a pas repris son rythme normal (le reprendra-t-il un jour?), mais il sent qu'il se contrôle mieux. Il vient pour se lisser les cheveux, mais réalise que sa main gauche est recouverte d'une substance gluante. Il se souvient que cela provient de la blessure infligée à l'un des masqués.

Car je l'ai poignardé. J'ai poignardé quelqu'un.

Il s'empresse de se rassurer: non, pas quelqu'un. Un rêve. C'est bien différent.

Il approche sa main de ses yeux. Malgré la noirceur, il jurerait que ce n'est pas du sang. En tout cas, pas du sang normal. Ça semble vraiment foncé, et épais... comme du goudron... Il essuie frénétiquement sa main sur son pantalon.

La pièce est obscure. Comme le reste de la cave. Comme le reste de la maison. Comme toute sa vie

merdique qui n'a été que noirceur et puits sans
fond. Suite de jobs sans envergure desquels il se
faisait toujours virer, suite de petites amies sans
saveur et sans passion… Une vie si déprimante
qu'il n'en garde que très peu de souvenirs, comme
si son cerveau, par instinct de survie, s'était efforcé
d'effacer le maximum d'archives…

Puis il y a eu Sonia. La lumière au bout du tunnel. L'espoir.

Mais on a assassiné cet espoir, éteint cette lumière. Et l'obscurité de nouveau, celle de la prison,
plus complète car injuste. Entouré d'êtres encore
plus noirs que sa chienne de vie.

Mais, au moins, il a maintenant un but : venger
Sonia.

Il sent un regain d'énergie. Allez : retrouver les
autres et foutre le camp d'ici. Par n'importe quel
moyen.

Quand il tente de se lever, une onde de douleur
lui traverse la jambe. Il remonte le bas de son pantalon et constate que la serviette autour de sa
blessure est tout imbibée. Il l'enlève : la plaie s'est
remise à saigner. L'hémorragie est légère, mais une
nouvelle serviette ne ferait pas de tort.

Il se lève, cherche dans la pénombre un linge
quelconque. Sur l'un des appareils à musculation,
il trouve une serviette.

Tout à coup, un vacarme épouvantable éclate,
mélange de bruits de course et de cris. Quelques
coups de feu aussi. Qu'est-ce qui se passe, cette
fois ? Il ose regarder par la porte. Là-bas, dans le corridor principal, il voit défiler une dizaine de soldats.
On dirait des… des nazis ?

L'un des soldats regarde par hasard vers le couloir transversal. Dave recule vivement la tête. A-t-il été vu?

Des pas approchent.

En vitesse, l'évadé retourne se cacher derrière le module de musculation. Il réalise alors qu'il n'a plus son couteau, qu'il l'a laissé là-bas, planté dans un des... des...

Le soldat entre prudemment dans la salle d'entraînement, mitraillette dressée devant lui. Dave arrête de respirer. Embêté par l'obscurité, le SS se tourne vers le mur et tend la main vers le commutateur.

Mais les bruits de mitraillette explosent de nouveau, plus nourris, et le soldat se tourne vers la porte. Dave profite de ce moment d'inattention pour bondir, faisant fi de l'explosion de douleur dans sa jambe, et tandis qu'il fonce sur le soldat qui est toujours de dos, une pensée grotesque lui traverse l'esprit.

Qu'est-ce que je vais lui faire, au juste?

Instinctivement, il saisit l'Allemand par le cou. Ce dernier, qui n'a rien vu venir, bascule vers l'avant et, d'une violente poussée, Dave lui projette la tête vers le mur. Le nazi tombe, assommé.

Dave l'observe un moment, déconcerté. Cela a été beaucoup plus simple qu'il ne l'aurait cru. Son regard s'arrête sur la mitraillette.

Une arme.

Il la ramasse, partagé entre le soulagement et la crainte. Aurait-il le courage d'utiliser *ça*?

Sur des gens, jamais de la vie, mais sur des rêves...

Tout est redevenu silencieux. Ils se sont tous entretués ou quoi?

Et Éric?

Et Jef ?

Et Loner ?

Ou alors ces sons de mitraillette ont réveillé les patients et les rêves ont disparu ?

Mais non : le nazi est toujours à ses pieds, inconscient. Si un tel vacarme n'a pas réveillé les patients, l'isolation du dortoir doit être vraiment parfaite.

Sortir d'ici, maintenant. D'abord un nouveau pansement, ensuite partir à la recherche des autres, en espérant qu'il ne soit pas trop tard. Dave s'assoit sur un banc et, en vitesse, commence à enrouler la serviette autour de son mollet blessé.

◆

L'homme et la femme prennent Éric par les bras et le tirent vers le divan. Ses jambes mutilées traînent sur le sol, cognent au passage une petite table, ce qui fait gémir le blessé. Mais le couple ne s'en rend pas compte, tout à sa joie d'avoir retrouvé son petit chéri. Ils l'installent sur le divan et Éric, couvert de sueur, peut enfin se relaxer un peu. Il ose jeter un coup d'œil vers ses jambes : le pantalon est en lambeaux, il y a du sang partout. Il a l'impression que des milliers d'abeilles s'acharnent sur ses genoux et ses cuisses. Comment pourra-t-il marcher dans un tel état ? Comment pourra-t-il fuir avec les autres ? Il va devenir un boulet, ils vont l'abandonner, ils…

— Où étais-tu ? demande l'homme avec inquiétude.

— Il ne faut plus partir ! fait la femme, les larmes aux yeux.

— Où étais-tu ?

—Regarde la télévision. Avec nous.

Le regard vitreux d'Éric remarque enfin le décor. Devant le divan, à quelques mètres, il voit contre le mur une grande bibliothèque au centre de laquelle se trouve la télévision, elle-même entourée de livres et de bibelots. Un aquarium aussi kitch qu'immense se trouve sur l'étagère la plus haute, à l'intérieur duquel une dizaine de poissons de différentes espèces nagent paresseusement. Éric ne peut s'empêcher de les fixer stupidement, comme s'il voulait se convaincre de leur présence incongrue.

La femme allume la télévision et une info-pub apparaît à l'écran.

—Promets-nous de ne plus partir, implore l'homme.

—La télévision, c'est bon, ajoute sa conjointe.

En parlant, leur visage change légèrement, comme s'ils vieillissaient de quelques années.

—Promets-nous, supplient-ils en chœur.

—Écoutez, commence péniblement Éric, les lèvres et la langue sèches. Il faut que... Il faut que je...

L'homme ouvre alors une bouche démesurée et, exactement comme tout à l'heure avec Loner, pousse un hurlement assourdissant, aigu et rauque à la fois, qui tord cruellement les tympans d'Éric. Ce dernier se plaque les mains de chaque côté de la tête et, même après que l'homme s'est tu, il demeure étourdi de longues secondes.

Dans l'aquarium, les poissons continuent leur va-et-vient indolent.

—Fini, les escapades ! fait l'homme avec un sourire déroutant.

—Allez, on regarde la télévision ! jubile la femme.

Et tous les deux s'assoient sur le divan, de chaque côté d'Éric. Ils tapotent gentiment ses cuisses déchiquetées, sans se rendre compte de l'horrible douleur qu'ils provoquent chez le blessé.

—Où étais-tu ?

—C'est bon, la télévision.

—Fini, promets-le.

—Faut plus que tu t'en ailles.

—Où étais-tu ?

Éric a la tête qui tourne, la fièvre l'engourdit peu à peu. Ces questions harcelantes ! Comme lorsqu'à dix-huit ans il rentrait à la maison après être sorti dans les bars…

C'est pas le moment de penser à ça, imbécile !

Des bars particuliers, avec des jeunes hommes comme lui… Même à deux heures du matin, ses parents n'étaient pas couchés et ils le bombardaient de questions ! Où était-il allé, avec qui, etc. ! Il inventait des réponses, disait qu'il allait danser avec des copines, mais ils ne le croyaient pas, ils *sentaient* qu'il y avait quelque chose… Parfois, ils refusaient qu'il sorte, ils l'obligeaient à rester à la maison… Tous ensemble dans le salon…

… comme en ce moment, avec ces deux inconnus, ces deux rêves grotesques qui, pourtant, le mettent dans tous ses états…

—Promets-nous, amour, promets-nous.

—Fini.

—Où étais-tu ?

La nausée le gagne graduellement. Il voudrait se lever et partir, s'en aller loin, très loin, comme il l'a fait à vingt et un ans, incapable de supporter plus longtemps ces interrogatoires, incapable de mentir davantage… mais, avec ses jambes en lambeaux, il n'arrive même pas à se déplacer sur le divan. La fièvre qui martèle son crâne distord le son de la télévision, embrouille sa vue. L'homme et la femme perdent de leur précision… On dirait… Oui, ils ressemblent vraiment à ses parents, maintenant…

— Promets-nous ! pleure doucement la femme.

— Où étais-tu ?

— Je… je vous l'ai déjà dit, je…

Qu'est-ce qui lui prend ? Il n'a pas à répondre ! Il n'est pas chez lui, ce ne sont pas ses parents, ce sont des rêves, des cauchemars, des…

Ses jambes, sa tête… Tout lui fait si mal…

Tout à coup, des coups sourds retentissent et Éric a la force de tourner la tête. Le buffet contre la porte bouge, glisse par saccades. Quelqu'un veut entrer, s'acharne sur la porte. Des grognements agacés et des jurons se font entendre.

Le couple se lève, fébrile, et l'homme murmure :

— Ton frère arrive. Je te préviens, il ne sera pas content…

Le buffet bascule sur le côté dans un vacarme terrible et la porte s'ouvre toute grande pour laisser apparaître un jeune homme d'environ seize ans, en jeans et t-shirt, aux cheveux noirs frisés, grimaçant de rage. Mais ce qui épouvante le plus Éric est son visage en perpétuel mouvement, comme si, sous la chair des joues, du menton et du front, des vagues montaient et descendaient… En apercevant Éric, le jeune retrousse littéralement ses lèvres, comme dans un dessin animé, et un véritable grognement de fauve fuse entre ses dents démesurées.

— Te v'là, toi, articule l'adolescent d'une voix rocailleuse.

D'un pas menaçant, tel un conquérant faisant sa première apparition devant le peuple soumis, le jeune homme rejoint ses parents, debout devant le divan, et sans avertissement il balance une claque fulgurante sur la joue gauche d'Éric. La tête de ce dernier en effectue presque une rotation de cent quatre-vingts degrés.

— Où t'étais encore, ostie de courailleux !

— Vas-y doucement, implore la mère, toujours sanglotante. Il vient d'arriver !

— Regarde la télévision avec nous, ajoute le père.

— Où tu passes tes soirées, criss d'ingrat ? insiste l'autre qui n'accorde aucune importance à ses parents.

Confus, Éric ouvre la bouche pour dire quelque chose… mais quoi ? Il ne comprend plus rien, il a l'impression de glisser dans un toboggan tortueux, qui descend sans fin jusqu'au centre de la démence… Et c'est qui, ce garçon ? Éric n'a pas de frère, voyons ! Papa et maman ne lui ont jamais dit qu'il…

Non, pas papa et maman ! Il n'est pas à la maison, il est… il est…

— Tu vas répondre ! hurle l'adolescent, son impossible visage parcouru d'affreuses ondulations.

Et il assène un coup de poing sur la mâchoire de sa victime, d'une telle force qu'Éric bascule sur le côté, maintenant à moitié couché sur le divan, le visage dans les coussins. Le choc se répercute dans les échos de sa fièvre, décuple le tourbillon dans sa tête, lui donne envie de vomir. Les voix inquiètes de l'homme et de la femme voltigent autour de lui.

— Ne lui fais pas mal !

— Il va promettre ! Il va rester avec nous !

Éric sent deux mains le saisir au collet, le relever brutalement. Il se retrouve assis, la tête molle, à moitié conscient, l'horrible face de son tortionnaire envahissant son champ de vision.

— J'te lâcherai pas tant que t'auras pas répondu, t'as compris ? Dis-nous ce que tu fais ! Dis-nous où tu passes tes soirées, p'tit criss de salaud ! On est ta famille, on a le droit de savoir ! T'as pas le droit de partir sans nous prévenir, t'as pas le droit !

Le toboggan tourne toujours, et Éric glisse de plus en plus vite, de plus en plus bas… Mais il réussit à murmurer :

— Je vous… je vous l'ai souvent… souvent dit, je…

Mon Dieu, ça recommence, comme avant ! Mais comment est-ce possible ? On ne le laissera donc jamais tranquille ! Ça recommence, tout recommence… mais en pire, avec cette violence et ce… cet adolescent, ce monstre qu'il ne connaît pas ! Peut-être incarne-t-il sa punition… Pour avoir menti à ses parents, à tout le monde pendant si longtemps…

L'adolescent se tourne vers la bibliothèque et saisit une bouteille décorative qu'il casse sur le rebord de la télévision.

— Une si belle bouteille ! se désole la mère.

Tenant le tesson par le goulot, le jeune revient au divan, les yeux aussi immenses que deux soucoupes. Une vague de chair lui traverse le visage de haut en bas, déformant tout sur son passage.

— Ça va faire, le niaisage ! Réponds !

Au dernier mot, il plante le tesson dans la cuisse droite de l'ex-ingénieur. Les bouts de verre lacèrent les chairs déjà meurtries et Éric pousse un lamentable couinement de souffrance. Le toboggan devient rugueux, lacère tout son corps qui s'émiette en glissant… L'abîme vers lequel il descend se remplit soudain de gens, des personnes qu'il connaît, oncles, tantes, cousins, amis et collègues, qui l'ont toujours questionné, qui l'ont toujours harcelé, qui ne l'ont jamais laissé en paix, et il glisse vers eux, et ils attendent, tous armés d'un tesson coupant… Mais ne comprennent-ils pas qu'il ne veut pas ? qu'il refuse parce qu'il n'ose pas, parce que c'est trop, parce qu'il a peur, oui, peur, comme il a eu peur toute sa vie…

Délirant de fièvre, Éric entrouvre deux yeux emplis de larmes… L'homme

papa

et la femme

maman

le regardent silencieusement, avec compassion… Leurs visages changent, vieillissent de nouveau, mais cette fois d'une vingtaine d'années, peut-être plus. Ils ressemblent maintenant à deux tristes momies qui attendent avec résignation la fin de cette pénible scène. Éric ne peut détacher son regard du visage de l'homme, si ravagé, si maladif, comme celui… celui…

… celui de papa à l'hôpital quelques heures avant son décès, il avait l'air d'un mort vivant mais, même à ce moment, même sur le point de mourir, il a voulu savoir, il m'a encore demandé et j'ai nié encore encore encore…

— Réponds à ton frère, allons ! implore la voix du vieillard. Après, nous pourrons tous regarder la télévision.

Le toboggan qui descend et tourne et descend et tourne et descend et tourne…

L'adolescent fou qui brandit son tesson, prêt à frapper de nouveau…

— RÉPONDS !

Assez ! Assez de douleur, de mensonge, de souffrance, de questions, assez, *assez, ASSEZ !*

— Je sors avec des garçons ! crache Éric dans un ultime effort qui lui fait exploser la tête de douleur. Je sors et je couche avec des gars comme moi ! *Comme moi !*

Tout son corps devient mou, s'enfonce de quelques centimètres dans le divan. Il ferme les yeux, hoquette comme s'il allait vomir, puis se met à respirer plus normalement, épuisé. Réalisant ce qu'il vient de dire, il ressent soudain une immense terreur… et pourtant, la fièvre en lui s'apaise, la douleur dans son crâne et même dans ses jambes s'atténue sensiblement… Le toboggan dans lequel il descend depuis tout à l'heure (non, depuis des années, depuis toujours) ne tournoie plus, se redresse, devient horizontal… et Éric cesse de glisser. S'arrête.

Il ouvre les yeux. Regarde l'homme, la femme… son père, sa mère… l'adolescent… tout le monde…

Tout le monde.

— Je suis gai, marmonne-t-il.

Deux larmes coulent de ses yeux. Deux larmes claires, brillantes. Pures.

Le couple et leur fils considèrent Éric en silence. Sur le visage du jeune, les ondulations de chair ont complètement cessé. Tous trois ne semblent ni étonnés, ni choqués, ni tristes. Ils ont tout simplement l'air… perplexes. Comme s'ils n'avaient aucune idée de la réaction qu'ils devaient adopter. Comme si leur disque dur recevait des informations indéchiffrables.

Et puis tout à coup, la mère s'exclame avec une joie incongrue:

— Allez! On regarde tous la télévision!

— Télévision! s'écrie à son tour le père, en levant deux bras ridiculement enthousiastes.

Et ils demeurent debout avec leur sourire idiot au milieu de leur sinistre face de centenaires, pointant le doigt vers l'écran cathodique. Mais l'adolescent ne sourit pas du tout. Sur ses traits, la tempête de vagues a repris de plus belle, comme si vingt doigts invisibles massaient furieusement son visage. Ses lèvres se retroussent de nouveau tandis que ses yeux se transforment en éruptions volcaniques.

— Menteur! beugle-t-il. Je vais t'apprendre, mon p'tit criss! Je vais t'apprendre une fois pour toutes!

Et tandis que les deux parents continuent à sourire comme des dingues, le jeune lève très haut le tesson, sur le point de frapper...

Soudain, quelqu'un fait irruption en coup de vent: c'est Dave, muni d'une mitraillette qu'il actionne dès le premier pas dans la pièce. L'adolescent est en train d'abaisser son tesson lorsque l'assourdissante rafale lui laboure la poitrine. L'écran de télévision implose sous l'impact d'une dizaine de balles perdues. Même sort pour l'aquarium qui éclate en morceaux. Le jeune, projeté vers l'arrière, percute violemment la bibliothèque, puis demeure assis, le dos contre le meuble. La télévision crépite, oscille, fait mine de tomber, mais s'immobilise contre la tête du cadavre, qui la maintient en position inclinée.

Dave roule des yeux, réalisant ce qu'il vient de faire, mais sa conscience s'empresse de le secouer sans ménagement :

Ressaisis-toi, le cave ! Cet ado était juste un rêve, oublie pas ça ! Juste un ostie de rêve !

Le père pousse alors son cri de chat démentiel. Foudroyé par une telle onde de choc, Dave échappe sa mitraillette et tombe à genoux sur le sol couvert d'eau. Il a encore les oreilles bourdonnantes quand il reçoit la femme de plein fouet. Il bascule par-derrière et tombe sur le dos tandis que la furie s'acharne sur lui à coups de poing en répétant tel un robot :

— Pourquoi, pourquoi, pourquoi, pourquoi, pourquoi…

Son visage ne cesse de se transformer, passant de quatre-vingt-dix à quarante ans, puis de cinquante à soixante-dix, chaque tranche d'âge se superposant à l'autre, produisant un spectacle aussi grotesque qu'effrayant.

Tentant de parer les coups d'un bras, Dave cherche de sa main libre sa mitraillette… finit enfin par l'agripper… Il entrevoit alors l'homme qui s'approche, menaçant, les poings serrés. Malgré sa maigreur, il semble tout à coup particulièrement puissant et Dave se dit que ses coups risquent d'être plus efficaces que ceux de sa femme. L'évadé propulse donc brutalement son arme vers le haut. L'homme, qui se penchait pour prêter main-forte à son épouse, reçoit la crosse en plein front et tombe sur le côté, assommé. Stupéfaite, la femme cesse de frapper une seconde et Dave en profite pour la lancer vers l'arrière. Elle effectue un court vol plané qui se termine par un rude atterrissage sur le dos, près du divan. Elle se redresse rapidement mais pour aussitôt recevoir en pleine gorge le tesson de bouteille.

C'est Éric, qui a trouvé la force de saisir le morceau de vitre et de frapper. La femme, chancelante, la gorge transformée en geiser de sang, jette un regard incrédule vers l'ex-ingénieur.

—Mais… mais je voulais qu'on… qu'on rega…

Le reste se perd dans un bouillon écarlate qui jaillit de sa bouche, puis elle s'écroule enfin. Éric lâche le tesson souillé et ferme les yeux, au comble de l'épuisement.

Au milieu des grandes flaques d'eau rougies, les poissons frétillent et agonisent en produisant de futiles clapotements.

Dave se relève et constate le carnage autour de lui. Il a beau se répéter que ce ne sont que des rêves, il se sent tout de même nauséeux.

Ce n'est pourtant pas le temps d'avoir des états d'âme aussi stupides qu'inappropriés ! Il s'élance vers le divan et se penche sur Éric. Ce dernier le dévisage d'un œil vitreux et secoue lentement la tête.

—Peux pas marcher…

Dave jette un œil sur les jambes de son compagnon. Merde ! C'est un miracle qu'elles tiennent encore ensemble !

—J'suis foutu…

—Inquiète-toi pas, le rassure Dave en lui mettant la main sur l'épaule. Je vais te sortir d'ici…

Éric étire ses lèvres en une grimace qui ressemble vaguement à un sourire.

◆

Jef respire bruyamment. Où sont donc passés ces enculés de Romains ? Ils sont sortis tous ensemble, il y a un petit moment. Juste à temps, d'ailleurs, car ils s'apprêtaient à lui clouer les chevilles ! Jef a entendu beaucoup de bruits quelques minutes après. Et maintenant, c'est le silence. Total.

La souffrance à ses poignets est atroce, lui fait oublier celle de sa bouche, mais pas question qu'il exprime sa douleur par quelque gémissement que ce soit. Il va leur montrer qu'il peut endurer en silence, comme un homme ! Il ne leur procurera pas la joie de se plaindre et d'implorer grâce, oh que non !

Dave ou Loner allaient le trouver tôt ou tard. Ils le libéreraient. Des trous dans les poignets, ça se soigne. Quant à cette salope de psychiatre et à son infirme de mari… Ils allaient voir que, quand on s'en prenait à Jef Fortin, on le regrettait amèrement !

— Dave ! Loner ! appelle-t-il.

Puis, comme à contrecœur :

— Éric !

Il se tait, épuisé par ces trois simples mots. Il entend alors une série de petits pas rapides dans le couloir, accompagnés de chuchotements excités. Il tend l'oreille, mais les bruits ont déjà cessé.

Il sent ses doigts qui s'engourdissent et il s'oblige à les remuer, malgré la souffrance qui monte encore d'un cran lorsqu'il fait ces mouvements. A-t-il perdu beaucoup de sang ? Il tourne la tête vers sa gauche : il voit son poignet meurtri, le clou qui en dépasse, mais on dirait bien que ça ne saigne plus beaucoup. C'est déjà ça.

Pour la dixième fois depuis qu'il est épinglé sur cette table, il fait le tour de la pièce des yeux, comme s'il espérait y trouver quelque chose de différent. Son regard tombe sur l'armoire ouverte, sur les outils à l'intérieur…

… en particulier cette hache, accrochée au fond…

Il s'imagine ce qu'il ferait avec cet outil entre les mains : il y a des têtes de Romains qui rouleraient !

Il se concentre alors sur cette planche transversale à laquelle ses poignets sont cloués. Elle est fixée sur l'établi, mais avec deux simples clous. S'il réussissait à la secouer suffisamment pour qu'elle se détache… Jef se met à onduler sur le dos, tentant de faire bouger la planche transversale. Elle bouge très peu d'abord, puis pivote légèrement.

Il s'arrête et cligne des yeux, pris d'un étourdissement. Finalement, il a dû perdre pas mal de sang. Il décide de fermer les yeux. Se reposer quelques secondes…

L'étourdissement devient engourdissement… Malgré la morsure à ses poignets, il dérive tranquillement… Il se sent si léger qu'il se demande s'il ne dort pas carrément… Oui, sûrement… Il doit même rêver : il se voit marcher dans un couloir, un couloir ressemblant à celui du taudis où il vivait gamin. Il marche vers une chambre, celle de ses parents. Il voit sa main, petite, enfantine, se tendre vers la porte et la pousser. La porte s'ouvre et dans la pièce, au-dessus d'une chaise renversée, son père est pendu, le visage bleu, la langue pendante, ses yeux exorbités. Et Jef, d'une voix

larmoyante de petit garçon, crie avec force : « Lâche !
Lâche ! » tandis que la haine pour sa mère gonfle,
prend des proportions qu'il n'arrivera plus jamais
ni à contrôler ni à circonscrire, une haine qui le
fera fuir de la maison, de la ville, et qui deviendra
son ombre, même la nuit… surtout la nuit…

Et ces pas qui s'approchent… s'arrêtent…
s'éloignent…

Jef se secoue et ouvre les yeux. Sur le qui-vive,
il tourne la tête vers la porte et a juste le temps de
voir une forme sortir de la pièce.

— Hé ! se met-il à crier. Dave ? C'est toi ? Loner ?
Éric ? Hé !

Ses cris ravivent la douleur et il grince des dents,
la respiration soudain sifflante. C'était qui, ça ? Et
pourquoi être venu ici sans s'occuper de lui ?

De nouveau, il fait le tour de la pièce des yeux.
Son regard passe sur l'armoire de bois…

… et Jef cesse de respirer. Il relève la tête et ses
yeux, toujours tournés vers l'armoire, se rétrécissent.

La hache a disparu.

◆

De son bras droit, Dave soutient tant bien que
mal Éric sous les aisselles, tenant la mitraillette de
son autre main. Il demande au blessé si ça va aller
et ce dernier, les dents serrées, fait signe que oui.
Dave regarde une dernière fois le triste spectacle
autour de lui : l'homme assommé et étendu au milieu
des poissons morts, la femme égorgée, l'adolescent
ensanglanté, la tête contre la télévision inclinée…

Il se met en marche, traînant Éric à ses côtés dont
les jambes inertes forment de petits sillons dans les

flaques d'eau. Ils avancent péniblement, finissent tout de même par atteindre la porte.

—On va essayer d'aller raisonner Vivianne, propose Dave d'une voix qui trahit l'effort qu'il doit fournir pour supporter son compagnon. Il faut lui faire comprendre que si un de nous meurt dans sa cave, elle va être accusée d'assassinat, qu'on soit des évadés de prison ou pas…

Éric approuve en silence, tremblant de fièvre, puis marmonne :

—Dave… C'est pas… c'est pas logique, tout ça…

—Parle pas, Éric, garde tes forces !

—C'est pas…

Il ferme les yeux un moment, à bout.

—… de la science…

Dave lui répète de se taire, puis ils franchissent la porte. Ils traversent le petit couloir et, dans le corridor principal, ils s'immobilisent, aux aguets. Regardent à gauche : rien. Regardent à droite…

Encore trop loin pour qu'on le distingue nettement, quelqu'un vient. Dave sent Éric se raidir contre lui. Il lève aussitôt sa mitraillette.

—C'est qui, ça ?

L'individu, toujours indistinct, avance très lentement. Une voix se fait alors entendre :

—J'ai vu l'Horreur, Dave…

C'est la voix de Loner. Cette voix calme, douce… mais un peu différente de celle qu'elle est d'habitude, un peu plus… instable…

—Loner ! appelle Dave, rassuré. Par ici, vieux, on a besoin de toi !

La silhouette se dessine plus clairement. On ne voit toujours pas son visage, mais Dave reconnaît la stature de l'ex-professeur, ses vêtements… Il tient quelque chose de long dans sa main droite. Et pourquoi marche-t-il si lentement ? Il continue de parler, la voix aérienne, comme si elle provenait de tout le couloir, des murs même de la cave…

— Je l'ai vue, et j'ai compris que j'avais raison… Et que c'était encore pire que ce que je croyais…

Mais de quoi parle-t-il ? Dave peut maintenant voir clairement ce que tient son comparse : une hache.

— Tellement pire…

Son visage sort enfin de l'ombre. La première chose qui frappe Dave est que son compagnon n'a plus ses lunettes.

— T'es correct, Loner ?

Il s'arrête à un mètre des deux hommes. Les contemple en silence, la hache à la main. Il lui est arrivé quelque chose, Dave en est certain. Il ne sait pas quoi, mais son regard est anormal… et ce n'est pas juste dû au fait qu'il n'a plus ses lunettes.

— Éric vient de passer au *cash*, explique-t-il, je pense qu'il faudrait… qu'il faudrait que l'un de nous deux reste ici avec lui, pis que l'autre aille discuter avec Vivianne…

Loner regarde les jambes d'Éric, puis le fixe dans les yeux, le visage impassible et pourtant si bizarre.

— Alors, Éric, tu es allé au bout de toi-même ?

Dave ne peut s'empêcher de tiquer d'agacement. Encore ces conneries ! C'est pas le moment ! Il est sur le point de répliquer, mais Éric, comme s'il comprenait, hoche légèrement la tête et répond d'une voix faible :

— Oui… Je pense que oui…

— Bien, approuve Loner.

Et, tout à coup, il soulève sa hache et frappe de toutes ses forces.

La lame s'enfonce dans la poitrine d'Éric. Dave ne peut s'empêcher de lâcher son compagnon et effectue un bond de côté en poussant un juron étouffé. Il voit l'ex-ingénieur tomber sur le sol, hoqueter un bref moment en dardant un regard incrédule sur l'ex-professeur, puis ne plus bouger.

Loner a tué Éric. Ce fait est si inadmissible qu'il n'arrive pas à se frayer un chemin jusqu'au cerveau confus de Dave.

Le tueur tire sur le manche de la hache, dont la lame s'extirpe de la poitrine en produisant un bruit écœurant de succion, puis se tourne calmement vers Dave. À ce moment, ce dernier reconnaît ce qu'il y a de différent dans le regard de Loner : de la pure démence. Et il comprend enfin.

Loner a vu le visage d'un des masqués…

Dave lève d'un mouvement sec la mitraillette.

— Bouge pas, Loner, ou je te…

Ou quoi ? Il va tirer ? Lui, tirer sur quelqu'un ? Sur une *vraie* personne ?

— Pourquoi t'as fait ça ? crie-t-il alors. Ostie, pourquoi tu l'as tué, t'es complè… c'est trop… *Fuck !* Pourquoi, Loner ? Pourquoi ?

Tout à coup, la mitraillette devient légère entre ses mains, et même carrément… inconsistante. Il baisse les yeux : l'arme est maintenant transparente, ses mains ne sentent plus rien. Il agite frénétiquement les doigts, mais ceux-ci passent à travers les contours de la mitraillette qui disparaît peu à peu… Trois secondes plus tard, Dave ne tient plus que du néant.

Loner hausse un sourcil.

—On dirait bien que le rêveur a un petit moment d'éveil.

Sur quoi, il redresse sa hache.

Le temps n'est plus à la discussion : Dave tourne les talons et se met à courir. Au bout, il tourne le coin, mais s'arrête après quelques mètres : tout près, il y a la salle à manger pleine de nazis et de masqués. Pas question d'y entrer !

Mais non, les nazis ne peuvent plus être là : si sa mitraillette a disparu, ça veut dire que tous les Allemands se sont aussi volatilisés. Quant aux masqués, les coups de feu entendus plus tôt laissent présager qu'ils sont tous morts...

Donc...

Le dos collé au mur, il s'approche lentement de la porte ouverte de la salle à manger, tout en s'assurant que Loner ne lui tombe pas dessus par-derrière. Mais l'ex-professeur demeure toujours invisible.

Lorsqu'il est assez près pour discerner l'intérieur de la pièce, il s'arrête, toujours contre le mur, puis avance discrètement la tête.

Malgré la pénombre, il discerne une dizaine de corps étendus sur le sol. Tous des masqués, ensanglantés, fauchés par les balles. Mais il y a deux survivants, un homme en smoking et une femme en robe de bal, leur visage camouflé par leur masque, qui dansent au ralenti entre les sombres cadavres, dans un silence de cimetière.

Bruits de pas derrière. Dave se retourne vivement, convaincu qu'il s'agit de Loner.

Deux gamins, une fillette de sept ou huit ans, vêtue d'une petite robe d'un jaune pimpant, et un garçon, le même que tout à l'heure, le considèrent avec un sourire mi-enfantin, mi-carnassier. Le garçon montre Dave du doigt et annonce avec enthousiasme:

— C'est toi le méchant, d'accord?

Et tous deux se précipitent sur lui avec une telle rapidité que Dave tombe à la renverse. Le garçon s'en prend aussitôt à son visage et Dave réalise que les petits doigts visent ses yeux. Des deux mains, il tente de repousser le gamin, pour aussitôt éructer un cri de douleur. Plus bas, la fillette lui a relevé le gilet et, de ses ongles, laboure son ventre avec sauvagerie, encore et encore, comme si elle voulait y creuser un tunnel. À chacun des passages de ses doigts, elle pousse un petit ricanement flûté, qui ferait roucouler de bonheur n'importe quelle maman. Dave réussit enfin à repousser le garçonnet enragé, se saisit de la tête de la petite démone, lève le poing et

pas une vraie fillette

frappe à pleine vapeur. La gamine va valser contre le mur et ne bouge plus.

Dave se redresse, juste à temps pour voir le garçon se sauver à toutes jambes, tourner le coin et disparaître.

Il s'appuie contre le mur et examine son ventre, marqué de six ou sept longues zébrures sanglantes. En grimaçant, il ferme les yeux un moment.

Des coups de poing sur des enfants et sur des vieux, une femme égorgée, un masqué poignardé, un adolescent tué à coups de mitraillette… Même si ce ne sont que des rêves, toute cette violence est en train de le rendre malade.

Ce ne sont pas des psychopathes qui rêvent, en ce moment… C'est moi… Je suis toujours en prison et je fais un épouvantable cauchemar…

Il émet un rire bref, qui se transforme presque aussitôt en gémissement.

◆

—Et de un, marmonne Zorn.

Sur un des moniteurs vidéo de la Bulle, Loner, hache à la main, observe le cadavre d'Éric. Vivianne, toujours assise, regarde la scène avec intérêt. Zorn poursuit :

—Et qu'ils se mettent à s'entretuer, c'est vraiment…

Il soupire en secouant la tête. Depuis la dernière heure, il donne l'impression d'avoir vieilli de dix ans.

—Il a vu le visage d'un masqué, dit Vivianne. Sa réaction est vraiment intéressante.

Son mari et elle-même ont failli voir les visages des masqués, lorsque Dave leur a fait face. Ils ont fermé l'écran juste à temps.

—Je te conjure encore une fois d'arrêter tout ça, Vivianne, fait Zorn sans grande conviction. Tu sais très bien que ce que tu souhaites ne peut pas arriver…

Vivianne ne dit rien, tourne son regard vers un autre écran, sur lequel on voit Dave qui vient juste d'assommer la fillette.

—Les nazis ont disparu, dit-elle.

Elle regarde le moniteur onirique numéro cinq, qui ne montre plus aucune activité.

—Therrien s'est réveillé. Ça lui arrive souvent, à cette heure. Mais il va se rendormir bientôt…

Sur le moniteur vidéo, le gamin passe en courant tout près de Loner. La vue de la hache l'incite à la prudence et il se contente de dresser un majeur arrogant vers l'ex-professeur. Ce dernier l'observe s'éloigner avec indifférence. Soudain, il lève la tête vers la caméra en fronçant les sourcils. Il prend alors son élan et propulse la hache vers la lentille. Une seconde après, l'écran s'emplit de parasites silencieux. Les yeux du couple se tournent sur l'écran suivant, qui donne une vue du même couloir mais un peu plus loin. Loner finit par y apparaître, reprend son élan et pulvérise la seconde caméra.

— Merde! marmonne Vivianne.

— Pour ton observation scientifique, c'est plutôt embêtant, remarque le scientifique qui, pendant un bref moment, retrouve son sourire ironique.

Vivianne s'enfonce dans son fauteuil en émettant un petit son contrarié, tandis que Loner, qui vient d'entrer dans la salle d'entraînement, s'attaque à la première des deux caméras qui s'y trouvent.

◆

Au coude du couloir, Dave passe prudemment la tête et regarde vers la gauche : personne. Il se met en marche d'un pas légèrement claudiquant.

Tu vas sortir d'ici. Tu vas aller faire entendre raison à Vivianne pis elle va te laisser sortir. Ensuite, tu vas aller aux États-Unis, laisser un peu de temps passer, pis tu vas revenir, pour trouver l'assassin de Sonia. Pour que justice soit faite. À la face du monde. C'est ce qui était prévu pis c'est ce qui va arriver.

Il s'arrête de marcher, tétanisé : mais il l'a trouvé, le tueur de Sonia ! C'est Jef !

Mais les arguments d'Éric reviennent le harceler : pas de preuve, une chance sur mille que ce soit lui, même pas sûr que Jef n'invente pas tout ça…

Et pourtant…

Il serre les poings et se remet en marche. En tout cas, s'il retrouve ce trou du cul, l'autre va devoir s'expliquer… Et si Dave a le moindre doute…

Là, quelque chose sur le sol. Un corps.

Éric. Dont les grands yeux emplis d'incompréhension sont demeurés ouverts.

Dave a un haut-le-cœur, mais il enjambe le cadavre et reprend sa marche rapide, le regard vers l'avant, vers le fond verdâtre et nébuleux du couloir, d'où n'importe qui, n'importe quoi peut surgir à tout moment…

Son pied écrase quelque chose et il relève rapidement la jambe. Rien ne bouge. Il baisse la tête… Un hachoir. Sûrement celui qu'avait Éric.

Le pauvre Éric…

Il le ramasse et le contemple sous toutes ses coutures en poursuivant son chemin. Au moins, le voilà à nouveau armé.

Un autre macabre spectacle l'attend plus loin. Celui du nain piétiné qui, devant le cagibi du gardien de sécurité, rampe péniblement sur le ventre telle une tortue estropiée, la salopette en lambeaux, les chairs écrasées, les membres brisés. Dave le contourne en évitant de le regarder.

À l'intersection, il s'arrête et jette un coup d'œil vers le couloir de gauche.

Vide, du moins pour ce qu'il peut en voir.

Il se remet en marche, traverse les portes coulissantes. La Bulle n'est plus très loin. Vivianne va comprendre. Elle ne va quand même pas rester là à les regarder tous se faire tuer, il ne peut pas y croire !

Un son particulier s'impose soudain dans le silence : des halètements. Ça vient de cette pièce qui s'ouvre là-bas sur la droite. Dave croit se rappeler que c'est le débarras.

Il dresse son hachoir et ose regarder à l'intérieur. Un homme gigote sur l'établi en faisant légèrement pivoter une planche sous ses bras. Dave le reconnaît aussitôt.

— Jef !

Alarmé, l'interpellé lève la tête, mais pousse un petit cri de triomphe :

— Dave ! Enfin, criss ! Viens me délivrer, *man* !

Jef explique tant bien que mal ce qui lui est arrivé pendant que Dave s'approche en silence.

— Des Romains, t'imagines ! Je peux pas croire que tu les as pas vus, ils étaient une dizaine ! Envoie, aide-moi à me sortir de là !… Pis les deux autres, ils sont où ?

— Éric est mort. Loner est devenu fou.

— Que c'est que tu racontes-là ?

Dave ne dit rien de plus, le regard dur. D'ailleurs, il affiche cet air peu rassurant depuis son entrée dans la pièce.

— Mais qu'est-ce que tu fais, câlice ? s'impatiente Jef. J'sais pas si t'as remarqué, mais j'ai deux clous dans les poignets !

Dave continue de le fixer comme s'il voulait le crucifier une nouvelle fois par la seule force de ses yeux. Il n'entend même pas les pas qui, dans le couloir, passent rapidement devant la porte. La voix rauque, il demande enfin :

— C'est qui, la femme que t'as tuée ?

◆

Loner, hache à la main, entre dans la pièce aux incubateurs.

Cinq des huit portes sont ouvertes, mais aucune abomination ne semble vouloir en sortir pour le moment. L'ex-professeur examine les murs, comme à la recherche de quelque chose. Dans son cerveau fou, la phrase d'Éric tournoie follement : la machine doit être au centre de la cave…

Tout à l'heure, lorsque Jef s'est fait arracher la bouche par Éva, Loner a remarqué le contour d'une neuvième porte, à peine visible dans le mur du fond… Mais maintenant qu'il n'a plus ses lunettes, sa vision est plus trouble et il n'est pas sûr de pouvoir repérer l'emplacement.

Quoique jamais il n'ait eu l'impression de si bien percevoir la réalité…

Voilà ! C'est là. Il s'approche de l'endroit. Oui, c'est bien une porte, il y a même une poignée en creux, et une minuscule serrure, le tout fort bien dissimulé par la peinture qui fait comme un trompe-l'œil. Vraiment discret.

La machine… La machine à horreur…

Loner lève sa hache et commence à frapper sur la serrure.

◆

Par la grande vitre, Vivianne et Zorn observent Loner en train de fracasser la porte.

—Et voilà, fait le scientifique. Il va tout découvrir.

Et dans l'attitude misérable qu'il arbore depuis plus d'une heure perce une pointe de soulagement.

—Et alors? réplique Vivianne. Il n'y comprendra rien de toute façon.

—Des quatre, c'est de loin le plus intelligent…

—Mais il est devenu fou.

—Justement…

—Tais-toi, tu m'ennuies!

Zorn ne réagit même pas.

Dans la pièce adjacente, Loner frappe toujours.

—Il ne pourra pas *tout* comprendre, insiste Vivianne. Et peu importe ce qu'il comprendra, il ne pourra rien faire.

Zorn approuve en silence, soudain songeur, comme pris dans un dilemme dont l'issue sera fatalement amère.

La serrure cède enfin. Loner prend la poignée en creux, la tire vers lui et la porte s'ouvre. Sans aucune hésitation, l'ex-professeur la franchit, tête penchée. Vivianne hausse les épaules et ajoute comme pour elle-même:

—Et puis, au point où nous en sommes, ça n'a plus d'importance…

◆

Jef cligne des yeux, désorienté.

—Mais de quoi tu… pourquoi tu…

—La première femme que t'as tuée, il y a presqu'un an, celle pour qui t'as jamais été arrêté! insiste Dave. Tu nous en as parlé, tout à l'heure!

—Mais je le sais-tu, criss!…

—Tu l'as tuée il y a dix mois? En juin passé?

— Ouais, pis ? Sacrament ! je suis cloué sur une planche, pis toi, tu me poses des osties de ques…

Il s'interrompt et une soudaine illumination recouvre son visage d'éternel adolescent.

— Tu penses quand même pas que…

De sa main libre, Dave saisit soudain le cou de son comparse.

— C'était qui, cette fille-là ?

— J'te dis que je le sais pas ! Mais ça peut pas être ta blonde, ça… ça serait… ça serait un hasard trop… Voyons, Dave, tu capotes, arrête ça !

— C'était dans quel quartier, l'appartement ?

— Ça veut dire que… que t'es innocent pour vrai ? marmonne l'autre, incrédule. C'est vraiment vrai que t'as pas tué ta…

— C'était où ? répète Dave en serrant plus fort.

Jef hésite. Il y a de l'incertitude dans son expression, de la fébrilité, mais pas de peur. Il répond, la voix éraillée :

— Je m'en souviens plus…

— Ostie de menteur !

— Je vais te le dire juste si tu m'enlèves les clous !

Dave lève son arme, prêt à frapper. Mais le hachoir hésite, tremble.

Que s'apprête-t-il donc à faire ?

— Tu vas me tuer ? fait Jef qui continue à jouer les durs. Sans aucune preuve, tu vas me tuer, toi, le pur, l'innocent, le protecteur de la justice ?

Les mâchoires de Dave se tendent, durcissent. Le hachoir est toujours dressé.

Tu n'es pas absolument sûr que c'est lui… Pas absolument… Et même si c'est lui, tu es prêt à l'assassiner froidement ? Tu en serais capable ? C'est ça, faire éclater la justice à la face du monde ?

Trop de confusion dans sa tête. La nausée le reprend. Il ferme les yeux, baisse lentement le bras et marche vers la porte. Abasourdi, Jef redresse la tête :

— Voyons, tu vas pas… tu vas pas me laisser de même !

Dave se retourne, les nerfs à fleur de peau, la haine toujours dans les yeux.

— Quand je vais avoir trouvé un moyen de nous sortir d'ici, je vais revenir te chercher… Pis là, on va régler nos affaires… Tu peux être sûr…

Il se remet en marche, sous les supplications de Jef, puis s'arrête une seconde fois.

— T'avais un *gun*, toi… Il est où ?

— Va chier !

Dave se met à chercher le revolver sur le sol, un peu partout, puis finit par renoncer, excédé. Sans un regard pour Jef, il marche vers la porte.

— *Fuck you !* lui crie le crucifié, fou de rage. Je vais me sortir d'ici pis après, c'est *moi* qui vais te régler ton compte, tu vas voir, mon ostie !

Mais Dave est déjà dans le couloir. Maintenant qu'il est à peu près convaincu d'avoir trouvé l'assassin de Sonia, il sent une nouvelle éruption de confiance lui gicler dans les veines tel un gisement de pétrole. D'un pas confiant, il marche vers la Bulle tout près, s'arrête devant la porte et se met à frapper dessus avec le manche du hachoir, appelant Vivianne de toutes ses forces. Pas de réponse.

En vitesse, il entre dans la pièce adjacente, celle des incubateurs. Il dirige automatiquement ses yeux vers les huit portes. Personne n'en sort pour le moment. La plupart des rêves sont maintenant déjà matérialisés et errent dans la cave.

Dave va se planter devant le faux miroir, face à son reflet : la joue éraflée, du sang séché sur tout le corps, les cheveux ébouriffés…

—Vivianne, je sais que vous me voyez en ce moment ! Ç'a assez duré ! Loner est fou, Éric est mort… Arrêtez vos diffuseurs !

Pas de réponse. On perçoit des bruits lointains.

—Vous m'avez dit tout à l'heure que vous me preniez pas pour un menteur ! poursuit Dave. Si c'est vrai, ça veut dire que vous savez que je suis innocent ! Alors laissez-moi partir ! Pis Jef, je m'en charge !

Toujours aucune réponse. Fou de rage, Dave fait un pas vers le miroir :

—Vous m'avez menti, d'abord ! C'était une ruse pour m'endormir, hein ?

Cette fois, la voix froide de la psychiatre envahit la pièce :

—Non, je ne vous ai pas menti.

—Pourquoi, d'abord ? explose l'évadé qui se met à frapper le miroir avec le manche de son couteau. Laisse-moi partir si tu me crois innocent ! *Laisse-moi partir !*

Il s'arrête, regarde partout, hors de lui. S'il pouvait mettre le feu à cette cave ! Le feu, oui, ce serait une bonne idée ! Il pourrait commencer par brûler les incubateurs pour…

Il aperçoit enfin, dans le coin du mur, la petite porte ouverte. Différente de celles des incubateurs.

D'abord curieux, il s'approche lentement, puis, peu à peu, l'espoir apparaît sur son visage. Une sortie ? Peut-être, oui !

Sans hésitation, oubliant toute prudence, il baisse la tête et franchit la porte.

◆

Jef se tortille sur la table avec plus d'énergie que jamais. La visite de Dave et, surtout, son refus de le sortir de là a réactivé sa rage, lui insufflant par la même occasion de nouvelles forces.

Lorsqu'il va se tirer d'ici, ça va barder pas à peu près...

Il arrête soudain de gesticuler en entendant un bruit singulier, comme un frottement lourd et humide. Accompagné d'un marmonnement presque inaudible.

Ça vient du plancher.

— Y a quelqu'un ?

Il redresse la tête, l'incline à gauche et à droite, mais impossible de voir le sol. Et le frottement continue, visqueux, comme si...

Une main mutilée, aux doigts tordus et cassés, s'élève tout près de lui et agrippe la moitié droite de la planche transversale. Jef pousse un cri de stupeur, tandis qu'une forme ensanglantée se hisse lourdement à sa hauteur, tel un monstre marin surgissant lentement de la vase de l'océan. Jef ne peut plus reconnaître dans cette immonde gargouille le nain qu'il a frappé tout à l'heure, mais il distingue nettement, au milieu du visage écrasé, deux yeux parfaitement limpides.

— Va-t'en ! bredouille Jef, qui sent enfin un sentiment proche de la peur s'immiscer en lui. Va-t'en, criss de... de...

Mais le nain, se tenant maintenant des deux mains à la planche transversale, s'approche davantage. Quelque chose bouge dans le bas de cette face en miettes, une bouche édentée qui sourit et qui persiste à articuler péniblement son absurde leitmotiv :

— A'ors, 'a vie est be'e ? Hein, qu'e'e est be'e !

— *Va-t'en !* hurle Jef, horrifié à l'idée que cette chose va le toucher d'une seconde à l'autre.

À quelques centimètres du crucifié, la bouche du nain s'ouvre alors démesurément. Tout d'abord, Jef voit à l'intérieur de cet infect cratère le moignon de la langue... puis, au fond des ténèbres de la gorge, une silhouette apparaît, dont le visage est camouflé par un capuchon... Une silhouette qui tend une main sans pouce vers Jef... Ce dernier n'en croit pas ses yeux. Il hallucine, c'est sûr, il a perdu trop de sang ! Mais dans la bouche qui emplit maintenant tout le champ de vision de l'évadé, la silhouette est toujours là... au milieu d'une plaine recouverte de milliers d'individus nus, vus de dos, qui courent, qui gesticulent, qui produisent une clameur insoutenable...

Et Jef connaît enfin la terreur, une terreur qui le mord en plein cœur, produisant une fulgurante douleur, et tandis que certains des coureurs tournent vers lui des visages démentiels, il croit reconnaître celui de sa mère, mais jeune, comme lorsqu'il l'a vue pour la dernière fois il y a tant d'années, le même visage méprisant, haineux et victorieux qui apparaît dans ses rêves, rêves qu'il fait encore si souvent, trop souvent, et desquels il se réveille en hurlant...

En hurlant, hurlant et hurlant encore, comme il hurle en ce moment même...

Un craquement. La planche transversale plie sous le poids du nain et s'arrache de l'établi. Déséquilibré, Jef bascule sur le côté et atterrit la

face la première sur le mutilé. Poussant des cris de
dégoût, il réussit à se relever, les bras toujours en
croix sur la planche. Il s'éloigne de la gargouille
qui bouge à peine sur le sol. Cette loque humaine
l'aura au moins aidé à s'arracher de cette table. Il
doit maintenant trouver un moyen de déclouer ses
poignets.

Son cœur lui fait toujours mal. Criss ! il a frôlé
la crise cardiaque, il en est sûr !

Le visage de sa mère… Le visage de ses cauchemars…

Il se secoue, s'oblige à reprendre son souffle, à
se calmer, puis il regarde autour de lui.

La porte…

Il s'approche et vient appuyer doucement les
extrémités de la planche transversale sur les mon-
tants de l'encadrement de la porte. Ensuite, il écarte
les jambes pour s'assurer d'un solide appui et,
après avoir pris une bonne inspiration, commence
à pousser ses bras vers l'avant. La planche, bloquée
contre le chambranle, ne bouge pas, mais ses poignets, eux, se détachent de quelques millimètres du
morceau de bois. La douleur est atroce et Jef crispe
la bouche avec tant de force que ses lèvres mutilées
se remettent à saigner.

Quelque chose lui agrippe la cheville. C'est
encore ce foutu gnome qui continue à psalmodier
sa phrase ridicule !

—Ta gueule ! crie Jef.

Il prend son élan par-derrière, puis percute la
planche contre le chambranle avec une force terrible.
Sous le choc, ses mains se détachent de trois bons
centimètres, les clous ayant traversé la moitié des
poignets.

Sur le sol, le nain n'a pas lâché sa cheville.

— …'a vie est te'ment be'e !…

— Ta gueule !

Titubant d'épuisement et de souffrance, le cœur convulsé, Jef prend un ultime élan, pousse un long hurlement sauvage, puis fracasse de nouveau la planche contre l'encadrement de la porte. Cette fois, les poignets sont littéralement éjectés, traversent toute la longueur des clous et l'ex-prisonnier s'écroule sur les genoux, tandis que la planche tombe derrière lui. Il demeure quelques secondes prostré, la respiration rocailleuse.

Deux mains grimpent mollement sur ses mollets.

Sa vision devient rouge. Il saisit la planche, ignorant la vive douleur que ce mouvement lui procure aux poignets, se relève et se met à frapper comme un sourd sur la chose à ses pieds.

— Ta gueule, j't'ai dit ! T'as-tu compris ? Ferme…

Un coup. La main est prise de contractions, mais tient toujours la cheville.

— … ta criss…

Un coup. Les phrases absurdes deviennent gargouillis incompréhensibles.

— … de gueulc !

Un coup, et la main lâche enfin la cheville, les sons gluants cessent. Jef lance la planche au loin et, le dos au mur, se laisse glisser vers le sol, épuisé.

Inertie.

Haletant, les cheveux collés sur le visage par la sueur et le sang, il attend que son cœur douloureux reprenne son rythme normal. Enfin, il observe ses poignets : ça saigne trop, il va falloir bander ça au plus vite.

Après quoi…

Rapidement, il va glisser sa main douloureuse sous la fournaise et en sort le revolver.

— Mets-en, qu'on va régler ça, marmonne-t-il en admirant le sang qui coule lentement sur la crosse de l'arme.

D'un pas décidé, il enjambe le cadavre et sort de la pièce.

◆

Ce n'est pas une pièce mais une salle, tout en pierre sombre, éclairée par quelques luminaires avares qui diffusent un éclairage sinistre.

La première chose que voit Dave au centre de la salle, c'est une immense cage de métal. Dans celle-ci, plusieurs petits autels de pierre, aux formes étranges et pourtant familières, sont dressés et reliés à des tuyaux métalliques dont l'autre extrémité sort de la cage.

L'odeur d'encens et de sang est plus forte que jamais, prend à la gorge. Une légère vibration circule dans toute la salle.

Dave avance vers la cage. Il remarque que l'entrelacement des barreaux métalliques forme des figures étranges, comme des symboles inconnus et incompréhensibles. Dave s'arrête à quelques pas de la porte de la cage et examine l'intérieur.

Les autels de pierre sont au nombre de huit. Ils doivent mesurer un mètre et demi de haut sur soixante-quinze centimètres de large. Dave comprend enfin la scène : deux immenses mains sont sculptées dans la roche même du sol, dont les huit doigts relevés représentent les huit autels de pierre.

Deux mains sans pouce.

Fasciné, l'évadé avance encore de quelques pas vers la grille, plisse les yeux pour mieux voir. Dans chacun des doigts sculptés est incrusté un tableau de commande, avec des voyants de toutes les couleurs. Ce mélange de pierre et d'électronique est parfaitement incongru, presque ridicule, mais Dave n'a pas du tout envie de rire. Car il a remarqué que sur chaque doigt est gravé un numéro, de un à huit. Et qu'à la base de chaque autel est fixé un câble électrique qui disparaît dans le sol. Dave devine à quel endroit débouchent ces huit câbles.

Dans les chambres des patients. Dans le lit de chacun des huit psychopathes du dortoir.

Ce n'est plus de la peur que ressent maintenant Dave, mais une sourde excitation : devant lui se dresse la « machine ». Éric avait raison. Elle se trouve bien dans les murs, au centre de la cave.

Au cœur d'*Oniria*.

Derrière chaque petit autel se trouve suspendu un miroir, dont l'utilité échappe complètement à Dave. Mais ce qui intrigue le plus ce dernier, c'est l'extrémité de chacun des doigts de pierre, aplatie pour former une sorte de plateau sur lequel se trouve une petite masse informe, d'un rouge brunâtre. Qu'est-ce que c'est, au juste ? Ces masses particulièrement dégoûtantes ne sont pas inconnues à Dave, ça lui rappelle vaguement des… de la…

Là, on dirait… un pied ! Un pied amaigri, difforme, mais un pied tout de même !

Stupéfait, Dave se met à examiner les autres masses avec plus d'attention… Et ça, serait-ce une cuisse ? Et là, un autre pied ?

Des morceaux de jambes ! Il y a un morceau de jambe en putréfaction sur chacun des huit doigts de pierre !

Les paroles d'Éric reviennent à la mémoire de Dave : scientifiquement, tout ça ne marche pas… Il y a des trous…

Mais ces tableaux électroniques incrustés dans les doigts de pierre !… Et ces câbles qui partent de la base des autels et qui s'enfoncent dans le sol !… Et ces autres tuyaux, qui partent des extrémités et qui vont jusqu'au mur par lequel Dave est entré, qui se rendent sûrement jusqu'aux huit incubateurs !… C'est… c'est de la technologie, ça ! De la *science* !

Alors à quoi servent ces morceaux de chair humaine ? De qui proviennent ces morceaux de jambes ?

— Tu te souviens de la photo de tout à l'heure, dans le bureau de Zorn ? clame une voix pleine d'écho.

Dave pivote sur lui-même, regarde partout autour de lui.

Au fond de la salle, quatre immenses bibliothèques débordent de vieux livres. À quelques mètres devant elles se dresse une table de bois, recouverte de taches brunes. Et derrière cette table se tient Loner, debout, un livre ouvert entre les mains.

En apercevant son comparse, Dave relève automatiquement son arme, le visage dur, sentant une bouillante colère l'envahir au souvenir de la mort d'Éric. Mais l'ex-professeur demeure plongé dans le livre qu'il tient. Derrière lui, sur le mur de pierre entre les bibliothèques, un grand miroir sombre, presque noir… Dave se dit qu'il doit mal voir, mais il jurerait qu'aucun reflet n'apparaît dans cette glace remplie d'encre.

Et au-dessus du miroir, accrochée au mur, une peinture que Dave reconnaît aussitôt, avec cet individu sans visage, cette montagne et cette plaine recouverte de gens… Exactement comme le tableau du salon, en haut, mais en beaucoup plus grand. Ainsi magnifiées, les lettres au style baroque du mot mystérieux semblent encore plus incompréhensibles et l'individu cagoulé, pointant une main gigantesque à quatre doigts, paraît régner sur toute la salle.

—T'avais pas le droit de tuer Éric, ostie de malade ! lance Dave avec véhémence.

—Zorn est paralysé depuis plusieurs années, poursuit Loner sans lever ses yeux du livre, comme si son comparse n'avait rien dit. Mais il a perdu ses jambes récemment… Il ne voulait pas nous dire comment…

Il lève enfin son regard, calme mais brillant de démence, puis indique la grande cage du menton.

… mais nous avons maintenant la réponse.

Dave est sur le point de lui crier de se la fermer, mais il ne dit rien. Un déclic dans sa tête. Il tourne un regard subjugué vers les huit doigts de pierre, vers les immondes morceaux de chair gisant sur chacun d'eux. Puis il comprend à son tour.

Mais pourquoi ? *Pourquoi ?*

— Ces livres ont l'air passionnant, fait Loner en tournant une page. Dommage qu'ils soient écrits dans une langue inconnue… Sûrement un langage d'initiés…

Il referme le livre, le dépose sur la table. Table sur laquelle Dave remarque maintenant une scie, un couteau et d'autres instruments peu rassurants… Et ces taches brunes, sur le bois…

Une image surréaliste s'impose à l'esprit de Dave : Zorn, étendu sur la table, ses jambes paralysées découvertes, tandis que Vivianne, scie à la main, se penche vers lui… Mais cette vision n'arrive même pas à horrifier Dave.

Et il a alors la certitude que rien ne l'horrifiera plus jamais dans le futur…

Si futur il y a…

Loner prend sa hache, qui était appuyée contre la table, et se met en marche. Dave lève son hachoir encore plus haut :

— Avance pas, Loner !

— As-tu idée depuis combien de temps je n'ai pas ressenti une telle excitation, Dave ? explique Loner en approchant lentement, la voix aérienne. Cette nuit est exceptionnelle. Chacun à notre manière, nous irons jusqu'au bout. Tous. Éric y est déjà allé. Jef va s'y rendre aussi, même s'il est trop imbécile pour le comprendre…

Dans son regard, la folie clignote comme un feu de circulation hystérique.

— Et toi et moi, on est en train de s'y rendre aussi…

— Ferme-la ! hurle Dave. Ta gueule, avec tes conneries ! Il faut sortir d'ici ! Il faut arrêter tout ça, il faut…

Mais oui, bien sûr ! C'est évident : entrer dans la cage, arracher ces fils, détruire ces écrans électroniques et… oui, s'il le faut, éparpiller ces morceaux de jambes, tout détruire, tout casser, et ça s'arrêtera, non ? Dave n'a aucune idée comment cette

« machine » fonctionne, mais il est sûr d'une chose : tout part d'ici !

Tandis que Loner, hache à la main, avance toujours, Dave s'élance et, de sa main libre, saisit la porte de la cage dans l'intention de l'ouvrir.

Mais au moment où ses doigts entrent en contact avec le barreau, il

sent une succion épouvantable comme si un trou s'ouvrait dans le réel l'aspirait traverse un couloir noir et subitement il est là avec eux sur cette plaine au sol d'argile et craquelé sous un ciel qui dégouline d'encre épaisse et des centaines des milliers des millions de gens courent autour de lui partout qui le dépassent et qui s'étendent à l'infini devant lui tous nus tous hurlant de joie de peur de démence et lui-même est nu lui-même court sans savoir où ni pourquoi et il hurle aussi l'esprit confus n'ayant aucune idée de l'émotion qu'il ressent car il les ressent toutes toutes voilà pourquoi il crie parce que c'est trop toutes ces émotions en même temps et il va crier jusqu'à la fin des temps et il court avec les autres vers la montagne cette montagne palpitante immense mais qui n'approche pas comme si elle reculait à mesure qu'ils avançaient et ils courent toujours il regarde les gens autour de lui hommes femmes enfants aux visages particuliers certains magnifiques d'autres bizarres plusieurs horribles insoutenables mais tous tous extatiques et tout en courant ils se regardent et hurlent et lui aussi mais pourquoi pourquoi et où allons-nous comme ça mon Dieu toutes ces émotions tout ce délire je vais exploser en milliards de morceaux de particules et ce ciel qui coule cette montagne qui respire mais mais qu'est-ce que on dirait que là devant moi cette femme je la reconnais je suis sûr que que que je l'appelle elle se retourne Seigneur c'est elle c'est Sonia belle et magnifique elle ouvre les bras vers moi sans cesser de courir me sourit et elle me dit que je suis revenu mais revenu où où j'approche son sourire devient bizarre fou inquiétant et elle ouvre la bouche et un torrent de sang en jaillit et son visage se désagrège et son corps se putréfie et elle ouvre toujours ses bras vers moi et je m'approche sans cesser de hurler pris entre la joie et la terreur Sonia mon Dieu Sonia Sonia So

lâche la cage en hurlant, bondit vers l'arrière comme si on venait de le propulser violemment et tombe sur les fesses. Sans se relever, en glissant sur ses paumes, il recule rapidement, la respiration gémissante, ses yeux épouvantés incapables de se détacher de la cage.

Qu'est-ce qui lui est arrivé? Qu'a-t-il vu? Pour l'amour du Ciel, où est-il *allé*?

Ce n'est pas Sonia qu'il a vue. Du moins pas la vraie. C'était une sorte de Sonia… imaginée.

Une Sonia de cauchemar.

Il ne pourra pas rentrer dans cette cage. La simple idée de retoucher à ces barreaux le fait défaillir de terreur… C'était trop… trop intense… Trop…

Loner.

En vitesse, il récupère le hachoir qui gît près de lui et se relève aussi vite que le lui permet sa jambe blessée.

Plus de trace de Loner. Disparu. Parti.

Un déclic en provenance de la cage. Dave regarde dans cette direction.

Sur le doigt de pierre portant le chiffre deux, le tableau électronique s'est mis à clignoter. Accompagné d'un grésillement rappelant celui d'un barbecue de banlieue, le morceau de chair (qui ressemble vaguement à un genou) devient plus rouge et se met à… oui, à changer de forme, légèrement, comme s'il perdait un peu de sa substance. Une fumée à peine perceptible s'échappe de la chair et l'odeur d'encens et de sang devient écœurante. Dave suit des yeux la fumée qui s'élève, qui s'infiltre par une quinzaine de petites ouvertures métalliques creusées à même la pierre du plafond.

Dave comprend : ces ouvertures mènent aux diffuseurs éparpillés dans la cave.

Tout à coup, le miroir suspendu devant l'autel numéro deux devient trouble, comme s'il s'emplissait de brouillard. Hypnotisé, Dave voit deux formes apparaître dans la glace enfumée, vagues et floues mais évoquant deux enfants, un garçon et une fille. Et au sommet du doigt de pierre, le morceau de chair grésille toujours, devient écarlate.

Seigneur Dieu ! qu'est-ce qui se passe ? À quel délire est-il donc en train d'assister ?

Les silhouettes du miroir disparaissent peu à peu, sa surface redevient normale, le morceau de chair, plus petit que tout à l'heure, reprend sa couleur sombre. Dave suit du regard le tuyau métallique qui part du doigt, traverse la cage et disparaît dans le mur qui donne dans la salle aux incubateurs.

Une illumination. L'évadé se précipite vers la petite ouverture par laquelle il est entré mais, au lieu de la traverser, il se plaque contre le mur juste à côté et jette prudemment un œil.

Dans la salle aux incubateurs, tout est calme. Mais au bout de quelques secondes, la porte numéro deux, déjà à moitié ouverte, s'ouvre encore plus…

et deux enfants en sortent. Un garçon d'environ sept ans et une fillette rousse du même âge. L'air tout joyeux, en se tenant par la main, ils gambadent vers la sortie de la pièce et juste avant de sortir, la rouquine tourne la tête vers la petite porte. Dave a juste le temps de se retirer, convaincu qu'il a été vu. Mais les secondes passent sans que rien ne se produise. L'évadé ose de nouveau regarder. La pièce est vide.

Dave franchit enfin la porte. Dans la salle, il se plante devant le grand miroir sans tain.

—C'est ça vos expériences scientifiques, Vivianne ? C'est *ça* ?

Aucune réaction en provenance de la Bulle. Dave poursuit, comme s'il engueulait son reflet :

—Un mélange de technologie et de... de magie noire !

—Magie noire ! ricane soudain la voix de Vivianne, amplifiée par les haut-parleurs. Pourquoi pas du satanisme, pendant que vous y êtes ? Si au moins vous saviez de quoi vous parlez...

—C'est quoi, alors ?

—Tout cela vous dépasserait complètement, Dave.

—J'en sais assez pour...

—Vous ne savez rien !

Et elle ajoute d'une voix étrange :

—Mais il n'en tient qu'à vous d'aller un peu plus loin...

Jusqu'au bout, complète Dave mentalement. Exaspéré, il tourne sur lui-même, puis crache vers la grande vitre :

—Pis vous, Zorn, comment est-ce que vous avez pu... Vous avez sacrifié vos jambes pour...

—Il était déjà paralysé! lance Vivianne. Il l'a fait pour la science.

—La science! éclate Dave dans un rire hystérique.

—Oui, la science! rugit la voix de la psychiatre. Vous croyez que la seule science qui existe est celle pratiquée par le commun des mortels? J'étais prête à tout pour entrer dans la tête des psychopathes, alors j'ai cherché, j'ai fouillé là où personne n'avait fouillé avant! Et j'ai gagné, vous entendez? *J'ai gagné!*

Dave ne trouve rien à répondre. Puis, le ton plus calme mais plein d'une excitation contenue, Vivianne souffle:

—Dave…

Silence, comme si elle hésitait à en dire plus. Dave lui-même retient sa respiration, sans savoir pourquoi.

Une présence. Il tourne la tête.

Quatre enfants se tiennent dans l'embrasure de la porte. Le garçon et la petite rouquine qui viennent à peine d'être créés plus les deux gamins qui l'ont attaqué plus tôt. Tous les quatre affichent ce même sourire à la fois enfantin et parfaitement affolant. L'un d'eux se fouille dans le nez, en émettant un petit ricanement aigu.

—C'est pas bien de se cacher comme ça, monsieur, susurre la rouquine d'un air faussement désapprobateur.

Dave ne répond rien. Il se contente de les regarder, presque impassible. Des sons métalliques résonnent soudain au loin. Les enfants n'y prêtent aucune attention. L'autre fillette, celle qui s'est déjà battue avec Dave et qui a maintenant un œil tout noir et enflé, se met alors à chantonner d'une voix aérienne :

— Aaa-louette, gentille alouet-te… Aaalouet-te, je te plumerai…

Dave ne réagit toujours pas. La fillette continue :

— Je te plumerai le bec, je te plumerai le bec… Et le bec…

— Et les yeux, ajoute la rouquine.

— Et le ventre, renchérit un des garçons.

— Et les jambes, fait l'autre.

Dave lève lentement son hachoir, quasiment avec lassitude. Combien de coups et combien de sang, encore, avant que tout cela finisse ? Et tandis qu'il se penche légèrement vers l'avant, prêt à l'attaque, les quatre enfants se mettent à avancer vers lui, chantant en chœur :

— Aaalouet-te, gentille alouet-te, aaalouet-te, je te plumerai…

◆

Dans le bureau de Zorn, Éva ouvre les yeux.

◆

Après avoir fracassé la caméra au plafond, Loner s'occupe de la grosse porte en bois. Après deux coups de hache, la poignée est arrachée et il entre dans la pièce.

Comme Zorn l'a déjà dit, il n'y a ici ni caméra ni diffuseur. Sans allumer la lumière, Loner va droit vers le premier des deux cabanons et examine un instant le lourd battant de métal verrouillé. Son visage est neutre, mais la lueur de folie dans son regard s'illumine soudain davantage.

Il brandit sa hache et se met à frapper, produisant un vacarme assourdissant. Après cinq coups, il comprend qu'il n'en viendra pas à bout. Cette porte a été conçue pour résister à un tank.

Il semble alors se rappeler quelque chose. Il fouille dans la poche de son pantalon et en sort le trousseau de clés de Vivianne, qu'il a négligemment ramassé tout à l'heure.

Après avoir essayé plusieurs clés, il trouve enfin la bonne, déverrouille la serrure et soulève le lourd battant, qui retombe de l'autre côté en un bruit sourd.

Loner regarde longuement la porte.

— Jusqu'au bout, marmonne-t-il.

Il tourne les talons et retourne dans le couloir.

Dans la pièce obscure, les secondes passent… Puis, très lentement, accompagné par le son d'une respiration rauque, la porte du cabanon commence à s'ouvrir.

◆

Éva se lève, un peu étourdie, masse sa bouche endolorie et replace sa jupette sur ses cuisses. Rapidement, elle ressent le manque, la carence physique.

Elle n'a toujours pas eu sa fellation quotidienne.

Alors, elle se souvient. Elle était en train de sucer monsieur, mais ce joli garçon était arrivé… Comment s'appelle-t-il, déjà? Jef, oui… Jef avait alors pris la relève. Éva était plutôt contente: le membre de ce garçon était plus gros que celui de son patron, cela comblait parfaitement son appétit particulièrement prononcé cette nuit-là… Cela s'était donc très bien annoncé, mais elle n'avait pu se rendre jusqu'au bout: Jef avait voulu la toucher *là* et ça, c'était une très mauvaise idée. Quand on la touche *là,* ça finit toujours mal.

Elle ne sait d'ailleurs pas pourquoi et, de toute façon, ne se pose pas de questions là-dessus. Pas plus qu'elle ne se pose de questions sur le fait qu'elle a un besoin littéralement physiologique de sucer un sexe masculin une fois par jour, et ce jusqu'à éjaculation, et que si ce désir n'est pas comblé, elle peut devenir folle.

En fait, elle ne se pose jamais de questions. Ni sur elle, ni sur ce qu'elle faisait avant d'être ici, ni sur rien. Et elle ne se pose pas de questions non plus sur le fait qu'elle ne se pose jamais de questions.

Ça ne fait tout simplement pas partie d'elle.

Elle n'est donc pas choquée ni outrée qu'on l'ait assommée. Et elle ne trouve pas étrange non plus le fait que la porte du bureau soit verrouillée. La seule chose importante, c'est qu'elle a besoin d'une queue au plus vite, une queue qui va gonfler, exploser et gicler dans sa bouche.

Elle va ouvrir un tiroir et y trouve une clé : il y a longtemps que le bureau de monsieur n'a plus de secret pour elle. Elle déverrouille la porte, se rend directement au salon. Personne. À la salle à manger : vide aussi. En quelques instants, elle constate que tout l'étage est désert.

Il ne reste qu'un seul endroit où tout le monde peut être : en bas. Normalement, elle n'a pas le droit d'y descendre. Mais rien n'est normal cette nuit, elle le sent bien. D'ailleurs, elle y est descendue tout à l'heure…

Et il y a son corps qui recommence à suer, ses mains qui tremblent légèrement… Elle a besoin de sa dose, sinon…

Sinon quoi ? Elle va hurler ? vomir ? mourir ? Elle n'en sait rien, au fond, car depuis qu'elle est ici

donc depuis toujours

c'est la première fois que ça tarde tant, que monsieur n'est pas disponible pendant si long-temps, et elle sait, elle *sent* que si elle n'a pas très bientôt son bonbon, ça va aller très mal pour elle.

Et elle n'a pas envie de savoir à quel point.

Donc, sans se demander pourquoi tout le monde est en bas, sans se demander si tout cela est prudent, bref, sans se poser aucune question, Éva marche jusqu'à l'ascenseur.

◆

Les enfants, qui gazouillent toujours leur chanson enfantine, ne sont qu'à un mètre de Dave et de son hachoir lorsqu'un bruit flasque se fait entendre en provenance des portes. Dave se retourne. Que va-t-il voir, cette fois ? Un unijambiste ? Une femme armée de deux tronçonneuses ? Un homme poisson ?

Sortant de l'un des incubateurs, un homme habillé d'un complet trois pièces fait quelques pas hésitants. Il aurait l'air du classique homme d'affaires si ce n'était de ses yeux crevés qui ne sont plus que deux plaies purulentes. Aveugle, il tâtonne maladroi-tement autour de lui en geignant :

— Le concert est fini… Je suis arrivé trop tard…

À la vue de cette pathétique apparition, les quatre visages enfantins s'illuminent de ravissement et le premier garçon s'écrie en pointant le mutilé du doigt :

— Alouette !

Piaillant de joie, ils se précipitent et organisent une ronde autour de lui en psalmodiant leur ritournelle. L'homme tourne sur place, confus, puis l'un des garçons le fait trébucher. Il s'écroule au milieu de la ronde qui continue à chantonner gaiement, tandis que les coups de pied se mettent à fuser sur lui. Dave demeure un moment immobile à observer la scène, vaguement écœuré. Comme un homme qui aurait mangé trop de foie gras, qui sent que cela va lui sortir par les narines mais qui sait qu'il va être obligé d'en manger encore.

Dave secoue la tête avec force.

Tu dérapes, fais attention… Accroche-toi, vieux ! Accroche-toi !

Il sort enfin de la pièce. Dans le couloir, il marche d'un pas décidé vers la droite. Plus que jamais, il veut mettre le feu afin que tout brûle : la cave, la Bulle et surtout ce… cette « machine »… Dans le débarras, il trouvera peut-être du combustible…

Il entre dans la pièce… et constate que Jef n'est plus là.

Mais comment a-t-il pu se sortir de là ? À moins qu'un rêve ne l'ait trouvé et…

Il remarque le cadavre du nain sur le sol. Pendant une brève seconde, les idées se bousculent dans sa tête, puis il se ressaisit : plus tard, Jef. D'abord, trouver quelque chose pour mettre le feu.

Il fait le tour de la pièce en moins de dix secondes : pas de torche, d'allumettes, pas d'essence ni aucun autre combustible.

À la cuisine, peut-être… Il a cru remarquer tout à l'heure que les fours étaient au gaz…

Il sort de la pièce. À l'intersection, il tourne à droite, allonge le pas… mais ralentit, hésitant. Il y a encore deux masqués toujours vivants par là, non? S'il va à la cuisine, il va tomber sur eux et…

Un grondement se fait soudain entendre, qui provient des murs mêmes du sous-sol. Stupéfait, Dave reconnaît le bruit de l'ascenseur.

Quelqu'un descend!… Éva?

Il pousse un cri de triomphe, revient sur ses pas…

… et voit Jef sortir de l'infirmerie. Les yeux de Dave sont maintenant assez habitués à cette pénombre pour qu'il en soit convaincu. Il distingue même ses poignets entourés de bandages déjà rougis. Mais son regard s'attarde surtout sur le revolver dans sa main droite.

— Où tu penses aller, comme ça? demande Jef d'une voix faussement attendrie.

— Jef… Écoute ce bruit! lance Dave. C'est l'ascenseur! Il descend!

Jef avance lentement, la tête penchée sur le côté. Il est maintenant entre l'intersection et Dave. Son nez et sa bouche sont humides de sang et ses lèvres déchiquetées esquissent un inquiétant rictus. Mais Dave refuse la peur, il en a assez! Il faut que ce crétin le laisse passer, qu'il comprenne qu'ils ont la chance de partir maintenant, qu'il ne faut surtout pas la manquer! Il ne peut pas croire que Jef n'a pas assez de neurones pour comprendre *ça*!

Le vrombissement électrique se tait.

— L'ascenseur est là, Jef! s'énerve Dave en avançant de deux pas. Il nous attend!

— C'est parfait. Je vais pouvoir remonter.

Il lève son arme.

— Seul.

Dave se propulse sur le côté en même temps qu'il entend le coup de feu et la balle le manque de quelques centimètres.

— Arrête, criss de con ! Tu comprends rien !

Mais en voyant Jef viser encore une fois vers lui, il tourne le dos à l'intersection et se met à courir, sa jambe de nouveau traversée d'ondes douloureuses. Il entend Jef lui hurler :

— Je vais t'apprendre à me laisser cloué sur une planche, ostie de chien sale !

Devant le cagibi du gardien, Dave glisse dans une flaque de sang et s'étale de tout son long au moment même où éclate un second coup de feu. Il entend avec une précision surnaturelle la balle passer juste au-dessus de sa tête et réalise confusément que cette chute lui a sauvé la vie. Il se relève rapidement malgré la douleur, tandis que Jef, qui s'est mis en marche, continue à crier :

— Je vais t'apprendre à m'accuser d'avoir tué ta blonde !

Le prochain coup de feu ne le manquera pas, Dave le sait. Il n'aura jamais le temps de se rendre jusqu'au coude, jamais !

Le couloir latéral sur sa gauche… Il s'y propulse et va jusqu'au fond. Entre dans la salle de séjour. Referme la porte derrière lui.

Et le revoilà dans la salle de séjour. Le sol est toujours recouvert d'eau, le jeune est toujours appuyé contre la bibliothèque avec la télé éclatée en équilibre contre sa tête, la mère est toujours étendue sur le plancher mouillé, et le père…

Le père ?

Une main atterrit sur son épaule. Dave sursaute tellement qu'il en échappe le hachoir.

Le père, la mâchoire enflée, s'appuie des deux mains sur Dave et, son visage de vieillard tout près, marmonne de sa voix de dingue :

— La télévision ! Tu l'as brisée !

◆

Jef est sur le point de tirer un troisième coup de feu et, cette fois, ça va être le bon… mais l'arme se contente d'émettre un « clic » frustrant. Plus de balles ! Il lève la tête et voit Dave s'engouffrer dans le couloir latéral.

Grognant de rage, Jef tente d'ouvrir la porte du cagibi du gardien. Verrouillée, mais avec une serrure tout à fait ordinaire. Trois coups d'épaule : la fenêtre de la porte éclate, la serrure cède. Jef entre et, hystérique, fout le bordel dans la pièce. Le revolver vient d'ici, les munitions doivent logiquement s'y trouver aussi ! Il découvre enfin les balles. En grommelant des mots inaudibles, il remplit le barillet, puis retourne dans le couloir, ses pieds nus insensibles aux petits morceaux de vitre sur le sol.

Un homme habillé en guenilles et aux cheveux longs apparaît, le regard fou. Jef ne reconnaît pas Charles Manson, il ne voit qu'un pouilleux au visage illuminé qui marche vers lui, les bras tendus, en baragouinant :

— *Helter Skelter, man ! We gonna kill those pigs ! And you're the first !*

Jef lève son arme et, avec une grimace de mépris, il tire entre les deux yeux de Manson. Le hippie n'a pas fini de s'écrouler que l'évadé s'est déjà remis en marche, tout en hurlant à l'intention de Dave :

— Pis si c'est vraiment ta plotte que j'ai tuée, ben je suis content de l'avoir fait !

Il se sent étourdi, affaibli par la grande perte de sang qu'il a subie, mais il n'en a cure. Il se reposera quand tout le monde sera mort et que cette maison ne sera plus que ruines ! Tout au fond du couloir, sous l'éclairage aquatique, un homme et une femme viennent vers lui. Ce sont les deux rêves masqués qui ont survécu au massacre des nazis.

— Qu'est-ce que vous voulez, vous autres ? lance Jef sans même ralentir son pas légèrement vacillant.

Imperturbables, les deux apparitions commencent à soulever leurs masques, mais Jef dresse son arme :

— Rien à chier, des rêves de psychopathes !

Deux coups de feu, et les deux rêves s'effondrent. Jef continue à s'approcher de la salle du couloir latéral, l'arme fièrement brandie. Il jette des regards hallucinés autour de lui, sa bouche mutilée tordue en un sourire mauvais et, malgré sa respiration sifflante, vocifère comme s'il voulait que tout l'univers l'entende :

— Y en a d'autres ? Approchez ! *Come on,* approchez ! Je vous encule, toute la gang, vous entendez ? *Toute la criss de gang !*

◆

Zorn a assisté sans un mot à la discussion entre sa femme et Dave. Lorsque ce dernier a crié : « Vous avez sacrifié vos jambes ! » le scientifique a recommencé à caresser doucement ses prothèses, le visage lointain. Geste qu'il effectue encore, en ce moment même, même si Dave est sorti de la pièce depuis une bonne minute. Vivianne, qui se désintéresse complètement des quatre enfants en train de battre l'aveugle, reporte son attention sur les moniteurs vidéo.

—Loner a cassé presque toutes les caméras, soupire-t-elle.

En effet, sur les dix-sept moniteurs vidéo, seulement trois demeurent fonctionnels. L'un d'eux montre la partie devant la cage d'ascenseur, le second le débarras (sur lequel Vivianne a assisté avec étonnement au « déclouage » de Jef) et le dernier permet de voir la partie du couloir principal face à la porte du dortoir.

Zorn cesse alors d'effleurer ses fausses jambes, lève un regard à la fois dur et résigné vers sa femme et articule d'une voix extrêmement lasse :

—J'en ai assez, Vivianne. Dès que cette nuit de fous se termine, je m'en vais.

Elle hausse un sourcil.

—Qu'est-ce qui te prend ? C'est ce qu'a dit Dave, il y a deux minutes, qui te…

—Ça fait un moment que j'y pense, sans vraiment oser, sans vraiment admettre… Mais après cette nuit… Mon cynisme ne fait plus le poids, Vivianne… (Il soupire.) Dans quelques heures, il n'y aura plus rien de secret ici, tu le sais.

Son regard devient triste. Non, pire : déçu. Tellement déçu. Surtout de lui-même.

—Tu m'as utilisé jusqu'à la moelle… Et c'est le cas de le dire.

Il secoue la tête, émet son petit ricanement de crécelle, qui n'a du rire que la rythmique.

—Comment ai-je pu être si…

Il n'a pas la force de terminer. Et Vivianne a un rictus de mépris, ce mépris qu'il lui a vu… combien

de fois, au juste ? Ou plutôt : quand l'a-t-il vu *sans*
cette expression ? Au début, oui, mais ensuite ?

Rarement. Si rarement. Trop rarement…

— Où vas-tu aller, tout seul ? demande-t-elle
d'une voix moqueuse.

Zorn devient étrangement rêveur et murmure :

— Peut-être qu'Éva viendra avec moi…

— C'est ça ! Pars avec une fille qui n'existe
même pas réellement ! Un fantasme !

Elle prend un air supérieur, mais Zorn la sent
quelque peu ébranlée, ce qui l'étonne. Ils s'observent
en silence quelques secondes…

… puis le vrombissement se fait entendre. Ils
regardent autour d'eux, déconcertés, et tout à coup
Vivianne s'exclame :

— L'ascenseur !

— Éva ! ajoute aussitôt Zorn.

Pour la première fois de la nuit, la panique apparaît sur son visage. Il fait rouler son fauteuil jusqu'à
sa femme :

— Fais-le remonter !

— Je ne peux pas le contrôler tant qu'il est en
marche !

Ils écoutent le grondement en silence, tout en
fixant le moniteur-vidéo qui montre la cage de
l'ascenseur. Zorn se mordille les lèvres, serrant nerveusement les bras de son fauteuil. Puis, sur l'écran,
on voit l'ascenseur apparaître. Aussitôt qu'il est
immobilisé, Zorn s'écrie :

— Vas-y, fais-le remonter !

Mais Vivianne n'appuie pas sur le bouton. Elle
observe gravement son mari.

— Mais qu'est-ce que tu attends ? proteste ce
dernier.

— Pas question que tu t'en ailles, Angus.

Pendant une seconde, une lueur d'espoir brille dans le regard du scientifique, mais il comprend rapidement et marmonne :

— Tu veux que je reste pour m'occuper de la partie « technique » de tes expériences, n'est-ce pas ? Pour le *reste*, tu t'en sors toute seule, mais en ce qui a trait à l'informatique et à l'électronique, tu as peur de ne pas y arriver... Avoue : tu as *besoin* de moi !

Le visage de Vivianne devient écarlate de rage et d'humiliation, mais elle ne dit rien.

— Je vais m'en aller, tu m'entends ? lance Zorn avec une jubilation désespérée. Je vais foutre le camp d'ici, et tu ne pourras pas m'en empêcher ! C'est fini, Vivianne ! Terminé ! Alors, fais remonter ce putain d'ascenseur *tout de suite* !

Sur quoi, il tourne vivement la tête vers le moniteur vidéo. Éva est maintenant dans le couloir, immobile, et examine les alentours. Vivianne appuie alors sur le bouton et l'ascenseur remonte lentement.

— Non ! Fais-le redescendre !

— Pas question ! rétorque la psychiatre. Les trois autres pourraient en profiter pour se sauver !

Le scientifique roule des yeux emplis d'angoisse :

— Et Éva ?

Incrédule, Vivianne dévisage son mari.

— Mon Dieu, Angus, tu t'es vraiment épris de cette... de ce rêve ?

Sur l'écran, Éva regarde l'ascenseur remonter, peu impressionnée, puis elle se met en marche et disparaît de l'écran. L'anxiété de Zorn prend des proportions alarmantes.

— D'accord, on laisse l'ascenseur en haut, mais je vais la chercher et je la ramène ici !

— Tu vas risquer ta vie pour…

— Je vais apporter avec moi la commande à distance ! S'il y a un danger, j'arrête les diffuseurs, et on les repart à mon retour dans la Bulle, avec Éva !

— Mais si tu tombes sur un des trois évadés…

— Je suis prêt à courir le risque ! Éva vient à peine d'arriver dans la cave, si on fait ça tout de suite, je vais la rejoindre rapidement !

Vivianne ne peut s'empêcher de ricaner.

— Mais Angus, c'est… c'est irrationnel ! Cette fille n'existe pas, elle…

— Elle a existé plus que toi, peux-tu comprendre ça ? hurle-t-il soudain, hystérique.

La psychiatre en est bouche bée. Zorn se passe une main sur le visage, s'efforce de se calmer, puis implore presque :

— Vivianne, tu peux au moins me laisser ça…

Elle le considère un moment, mi-perplexe, mi-dédaigneuse. Enfin, elle va à la console, prend la commande à distance et la tend à son mari. Ce dernier la saisit en soupirant de soulagement.

Vivianne appuie sur une autre commande et la porte de la Bulle s'ouvre.

— Aussitôt que tu sors, je la referme, prévient-elle avec gravité.

Le scientifique approuve, puis roule vers la porte. Au moment de sortir, il se tourne vers Vivianne, comme pour dire quelque chose. Elle attend, l'air rogue.

Il renonce et sort de la Bulle. La porte se referme aussitôt.

◆

—Tu as brisé la télévision ! continue d'articuler le vieux, grimaçant de fureur.

Dave se dégage avec irritation :

—Foutez-moi la paix, vous !

Et il s'élance vers le buffet dans l'intention de le pousser contre la porte. Mais avant que Dave puisse atteindre le meuble, l'homme le prend de nouveau par l'épaule et le retourne vivement.

—Tu n'aurais pas dû la briser !

—Ça suffit, maintenant, lâchez-moi ou…

Le vieillard rajeunit d'une trentaine d'années en moins de deux secondes. Aussitôt, Dave reçoit une claque spectaculaire qui l'envoie au tapis, éclaboussant l'eau autour de lui. Sonné, il se met à chercher son hachoir, mais ne le trouve pas. Il est pourtant tombé juste ici, à ses pieds !

Il entend le lointain vrombissement : l'ascenseur remonte ! Il frappe le sol en gémissant de dépit, mais des mains le saisissent aux épaules et le relèvent. Dave se retrouve à deux centimètres du visage de l'homme qui, le temps d'un battement de cils, vieillit cette fois de vingt ans.

—Tu me déçois beaucoup, tu sais, marmonne le rêve.

Tout en se débattant, Dave tente de se rappeler le nom du patient qui rêve à ce vieil homme… Tessier… Bossé…

Boyer ! C'est ça !

—Boyer, écoutez-moi ! Vous rêvez, en ce moment, vous m'entendez ? Réveillez-vous, Boyer ! *Réveillez-vous !*

Le vieillard cligne des yeux, d'abord perplexe, puis incertain, comme s'il décodait peu à peu une langue inconnue.

— Vous rêvez ! insiste Dave.

Le visage de l'homme se met alors à trembler, puis s'efface pour faire place à un autre visage, tel un fondu enchaîné au cinéma. Le nouveau faciès, qui demeure flou comme si on le voyait à travers un filtre épais, est celui d'un homme gras en début de quarantaine, aux lèvres charnues, aux yeux infiniment tristes. L'apparition gémit d'une voix infiniment malheureuse :

— Ils m'avaient dit qu'ils s'en iraient jamais... Ils m'avaient promis !

Puis, ses traits redeviennent confus, dilués, et le visage du vieillard réapparaît, plein de colère et de rancœur.

— Tu me déçois vraiment beaucoup, répète-t-il en resserrant son étreinte.

Une détonation éclate. Le rêve se raidit, lâche prise et s'effondre.

La porte est ouverte et Jef, revolver brandi, entre dans la pièce.

— On va être tranquilles, maintenant...

Il referme la porte, fait quelques pas, ses pieds nus provoquant de faibles clapotis dans les flaques d'eau.

— L'ascenseur est remonté ! s'écrie Dave, trop en colère pour avoir peur. À cause de toi, on l'a manqué !

— Peut-être, mais moi, je te manquerai pas...

Et il frappe de son poing gauche, un coup solide malgré son affaiblissement. Le poing atteint la joue de Dave qui titube vers l'arrière, s'appuie contre le mur.

—Envoie, monsieur anti-violence ! le nargue Jef en levant les bras. Défends-toi un peu !

Dave marche vers son adversaire, les poings brandis... mais il hésite à frapper, pris d'affolement à l'idée de se battre. Criss ! Il va quand même pas se laisser massacrer sans se défendre !

Jef frappe cette fois avec le revolver. Le canon atteint le nez et le casse net. Dave émet un cri étouffé, en même temps qu'il reçoit un coup sous le menton. Il bascule dans le divan, où il tient son nez sanglant à deux mains.

Jef s'approche, le souffle court mais rayonnant de puissance. Il plisse les yeux, comme s'il réfléchissait, puis lance :

—La femme que j'ai tuée, il y a un an, elle habitait dans le quartier Rosemont.

Dave, affalé dans le divan, sent un vent glacial lui balayer tout le corps. Sonia et lui habitaient dans le quartier Hochelaga. En voyant son expression, Jef comprend.

—C'est pas moi, hein ? Tu m'as accusé pour rien, c'est ça ?

Sa bouche charcutée, de laquelle pendent des fils de suture, se retrousse sur ses dents rougies.

—Tu vois ? Tu vas mourir pour rien, pauvre cave...

Et il lève son arme, sur le point de tirer.

Mais quelque chose d'inhabituel se passe alors à la périphérie de son regard et il tourne la tête.

Sur le sol, l'homme et la femme sont maintenant transparents. Contre la bibliothèque, le corps de l'adolescent ondule, pâlit, perd de son épaisseur. Jef fronce les sourcils et lève la tête vers le diffuseur dans le mur : la lumière rouge ne brille plus. En même temps qu'il constate ce fait, les trois corps disparaissent complètement.

Et la télévision éclatée, qui ne tient donc plus sur rien, bascule. Au moment même où elle atteint le sol trempé, Jean-François Fortin baisse la tête vers ses pieds nus et une ultime lueur de compréhension traverse son regard.

Étincelles et fumée se mêlent dans un vacarme de courts-circuits, comme si la télé était soudain possédée par un esprit électrique. Toujours debout, toujours le revolver brandi, Jef, les yeux révulsés, recroqueville sa main libre sur sa poitrine, à la hauteur de son cœur déjà ébranlé par ses récents contrecoups. Pendant de très longues secondes, son corps est pris de convulsions, et lorsque le mini feu d'artifice cesse enfin, il est déjà mort. Il tombe la face la première, son bras percute le divan et le revolver rebondit sur les coussins.

D'un bond, Dave se redresse sur le divan et, le regard fou, hurle vers le cadavre :

— Tu vois, ostie d'imbécile ? Tu voulais pas m'écouter ? Tu voulais qu'on reste pognés ici ? Tu voulais jouer aux *toughs* ? Ben, crève, mon câlice ! *Crève !*

Il se laisse retomber sur le dos et, les mains sur la tête, éclate en sanglots.

◆

Aussitôt sorti de la Bulle, Zorn aperçoit Éva au loin qui marche vers l'intersection. Dieu soit loué, elle est tout près ! Il pousse la vitesse de son fauteuil au maximum et interpelle la bonne, qui finit par se retourner. Elle attend, le visage rayonnant, et son patron n'a pas aussitôt immobilisé son fauteuil qu'elle se précipite sur lui en s'exclamant :

— Enfin, vous voilà, monsieur !

Elle s'occupe de son pantalon, les mains fébriles, mais le scientifique lui saisit les bras.

— Éva, ce n'est pas le moment !

— Mais oui, voyons !

— Viens avec moi ! Dans quelques minutes, nous ne serons plus en sécurité ici et…

— J'en ai besoin, monsieur ! insiste-t-elle, les cheveux en désordre, les yeux affolés. J'ai besoin de votre queue *maintenant !*

En temps normal, cette attitude aurait excité Zorn au plus haut point, mais en ce moment, cela lui semble du plus mauvais goût. Il tente de lui faire entendre raison, mais Éva, agacée, continue de se débattre, veut atteindre l'entrejambe. L'autre tient bon, la repousse chaque fois sans cesser de lui répéter qu'elle doit le suivre tout de suite, si bien qu'Éva, excédée, finit par donner un violent coup de poing sur le bras droit du fauteuil, à la hauteur du mécanisme, ce qui produit un bruit de ferraille peu rassurant.

— Tant pis ! s'écrie-t-elle avec hargne. Si vous ne voulez pas, je vais trouver quelqu'un d'autre ! Le gars, là… Jef ! Ou l'un des trois autres, n'importe qui !

Zorn veut la retenir par le bras, mais elle se dégage et s'éloigne rapidement, le pas raide. Il l'appelle, mais elle tourne le coin, sans un regard vers lui.

— Éva !

Il va devoir se mettre à sa poursuite. Par prudence, il appuie sur le bouton noir de la commande à distance, éteignant ainsi tous les diffuseurs de la cave. Rassuré, il actionne la mise en marche de son fauteuil roulant. Le ronronnement du moteur se fait entendre, mais les roues demeurent immobiles. Avec son stupide coup de poing, Éva a sans doute cassé quelque chose dans le mécanisme. Zorn s'acharne sur la manette en poussant des jurons étouffés…

… lorsqu'il entend les pas derrière lui.

Ça ne peut être un rêve, il vient de fermer les diffuseurs. Il s'agit donc d'un des évadés… Sauf qu'aucun pas normal ne peut produire un tel son… Aucun pied d'homme ne peut être si lourd… Et, surtout, aucune respiration humaine ne peut être si basse, si rauque…

Sans se retourner, Zorn blêmit, tandis que les traits de son visage s'affaissent, exprimant la plus sombre fatalité. Il articule d'une voix morte :

— Truk.

Au même moment, lui et son fauteuil sont soulevés de terre. Zorn n'offre aucune résistance, n'esquisse aucun geste de défense, pas même lorsque sa chaise commence à se ratatiner en produisant de lancinants miaulements métalliques, ni quand son corps se plie de manière impossible, que ses genoux remontent, dépassent sa tête. Ses deux mains, en traversant les roues du fauteuil, s'écartèlent et se déchirent. Deux bruits secs : ce sont ses fausses jambes qui viennent de se détacher et de tomber sur le sol, engluées de sang. Mais Zorn ne profère aucun cri, aucun son, le visage de marbre, tandis que son fauteuil se comprime de plus en plus contre ses membres, transperce sa chair, brise ses os.

Au moment où l'insoutenable souffrance est sur le point de venir à bout de sa lucidité, il ferme les yeux et il a une dernière pensée pour Vivianne.

◆

Redressé sur le divan, Dave observe longuement le cadavre sur le sol.

Jef n'a pas tué Sonia. Ce n'était pas lui. Dave s'est trompé.

Il devrait sentir du remords, non ? Du remords de l'avoir accusé, de l'avoir laissé cloué sur la planche…

Mais il ne ressent rien. Après tout, il ne l'a pas tué. C'est de sa faute s'il est mort.

— Ta faute ! crache-t-il d'une voix molle, éteinte.

Une évidence vient soudain secouer son apathie : si le tueur de Sonia est toujours en liberté, Dave peut encore faire éclater la justice à la face du monde.

À condition de sortir d'ici…

Il lève la tête vers le diffuseur éteint. Sont-ils tous fermés, ou bien est-ce seulement celui de cette pièce qui ne fonctionne plus ? Il tâte son nez cassé et enflé, puis prend le revolver.

Une vraie arme.

Il va sortir de cette cave. Maintenant.

Quinze secondes plus tard, il est dans le couloir principal. Son premier réflexe est de lever la tête au plafond. Près du diffuseur, la lumière rouge est aussi éteinte. Dans le couloir, il n'y a plus de traces de cadavres ni de sang, à l'exception du pauvre Éric, tout près.

On a vraiment arrêté les diffuseurs !

Il entend enfin la rumeur et dresse l'oreille.

Bruits pesants, terribles, mais réguliers. Comme… comme des pas.

Là-bas, à l'intersection, une masse tourne le coin, encore floue dans la pénombre. Haute comme le plafond, presque aussi large que le couloir. Impossible que ce soit un homme. Pourtant, *cela* a forme humaine…

La chose avance, accompagnée d'un son rauque de locomotive à l'agonie. Dave commence à reculer, incapable de détacher son regard de ce cauchemar en marche.

C'est l'abîme qui s'avance vers lui. Et même s'il ne le distingue pas encore clairement, il sait *qui* est cet abîme. Il le sait pour l'avoir entrevu vaguement tout à l'heure… et Dave ne veut pas le voir clairement, il ne veut *absolument pas*!

Il lève son arme et tire.

La chose ne ralentit pas.

—Je veux sortir! hurle-t-il en tirant de nouveau.

Le second coup de feu est aussi inefficace que le premier. Enfin, la peur vient happer Dave avec la fureur d'une tornade. L'ex-prisonnier tourne les talons et se met à courir. Comme il a l'impression de l'avoir fait durant toute cette nuit démentielle. Mais courir où, cette fois? Lorsqu'il sera au fond, dans la cuisine, où ira-t-il? La chose va le rattraper. C'est certain. Inéluctable.

Pourtant, il continue, tourne le coin, s'élance vers la salle à manger. Tant qu'il court, il est en vie, ne serait-ce que quelques minutes de plus, quelques secondes…

Il entre dans la vaste pièce. Les cadavres des masqués ont disparu. Pourtant, il y a encore quelqu'un

ici et Dave reconnaît aussitôt cette personne : Éva !
Elle marche de long en large, comme prise d'une
angoisse incontrôlable, se frottant les mains avec
frénésie. Lorsqu'elle aperçoit le nouvel arrivant, la
détresse sur son visage se transforme en soulagement démesuré :

— Enfin, quelqu'un !

Et elle se jette sur Dave. Le désir dans ses yeux
est si intense qu'il confine au désespoir. L'évadé
réussit à la maintenir à distance.

— Éva, Éva, arrête ça, on est en danger ! Il y a
un… une sorte de…

— M'en fous ! ne cesse-t-elle de crier en tentant
d'arracher la ceinture du pantalon de Dave. M'en
fous, m'en fous, m'en fous !

Il finit par la frapper au visage. Elle bronche à
peine. Son regard est celui d'un fauve affamé, elle
tremble comme une feuille et son visage dégouline
de sueur. Dave a peine à reconnaître l'allumeuse
sexy qui lui a ouvert la porte il y a des siècles.

À ce moment, les terribles pas se font entendre
tout près et tous deux se tournent vers la porte.

Truk entre dans la pièce.

Il doit se pencher et, au passage, ses épaules
percutent le chambranle. Il s'immobilise un moment.
Un corps immense, nu et gris, avec des muscles à
des endroits où il ne devrait pas y en avoir. Un sexe
flasque et démesuré. Des mains grandes comme un
volant de voiture, avec des barreaux de chaise qui
font office de doigts. Une tête chauve qui frôle le
plafond. Une bouche large mais si mince qu'on
dirait un cheveu posé sur le menton. Deux trous en
guise de nez, qui produisent ce son de fin du

monde. Un front si bombé qu'il semble sur le point d'éclater.

Et finalement deux torches, deux phares, mais dégageant une lumière totalement vide, absolument froide, comme deux ampoules qui seraient directement branchées sur la mort.

Les yeux du néant.

Dave ne songe même pas à tirer. Inutile. D'ailleurs, on voit les traces sanglantes des deux balles précédentes, une dans le torse, l'autre dans la joue gauche. Une troisième balle n'ajouterait qu'une éraflure de plus. Car Zorn l'a dit, plus tôt : Truk est immortel.

Alors, Dave éclate de rire. S'être battu contre des rêves toute la nuit, et même contre deux de ses compagnons, et maintenant que les diffuseurs ne fonctionnent plus, maintenant qu'il a une arme, se retrouver face à un monstre immortel ! C'est trop drôle. Trop ironique.

Sans se presser, la chose se met en marche vers l'ex-prisonnier qui rit toujours, elle lève ses deux bras dans un geste pour écraser la Terre entière… et tout à coup elle voit Éva.

La montagne de muscles cesse tout mouvement, tandis qu'une petite étincelle s'allume tout au fond des deux trous noirs. Son visage demeure impassible, mais sa bouche s'amincit davantage, ses mains s'ouvrent et se ferment sans cesse, produisant des craquements sinistres, et sa respiration, déjà bruyante, s'apparente soudain à celle d'un dinosaure.

Et lentement, très lentement, sous le regard ahuri de Dave qui ne rit plus du tout, son sexe commence à se dresser.

Éva émet un cri aussi joyeux qu'admiratif. Telle une toxicomane fondant sur sa dose d'héroïne, elle se jette à genoux devant le monstre, prend à deux mains le membre qui n'a pas encore atteint sa pleine érection et l'engouffre dans sa bouche. Elle se met à pomper la verge, les joues gonflées, l'air grotesque avec cet engin qui lui écarquille les mâchoires. Mais elle ne ralentit pas ses ardeurs pour autant et Truk, le visage penché vers elle, entrouvre les lèvres, laissant apparaître des dents jaunes et craquelées.

Dave, hébété, observe cet immonde spectacle pendant quelques secondes, jusqu'à ce qu'il sente son hilarité sur le point d'éclater de nouveau.

Tu dérapes…Accroche-toi, câlice, TU DÉRAPES!

Il se précipite hors de la pièce.

Truk n'a même pas remarqué son départ, son regard maintenant rouge rivé sur la fille à ses genoux, la bouche écumante d'une bave immonde, tandis que son sexe continue à grossir, à gonfler, au point qu'aux commissures, les lèvres de la bonne commencent à saigner. Éva ne s'en rend même pas compte, trop heureuse d'avoir enfin sa queue. Et quelle queue! Jamais elle n'aurait osé imaginer une telle pièce! Monsieur Zorn peut aller se rhabiller, de même que ce Jef et tous les autres hommes de la terre! Cette perfection anatomique la comblera pour le restant de sa vie, pour toujours! Elle imagine la spectaculaire éjaculation qui ne saurait tarder et cela l'excite tant qu'elle redouble la cadence, même si le sexe grossit maintenant à toute vitesse, même si ses mâchoires se distordent, se brisent et se fendent, même si tout son visage se met à enfler, même si Truk, poussant tout à coup un long râle assourdissant, saisit la nuque de la fille pour la tirer avec plus de force contre sa verge…

Éva se sent alors défaillir d'extase, une demi-seconde avant que sa tête n'éclate, dans une gerbe de sang et de sperme.

Le visage de Truk redevient neutre, sa bouche un simple fil, ses yeux deux taches d'huile. Graduellement, son sexe ensanglanté dégonfle, s'amollit. Il baisse la tête et considère un moment le cadavre sur le sol.

Puis méthodiquement, de ses pieds de ciment, il se met à piétiner cette fille désormais inutile.

◆

Dave tourne le coin et continue à courir. Où trouve-t-il encore l'énergie, la force ?

Au loin, des coups sourds, comme si le monstre sautait sur place. Seigneur ! qu'est-ce qu'il est en train de faire ?

Dave dépasse le couloir de la salle de séjour, pris au centre d'une sorte de délire tourbillonnant qui l'empêche de s'arrêter. Et dans sa tête, la même phrase se répète dans une boucle infernale.

Cette chose est immortelle… Cette chose est immortelle…

À moins que le rêveur original ne meure…

Cette nouvelle donnée surgit soudain dans son ouragan mental. N'est-ce pas ce que Zorn a expliqué ?

Brisé de fatigue, Dave trébuche, se cogne contre un mur et finit par tomber. Il demeure étendu, la respiration sifflante. Il a l'impression que des millions de fourmis lui courent sur tout le corps, mais il est bien, si bien, Dieu qu'il est bien ainsi, immobile, à ne rien faire. Il ferme les yeux. Dormir, oui… Pourquoi pas ?

Tuer l'original… Tuer Kurt Farell…

Cette idée lui gifle l'esprit et il ouvre les yeux. Pendant deux secondes, il ne voit absolument rien, la vision embrouillée et couverte de points mauves… puis il aperçoit, à moins de cinq mètres, la porte du dortoir, sur la droite.

Rester ainsi couché à se relaxer et mourir dans quelques minutes… ou y aller d'une dernière, d'une ultime tentative…

Des larmes coulent sur ses joues.

Aide-moi, Sonia… Je veux le faire pour toi… Pour toi…

Mais son corps est si pesant… Il parvient tout de même à se relever et il titube jusqu'à la porte de métal. Impossible à ouvrir, à cause de cette câlice, de cette criss de serrure tactile que seules les empreintes digitales de Zorn ou de Vivianne peuvent actionner…

Dave tourne la tête vers la caméra du plafond, une des seules encore intacte.

— Vivianne ! Je vous en supplie, venez ouvrir cette *porte !*

Il se prend la tête à deux mains. Fini. Foutu. Et cette constatation produit un grand calme dans son esprit résigné.

Grand calme qui lui permet tout à coup d'entendre le bruit…

Qu'est-ce que c'est que ce ronronnement électrique ?

Cela provient de l'intersection, à dix mètres de là. Un son que Dave a entendu souvent cette nuit.

Le fauteuil roulant…

Il va à l'intersection, tourne à gauche. Le ronronnement provient d'un tas de ferraille impossible à identifier, surtout dans cet éclairage maladif. En s'approchant, Dave finit par reconnaître le fauteuil roulant de Zorn, tordu, replié sur lui-même, au milieu duquel on distingue un bras, une partie du corps, et là, comprimé contre des morceaux de métal, un visage lacéré, distordu.

Il fixe d'un œil morne la grotesque sculpture mi-métallique, mi-organique, de laquelle dépasse une main ensanglantée.

Une main ?

Dave a soudain l'impression qu'un moteur se remet en marche dans son corps. Un moteur fragile, certes, qui risque de casser à tout moment, mais qui pour l'instant pompe des litres d'adrénaline.

Il enfonce le revolver sous sa ceinture, se saisit de la main de Zorn et se met à tirer. Rien ne bouge. Il redouble d'efforts et la masse se met enfin en mouvement. Lentement, Dave progresse vers la porte du dortoir, serrant les dents sous l'effort, traînant à sa suite l'immonde magma de chair et de métal. Il ne remarque même pas la commande à distance qui glisse du tas de ferraille et rebondit sur le sol.

À l'intersection, il entend de nouveau des martèlements sourds désormais familiers et il tourne la tête vers la droite.

Tout au bout du couloir, Truk vient d'apparaître. Il marche, heureusement lentement, mais avec l'assurance de l'ouragan qui sait qu'il finira bien par tout détruire de toute façon…

Dave tire de plus belle sur le bras de Zorn. Plus de force. N'en peut plus. Pourtant, la grande porte métallique est là… la serrure tout près…

Le visage de Sonia lui traverse l'esprit en un flash lumineux. En hurlant, il tire une dernière fois, provoquant un éclair de douleur dans son dos… et il réussit enfin à apposer le pouce sanglant de Zorn sur la serrure tactile.

Instantanément, la porte coulissante s'ouvre en émettant un discret chuintement. Dave lâche la main et, vacillant, se tourne vers la caméra en poussant un hululement aussi victorieux que fêlé, tout en dressant son majeur de façon parfaitement puérile. Juste avant de se précipiter dans la pièce, il constate que Truk a parcouru la moitié du couloir.

Aussitôt que Dave traverse le seuil, une lumière blanche s'allume instantanément et blesse un court instant ses yeux rougis. Sûrement un mécanisme qui se met en marche dès l'entrée de quelqu'un. Le dortoir est une grande pièce en demi-cercle, aux murs unis et blancs en céramique. Totalement vide, à l'exception des huit portes dans le mur du fond, toutes aussi blanches, munies de simples loquets de métal et de petites lucarnes.

Sans perdre une seconde, Dave se lance contre la première porte. Un nom est inscrit sur un petit écriteau : Évelyne Madore. Il va à la seconde : Joseph Prud'homme. Hystérique, il se rue sur la troisième : Kurt Farell !

Dave ne prend même pas la peine de regarder par la lucarne. D'une main tremblante, il saisit le loquet de métal qui bloque la porte de l'extérieur, le glisse violemment sur le côté, puis tire sur le large levier. La porte s'ouvre.

La chambre est évidemment plongée dans le noir, mais la lumière du dortoir permet de distinguer l'intérieur : petite, sans aucune décoration ni meuble, vide si ce n'est un lit. Accroché à la tête de ce dernier, une coupole est tournée vers le crâne du dormeur. L'homme couché cligne des yeux, puis les ouvre, hébété. Dave reconnaît ce visage, rond et ingrat, qu'il a vu en photo. Le visage parfaitement inoffensif de Kurt Farell.

Un faible maigrichon qui s'est idéalisé en Truk.

Absurde. Aberrant. Fou.

Des pas de mille tonnes entrent dans la pièce, derrière lui, accompagnés d'une respiration digne des fournaises de l'enfer.

Avant même que Dave n'ait le temps de lever son arme, il se sent agrippé violemment par les épaules, voit le plancher tourner sur lui-même puis réalise qu'il vole littéralement dans les airs. Il voit l'ouverture de la porte du dortoir approcher à toute allure, la traverse et atteint enfin le sol, la face la première. Étourdi, il regarde autour de lui : le re-voilà dans le couloir. Par miracle, il tient toujours le revolver. Incapable de se relever, il se met à ramper, voulant fuir le plus loin possible du dortoir, de Truk qui va en sortir d'une seconde à l'autre.

Il a parcouru une dizaine de mètres lorsqu'il sent le sol trembler sous son ventre.

Il arrive.

Dave rampe plus vite, haletant. Pendant une seconde, une grande noirceur le recouvre, comme si tout s'éteignait. C'est Truk qui vient de le dépasser, l'enjambant comme un vulgaire détritus. Dave cesse de ramper, lève la tête et voit le monstre debout devant lui, aussi grand qu'un gratte-ciel.

Mais Truk n'a pas les yeux posés sur lui. Il regarde plus loin. Dave se tourne péniblement dans cette direction.

Farell est sorti du dortoir. Figé, il fixe sa Projection, le visage décomposé. Comme s'il n'arrivait pas à croire ce qu'il voyait. Ou, au contraire, comme s'il *le* reconnaissait.

Dave se lève d'un bond douloureux et pointe son revolver vers Farell. Il n'a qu'à appuyer sur la détente, et c'est fini.

Alors pourquoi ne le fait-il pas ?

Ce n'est pas un rêve, cette fois, c'est un homme ! Un vrai !

Mais qu'est-ce qui lui prend, il a perdu l'esprit ? S'il ne tire pas, c'est lui qui va mourir, *lui* !

Farell, qui recule d'un pitoyable pas, lui lance des regards éperdus ; il ne comprend rien à ce qui lui arrive. Dave secoue la tête violemment. Il n'a pas à se laisser impressionner par ses airs de biche aux abois ! C'est un tueur ! Pas un homme ordinaire : un ostie de malade de psychopathe ! Alors, qu'est-ce qu'il attend pour *tirer* ?

Le revolver est pris de convulsions, comme doué d'une vie propre. Dave se met à gémir, concentre toutes ses forces dans son index posé sur la détente. Mais le doigt ne bouge pas ! Et il ne bougera pas ! Car Dave est incapable de tirer, physiquement incapable !

C'est aussi insensé, aussi absurde que ça !

Tout à coup, une pince géante lui entoure la taille et se met à serrer. Il pousse un cri étouffé, le souffle coupé. Soulevé de terre, son corps se raidit jusqu'au bout des doigts, tandis qu'il croit entendre une explosion. Il veut tourner le revolver vers son assaillant, mais la pression sur son ventre et son estomac devient telle que, vidé de toute force, il échappe son arme, qui rebondit sur le sol.

Dave comprend qu'il va mourir. Et il comprend aussi combien cette idée le révolte, à quel point il tient à la vie, aussi noire et merdique soit-elle. Pour pouvoir venger Sonia, oui, mais aussi juste pour… pour vivre libre ! Pour *vivre* !

Il voudrait hurler sa détresse, mais il n'a plus le souffle pour le faire : son corps est de plus en plus broyé, il ne respire plus, hoquette, étouffe…

Mais la pince géante qui le broie depuis à peine trois secondes se desserre graduellement… Elle perd même toute emprise sur Dave qui s'effondre sur le sol. À quatre pattes, il tousse, crache, prend de grandes respirations douloureuses, puis relève lentement la tête, les yeux noyés de larmes.

À quelques pas de lui, le monstre est maintenant parfaitement transparent. Il lève ses mains à peine visibles devant son visage et, dans ses yeux aux profondeurs abyssales, passe l'ombre d'un étonnement, qui se volatilise en même temps que tout le reste.

Truk n'est plus.

Grimaçant, Dave finit par se mettre debout, les jambes molles. Au-delà du soulagement d'être vivant, l'incompréhension est complète : que s'est-il passé ?

Un homme est étendu sur le sol du couloir. Kurt Farell. Le regard figé dans la stupéfaction. La gorge transpercée d'une balle. Mort.

Dave ne comprend toujours pas.

Il n'a pas tiré, il ne peut avoir…

L'explosion qu'il a entendue, lorsque Truk l'a saisi... C'était une détonation. Il a tiré malgré lui... Sous le choc de l'emprise du monstre, il a appuyé sur la détente sans s'en rendre compte et...

Un haut-le-cœur aussi violent qu'incongru s'empare de lui et il a juste le temps de se pencher avant de vomir. Tout en se soulageant, il essaie de se convaincre : il ne l'a pas *vraiment* tué puisqu'il a tiré malgré lui, puisque...

Encore des justifications ridicules, des remords grotesques ! Mais il a vraiment perdu la raison ! Qu'il ait tiré volontairement ou non, il a bien fait ! Il le *fallait* !

Pourtant, il vomit toujours, se sent toujours... *sale* ! Ça n'a pas de sens ! Il déraille, voilà tout. Cette nuit a été trop démente, il n'a plus de jugement clair sur rien...

Il a réussi, criss ! C'est ça, l'important ! Il a *réussi* !

Il se redresse et essuie sa bouche. Il pense alors aux autres patients dans le dortoir. Dorment-ils encore ? Le coup de feu a peut-être été étouffé par les murs du couloir...

Il retourne dans le dortoir calme et blanc, zigzague jusqu'à l'une des huit portes. Le nom « Mathieu Therrien » est inscrit sur le petit écriteau. Il regarde par la fenêtre. Le patient, dans son lit, dort à poings fermés.

Ces portes doivent aussi être insonorisées. Il faudrait les ouvrir pour réveiller tous les patients... Au cas où les diffuseurs se remettraient à fonctionner.

Mais Dave ne bouge pas, le nez contre la petite vitre. Il tente de deviner les traits de Therrien, dans son lit, mais il fait trop sombre.

Un psychopathe. Un tueur en série. Un derrière chacune de ces portes.

Si Dave les réveille, ils peuvent être dangereux, non ?

Fasciné malgré lui, il marche vers la porte suivante et lit le nom sur le petit écriteau.

Le temps d'un battement de cœur, il a l'impression qu'un poignard lui traverse le ventre. Il a sûrement mal vu. Il relit le nom.

David D'Or.

Un hasard. Juste un gars qui a le même nom.

Pourtant, il pousse brutalement le loquet de métal, ouvre la porte comme s'il voulait l'arracher de ses gonds.

La lumière du dortoir tombe sur le dormeur, dont le visage est tourné vers Dave. Un visage que l'ex-prisonnier reconnaît parfaitement.

Le sien.

— Vous y êtes finalement arrivé, remarque une voix dans son dos.

Dave fait volte-face. Vivianne se tient dans l'embrasure de la porte du dortoir. Son visage affiche le même air calme et froid qu'à l'habitude, mais une aura de victoire émane de toute sa personne, tandis qu'elle articule doucement :

— Je vous l'avais dit que vous n'étiez pas venu dans cette maison par hasard.

CHAPITRE 9

DAVID

Pendant quelques secondes, Dave tourne la tête à droite et à gauche, son regard passant du dormeur à celui de Vivianne, comme si on avait soudainement éparpillé ses idées et qu'il était incapable de les ranger dans le bon ordre. Il finit par bredouiller :

— C'est… c'est qui, ça ?

— C'est David D'Or, dit Vivianne le plus naturellement du monde.

Dave ne trouve rien à répliquer, totalement éperdu.

— David D'Or, répète la psychiatre. Le chauffeur d'autobus qui a tué sa compagne Sonia Paquette. Car il l'a bel et bien tuée, les tests d'ADN l'ont confirmé hors de tout doute. L'enquête a d'ailleurs permis de découvrir qu'il avait tué douze autres personnes, hommes et femmes, au cours des quatre années précédentes. Durant son procès, il s'est confié de manière étonnante. Il a expliqué qu'il aimait Sonia, mais que l'envie de tuer le prenait parfois sans raison. Et quand cette pulsion apparaissait, il n'avait plus le contrôle, il devait assassiner quelqu'un. Les douze autres fois, il avait pu tuer des inconnus. Mais ce soir-là, il y a dix mois, sa conjointe a été celle qui s'est trouvée sur son chemin. Il a avoué ne pas comprendre pourquoi il avait ces pulsions de plus en plus fréquentes, mais une chose était sûre : il n'aimait pas cela. Il aurait aimé être… quelqu'un d'autre.

Elle lance un regard entendu vers Dave. Ce dernier ne dit toujours rien, haletant et tremblant, tandis qu'il sent quelque chose croître en lui, comme une plante vénéneuse, qui part de son ventre et étire ses ramifications vers le haut.

— Quand le procès s'est terminé il y a six mois et que David a été trouvé coupable, j'ai demandé qu'il soit transféré ici, poursuit Vivianne. Je trouvais son cas intéressant. Dès la troisième nuit, il a rêvé à… Dave.

— N'importe quoi ! rétorque l'évadé avec un ricanement qu'il aurait préféré plus convaincant.

— Quand vous êtes apparu dans l'incubateur, vous y êtes demeuré un long moment sans bouger. Intriguée, je suis allée vous voir. En constatant que vous étiez un double physique de David, j'ai eu un pressentiment : étiez-vous une Projection ? Puis vous avez commencé à parler, vous avez dit que vous étiez innocent, que ce procès était une blague… Alors, j'ai compris : vous vous croyiez au poste de police. Vous vous preniez pour le vrai David, mais avec une mémoire… disons… modifiée. Une mémoire que David avait transformée pour créer un Dave innocent, contre la violence et le meurtre, qui aurait voulu sauver Sonia et qui voulait la venger.

— Je vous crois pas, je vous dis ! lance Dave, mais sans rire cette fois, la voix légèrement tremblante, tandis que, dans son ventre, la plante continue de pousser.

—Lorsque je suis sortie de l'incubateur, j'ai constaté sur le moniteur onirique que David D'Or était éveillé. Vous étiez donc vraiment une Projection, mais une Projection très… très perfectionnée, beaucoup plus que celles d'Archambeault et d'Ève Granger que nous avions créées auparavant… Une Projection avec une vraie conscience, avec une personnalité complexe… Je devais vous étudier! Par vous, je pourrais atteindre le vrai David, qui ne parlait presque plus depuis son procès! Mais pour vous étudier, il ne fallait pas qu'on vous détrompe sur votre perception de vous-même: il fallait que vous continuiez à croire que vous étiez David D'Or! Alors, j'ai eu une idée. J'ai appelé le ministre pour lui dire que finalement votre cas n'était pas intéressant et que je préférais que vous retourniez en prison… Sauf que celui qu'on a enfermé au pénitencier, c'est vous! Tout le monde a cru que vous étiez David D'Or, y compris les autres prisonniers, les gardiens, le directeur du pénitencier… Y compris vous-même! J'ai pu ainsi continuer à m'occuper de votre cas, mais en prison, sans que vous ne vous doutiez de rien.

Dave ne dit plus rien. Il se contente d'écouter, la bouche entrouverte, le regard vacillant. Mentalement, il tente de s'accrocher à l'image souriante de Sonia. Mais elle ne sourit plus, la tristesse et la réprobation apparaissent dans son regard…

Et la plante grimpe vers la cage thoracique de Dave…

—Deux policiers sont venus vous chercher ici, dans l'incubateur, continue Vivianne. Mais vous étiez si en colère qu'on a dû vous assommer. Vous êtes sorti d'ici inconscient, voilà pourquoi vous n'avez pas reconnu la cave cette nuit, ni la salle où se trouvent les incubateurs. À croire que tout avait été prévu pour… plus tard.

Elle a un petit sourire presque affectueux.

—Pendant six mois, vous avez été mon patient en prison et cela a été une expérience… inimaginable ! Cette conviction que vous aviez d'être innocent, ces faux souvenirs en vous auxquels vous croyiez dur comme fer, ce désir de vouloir venger un jour Sonia… Avez-vous remarqué que vous ne vous êtes jamais battu en prison ? Pas une seule fois ? Vous êtes impulsif dans vos paroles, mais ne passez jamais à l'acte ! Et même cette nuit, je vous ai vu, sur les moniteurs vidéo, ressentir du dégoût et de la répulsion chaque fois que vous deviez user de violence ! Vous avez pu frapper et tuer parce qu'il s'agissait de rêves, mais contre de vraies personnes, vous en auriez été incapable ! Physiologiquement incapable ! Même tout à l'heure, en danger de mort, vous ne pouviez tirer sur Kurt Farell ! C'est par accident que vous l'avez tué ! Vous n'y pouvez rien, David D'Or vous a créé ainsi ! Lui ne peut s'empêcher de tuer, alors que vous, vous en êtes incapable ! Vous êtes son côté pur ! Son *idéal* !

La plante empoisonnée se faufile maintenant dans l'œsophage de Dave tandis que, sur son écran mental, la figure de Sonia se couvre de larmes et de sang.

—Plusieurs fois, j'ai eu envie de vous mettre en face de votre original, poursuit la psychiatre de plus en plus emballée. Mais c'était trop risqué. Si vous découvriez que vous étiez une Projection, tout s'écroulait.

Son regard s'allume, son visage rayonne.

— Et voilà que vous vous êtes évadé cette nuit et que vous êtes venu vous cacher *ici* ! Quand je vous ai vu, vous imaginez ma surprise ? Et celle de Zorn ! Mais j'ai fini par comprendre. Quelque chose vous a appelé jusqu'ici, Dave. Ce n'est pas uniquement parce que vous avez trouvé mon adresse dans mon sac à main ! Inconsciemment, vous vous êtes senti appelé par votre original !

— Vous êtes folle ! marmonne Dave, qui, tout en sentant le sol se fissurer sous ses pieds, continue à nier, à combattre.

— Quand Zorn et moi avons réussi à nous enfermer dans la Bulle, c'est vrai que j'aurais pu attendre l'arrivée du gardien de sécurité, au petit matin. Mais l'occasion était trop belle ! Je devais vous exposer tous les quatre aux rêves ! D'une part, pour l'intérêt scientifique de la chose, mais surtout, surtout, dans l'espoir que vous tombiez face à face avec votre original, avec David D'Or ! Zorn n'y croyait pas, il disait que jamais vous ne pourriez entrer dans le dortoir, et rationnellement il avait raison ! Mais votre simple présence ici démontrait que tout était possible, *tout* !

Elle redresse la tête, presque en état de transe :

— Et j'ai vu juste !

Dave s'esclaffe de nouveau, mais avec une exagération si gênante que le rire ressemble davantage à un cri d'agonie.

— Ça suffit, ça se peut pas ! Tout ça est un coup monté ou ben… ou ben je fais un cauchemar, ou…

— Mais non. Vous m'avez déjà dit, en prison, que vous ne vous rappeliez jamais vos rêves. Et ce, pour une très bonne raison : les rêves ne peuvent évidemment pas rêver.

—*T'es folle, une ostie de folle !* hurle David, tentant de mettre toute l'énergie qui lui reste dans cette pathétique protestation.

Elle le regarde d'un œil démesuré, grandi par l'orgueil et le triomphe :

—Cette nuit, tu es venu ici pour la plus grande des confrontations, Dave !

Sur quoi, son regard se dirige vers le fond de la salle et Dave se retourne vivement.

David D'Or est sorti de sa chambre.

Immobile, le psychopathe considère sa Projection avec une totale stupéfaction. La stupéfaction de celui qui retrouve le songe auquel il a rêvé il y a très longtemps. Il entrouvre la bouche et marmonne tout simplement :

—Toi...

Alors, la plante vénéneuse qui poussait en Dave surgit de sa bouche en un long cri, un hurlement de colère, de terreur et de refus, un appel lancé vers le cosmos, vers un être quelconque qui l'entendra et viendra le tirer de ce cauchemar trop affreux, de ce délire qu'il ne peut plus supporter. Et lui qui croyait ne plus pouvoir être touché par l'horreur, lui qui croyait avoir atteint les limites de l'inadmissible crie et crie encore, tandis que Vivianne, au comble de l'extase, murmure :

—La confrontation avec soi-même... Affronter ce qu'on a de plus noir, de plus inconnu en nous... Très peu de gens auront livré un tel combat dans leur vie... Très peu auront pu aller jusqu'au bout de cet ultime duel...

Jusqu'au bout...

Les yeux emplis de larmes, Dave se retourne vivement vers la psychiatre en brandissant son revolver, le visage livide. Vivianne secoue la tête avec un petit sourire, sans moquerie, juste ravie de la situation.

— Tu ne peux pas me tuer, Dave, je te l'ai expliqué tout à l'heure !

Non, elle a tort ! Il peut faire ce qu'il veut, il va le lui montrer ! Maintenant !

Il se retourne une fois de plus et, le visage tordu par une multitude d'émotions contradictoires, pointe son arme vers David D'Or, si bouleversé qu'on le sent près de s'évanouir. C'est ce fou, devant lui, qu'il doit exterminer, ce tueur, ce psychopathe... L'assassin de Sonia, c'est lui ! C'est

moi

lui ! LUI !

Mais il ne tire pas, son doigt sur la détente demeure figé. Comme tout à l'heure. Il est incapable de le faire, il le sait, il le *sent* ! Et cela dépasse sa volonté.

Sa volonté...

David D'Or, en voyant l'arme, fronce les sourcils, soudain incertain. Derrière lui, tout est calme dans les chambres des autres patients qui dorment toujours, protégés du bruit par les portes insonorisées.

— Même si tu pouvais le tuer, le ferais-tu ? demande Vivianne dans le dos de Dave. S'il meurt, tu meurs aussi. Souhaites-tu réellement disparaître ?

Les larmes se mettent à couler sur les joues de Dave. Au bout de son bras, le revolver commence à se baisser, sous le regard intense de David qui retient son souffle depuis de longues secondes.

— Tu es pris pour le protéger, marmonne Vivianne, hypnotisée par la scène. Pour exister, tu n'as... pas... le choix.

Tout s'écroule. Autour de Dave, en lui, partout. Il ressent une immense, une fatale résignation, qu'il expulse en un long et misérable soupir, tandis que le visage de Sonia disparaît de son esprit, s'engloutit dans les ténèbres. Pour toujours.

Très lentement, il pivote sur lui-même, fait face à Vivianne, l'esprit complètement vide. La psychiatre lévite presque d'excitation. Pour la première fois depuis qu'il la connaît, Dave ne sent aucune froideur dans son attitude et il est tout à coup convaincu qu'elle est en train de vivre le moment le plus extraordinaire de toute sa vie.

— Tu es un pied de nez à la science, exulte-t-elle. Tu es un défi à la logique. *Tu es fantastique, Dave!*

C'est à ce moment que les frères siamois entrent dans le dortoir.

Deux hommes dans la vingtaine, habillés d'un jeans et d'un t-shirt, parfaitement normaux si ce n'est de leurs deux têtes reliées l'une à l'autre par le front et la joue, leur déformant ainsi chacun un œil. Ils entrent rapidement, les membres empêtrés, puis s'arrêtent en dévisageant les trois personnes présentes dans la pièce.

L'esprit de Dave se remplit d'émotions, mélange de confusion et de peur incrédule. Vivianne elle-même semble parfaitement abasourdie et l'évadé comprend qu'elle se pose la même question que lui : si les diffuseurs sont éteints, d'où sortent ces apparitions ?

Les siamois tournent leurs visages déformés vers la psychiatre et la convoitise apparaît sur leurs traits.

— Elle te plaît ? fait celui de gauche.

— Pas à peu près ! répond celui de droite.

Ils avancent vers Vivianne, les bras dressés. Toute excitation a disparu du visage de la psychiatre.

— Qu'est-ce que… Comment êtes-vous…

Mais les quatre bras se saisissent d'elle, commencent à la tâter, à la bousculer. Elle se débat furieusement.

— Non, arrêtez ! Ne me… Arrêtez, je vous dis !

Elle se retrouve soudain sur le sol, des tissus sont arrachés, les siamois lui plaquent les bras sur le plancher. Dave ne bouge pas, pétrifié de stupeur, tandis que derrière lui David observe gravement la scène. Mais sur le visage de Vivianne, il n'y a toujours pas de peur, seulement une rage de plus en plus débordante, la frustration de ne pas contrôler les choses à sa manière.

— Je vous dis de me lâcher ! Laissez-moi vous… vous parler !… Écoutez-moi !

Tout va très vite, tout à coup. Tandis que les deux siamois s'étendent sur la psychiatre, une véritable meute fait irruption dans le dortoir. Tous des enfants, de sept ou huit ans, riant et gazouillant de joie. En les voyant, Dave lève instinctivement son revolver et la joyeuse bande se fige à la vue de l'arme. Mais l'une des fillettes montre Vivianne du doigt et s'écrie :

— Youpi ! Une bagarre !

Ils se précipitent tous et se jettent pêle-mêle sur la femme hurlante et ses deux agresseurs. Dépassant du tas humain, les jambes de la psychiatre se mettent à tressaillir, une mare de sang apparaît sous ses mollets. Vivianne crie toujours, mais ses mots deviennent alors incompréhensibles, comme si elle s'exprimait dans une langue inconnue, et même si

Dave n'y comprend rien, il a la sinistre conviction qu'il s'agit d'un appel à l'aide désespéré.

—*Zaboth drafguir m'ousnilahg!… Zaboth!… Vr'idhar Zaboth!*

Puis les mots se transforment en gargouillis immondes, tandis que de la masse grouillante et hilare jaillissent des lambeaux de vêtements et de chair.

Dave observe un moment l'affreux spectacle, le visage dur et écœuré à la fois. Enfin, il court vers la porte et se retrouve dans le couloir.

Là, il lève la tête vers le diffuseur sur le mur : la lumière rouge est allumée. Quelqu'un les a vraiment réactivés !

Et Dave sait évidemment de qui il s'agit… Mais comment s'y est-*il* pris ?

Il enjambe Zorn, marche jusqu'à l'intersection, tourne à gauche. Dans son dos, des pas suivent la même cadence que la sienne. Il ne se retourne même pas. Il sait très bien qui le suit ainsi…

Alors qu'il franchit les portes coulissantes de bois, quelqu'un sort de l'ombre. Un homme en smoking. Un masqué… Il commence même à soulever son masque…

Dave s'arrête, lève le revolver… et, bien sûr, hésite.

Juste un rêve.

Comme moi…

Le hurlement remonte le long de sa gorge et franchit ses lèvres en même temps qu'il assène un coup de crosse sur la tête du masqué. Celui-ci tombe, assommé, son visage toujours camouflé tourné vers le sol.

Derrière lui, les pas approchent, s'arrêtent. Les pas de l'*autre*. Dave s'oblige à ne pas se retourner.

Je n'existe pas… Je ne suis pas réel…

Il ferme les yeux avec force, gémissant sans même s'en rendre compte, puis les rouvre.

Là-bas, dans l'obscurité verdâtre du couloir, une silhouette se tient immobile, juste devant la salle des incubateurs. Une silhouette qui tient une sorte de bâton. Qui semble regarder dans la direction de Dave.

— Loner !

La silhouette entre dans la pièce, disparaît. Dave se met à courir et, cinq secondes plus tard, entre dans la salle des incubateurs.

Loner est là, sur le point de franchir la petite porte qui mène au cœur d'*Oniria*, mais il se retourne en entendant Dave entrer. Dans sa main droite, il tient sa hache et dans la gauche, un boîtier métallique que Dave reconnaît : la commande à distance. Loner la brandit et explique doucement :

— Je l'ai trouvée dans le corridor…

Long, très long moment de silence, de totale immobilité. Dave entend quelqu'un entrer dans la pièce derrière lui. Ne se retourne pas. Ne veut toujours pas *le* revoir. Pas tout de suite.

Il lui fera face bien assez vite…

En apercevant le double de Dave, Loner hausse les sourcils en une expression qui pourrait passer pour de la stupéfaction, puis il hoche la tête.

— C'était donc ça…

Immobile, David D'or observe les deux hommes, incertain et curieux à la fois. Le regard de Loner revient à Dave.

— On dirait bien que tu es finalement allé jusqu'au bout…

Dave se contente d'approuver en silence, l'air soudain très fatigué. Loner plisse les yeux, comme s'il venait d'avoir une idée, puis il lève la commande à distance.

— Le bouton rouge, c'est pour l'ascenseur, c'est ça?

Et il appuie dessus. Le vrombissement électrique se fait entendre dans le lointain. Même si c'est ce qu'il souhaitait, Dave en demeure stupéfait, quasiment incrédule. Loner a-t-il retrouvé la raison?

— Tu te souviens, quand tu me disais que tu voulais venger Sonia pour faire éclater la justice à la face du monde? demande l'ex-professeur. Tu vas faire bien mieux que ça…

Il regarde son comparse très sérieusement. Dave discerne très bien la folie dans ses petits yeux bleus, loin de s'être atténuée.

— Toi et ton nouveau copain, vous allez faire éclater une autre vérité. La seule qui compte vraiment.

Dave sait qu'il ne parle pas de l'existence de cette cave. Et David, qui hoche la tête, semble aussi comprendre.

La voix presque inaudible, Dave demande:

— Pourquoi… pourquoi tu as… remis les diffuseurs en marche?

Loner soutient son regard et, pour la première fois depuis qu'il le connaît, Dave le voit sourire. Un sourire serein et pourtant effroyable.

— Moi aussi, je dois aller jusqu'au bout.

Il range la commande dans sa poche, prend sa hache à deux mains et alors qu'il se penche pour franchir l'ouverture dans le mur, il jette un ultime regard vers Dave et, toujours souriant, lance d'une voix triomphante :

— La nuit n'est pas finie.

Et il traverse la porte.

Pendant un moment, il ne se passe rien. Rien.

Puis, quelqu'un surgit de l'un des incubateurs : c'est le jeune de seize ans, le fils du couple onirique. Dave lève son arme pour tirer... sachant déjà qu'il va hésiter.

Un rêve, juste un ostie de rêve comme moi, comme moi, comme moi moi moi moi moi moi

L'adolescent fonce vers lui, le visage toujours pris de convulsions impossibles :

— Ah ! Te v'là, p'tit criss ! Où c'est que t'étais enc...

David D'Or intervient alors, enlève le revolver des mains de Dave et tire à bout portant dans le visage du jeune.

Dave ose enfin regarder David.

Face-à-face silencieux.

Les parents surgissent à leur tour (*Te voilà, mon trésor !*), tandis qu'une forme sanglante sort d'un autre incubateur en rampant. Dave se met enfin en mouvement et quitte rapidement la salle, suivi de David. Alors qu'ils arrivent au couloir menant à l'ascenseur, un hululement strident, assourdissant, envahit la cave. Ça, c'est le père qui pousse son cri délirant ! Se bouchant les oreilles des deux mains, Dave se jette dans l'ascenseur, qui est bel et bien descendu. David, qui le suit de près, entre à son tour et va s'appuyer contre le mur du fond, tandis que Dave enfonce le bouton. L'ascenseur commence à remonter au moment même où le petit couple, qui a déjà vieilli de vingt ans depuis son

apparition, s'approche, hagard, et tend les mains
en implorant :

—Reste avec nous ! La télévision ! La télévision !

Le mur remplace l'ouverture, et c'est le silence.

Dave, qui reprend son souffle, tourne la tête
vers David. Ce dernier l'examine avec satisfaction et
parle enfin, d'une voix identique à celle de Dave :

—On est libres, maintenant…

Dave ne dit rien.

Libres…

L'ascenseur s'arrête. Sans un regard pour l'autre,
Dave marche de son pas vacillant vers le salon. Là,
son regard embrouillé réussit à décoder l'horloge
murale : quatre heures dix.

Il se laisse tomber dans un fauteuil, convaincu
que celui-ci est le plus confortable, le plus douillet
jamais conçu. Son corps brisé l'implore de s'abandonner au sommeil, mais Dave continue de résister.
Sa vue défaillante tombe sur le tableau accroché au
mur, cet homme sans pouces au visage camouflé,
cette plaine qu'il a visitée brièvement tout à l'heure…
Ce monde si rapidement, si intensément entrevu…

Son monde… Celui d'où il est venu… et dans
lequel il retournera, immanquablement…

Mais quand ?

David D'Or entre dans le salon, le revolver toujours en main, va s'asseoir devant son double, calme,
patient, les jambes croisées.

Dave trouve la force de demander :

—C'est moi qui suis toi… ou toi qui es moi ?

David secoue lentement la tête. Lorsqu'il répond,
sa voix provient de très, très loin :

—Ni l'un ni l'autre… Nous sommes.

Dave hoche la tête. Son regard embrouillé passe une dernière fois sur le tableau… et tout à coup, peut-être à cause de la distance, peut-être à cause de sa vision déformée, il peut enfin lire le mot mystérieux inscrit sur la peinture, comme si les lettres stylisées surgissaient enfin hors de leurs complexes arabesques…

Zaboth.

Puis Dave ferme les yeux et accepte enfin la nuit.

◆

L'aube.

Dave et David sortent d'*Oniria*. Dave sait qu'il aurait dû attendre qu'il fasse complètement jour, mais il ne peut plus rester dans cette maison. Et puis, les policiers doivent être loin, maintenant.

Tous deux marchent sur le petit sentier, accompagnés du gazouillement des oiseaux. Leur pas est tranquille, même si Dave claudique un peu. Leur visage est impassible. Même s'il a enfilé des vêtements de Zorn avant de sortir, même s'il s'est lavé le visage, Dave ressemble à quelqu'un qui revient de l'enfer.

Ils ne parlent pas.

Ils passent la grille. La route de terre encadrée d'arbres a une tout autre allure sous cette luminosité si particulière. Le tueur et sa Projection s'y engagent, toujours en silence, marchant côte à côte. Deux jumeaux.

Pourrait-on dire.

Un bruit de moteur perce le concert des oiseaux. Les deux hommes se retournent. On devine une voiture au loin. Un travailleur particulièrement matinal. Les deux hommes s'arrêtent, tournés vers le véhicule qui approche.

— Ça serait pratique, une voiture, remarque alors David.

Ils se regardent tous les deux, sans ciller. Dave a envie de lui demander comment il va s'y prendre pour s'emparer de ce véhicule, mais en voyant le revolver enfoncé sous la ceinture de David, il renonce.

Renonce.

La voiture est maintenant parfaitement visible. Une Subaru rouge.

— Qu'est-ce qu'on va faire, tous les deux ? demande alors Dave.

David prononce un seul mot :

— Vivre.

Le rêve hoche faiblement la tête en silence et observe le véhicule qui approche, tandis que le rêveur lève les bras pour lui faire signe d'arrêter.

Vivre.

À la face du monde.

La voiture s'arrête.

PATRICK SENÉCAL...

... est né à Drummondville en 1967. Bachelier en études françaises de l'Université de Montréal, il a enseigné pendant plusieurs années la littérature et le cinéma au cégep de Drummondville. Passionné par toutes les formes artistiques mettant en œuvre le suspense, le fantastique et la terreur, il publie en 1994 un premier roman d'horreur, *5150, rue des Ormes*, où tension et émotions fortes sont à l'honneur. Son troisième roman, *Sur le seuil*, un suspense fantastique publié en 1998, a été acclamé de façon unanime par la critique. Après *Aliss* (2000), une relecture extrêmement originale et grinçante du chef-d'œuvre de Lewis Carroll, *Les Sept Jours du talion* (2002), *Oniria* (2004), *Le Vide* (2007) et *Hell.com* (2009) ont conquis le grand public dès leur sortie des presses. *Sur le seuil* et *5150, rue des Ormes* ont été portés au grand écran par Éric Tessier (2003 et 2009), et c'est Podz qui a réalisé *Les Sept Jours du talion* (2010). Trois autres romans sont présentement en développement tant au Québec qu'à l'étranger.

Extrait du catalogue

ALIRE

Collection «Romans» / Collection «Nouvelles»

----	(N) *La Rose du désert*	Yves Meynard
001	*Blunt – Les Treize Derniers Jours*	Jean-Jacques Pelletier
002	*Aboli* (Les Chroniques infernales)	Esther Rochon
003	*Les Rêves de la Mer* (Tyranaël -1)	Élisabeth Vonarburg
004	*Le Jeu de la Perfection* (Tyranaël -2)	Élisabeth Vonarburg
005	*Mon frère l'Ombre* (Tyranaël -3)	Élisabeth Vonarburg
006	*La Peau blanche*	Joël Champetier
007	*Ouverture* (Les Chroniques infernales)	Esther Rochon
008	*Lames soeurs*	Robert Malacci
009	*SS-GB*	Len Deighton
010	*L'Autre Rivage* (Tyranaël -4)	Élisabeth Vonarburg
011	*Nelle de Vilvèq* (Le Sable et l'Acier -1)	Francine Pelletier
012	*La Mer allée avec le soleil* (Tyranaël -5)	Élisabeth Vonarburg
013	*Le Rêveur dans la Citadelle*	Esther Rochon
014	*Secrets* (Les Chroniques infernales)	Esther Rochon
015	*Sur le seuil*	Patrick Senécal
016	*Samiva de Frée* (Le Sable et l'Acier -2)	Francine Pelletier
017	*Le Silence de la Cité*	Élisabeth Vonarburg
018	*Tigane -1*	Guy Gavriel Kay
019	*Tigane -2*	Guy Gavriel Kay
020	*Issabel de Qohosaten* (Le Sable et l'Acier -3)	Francine Pelletier
021	*La Chair disparue* (Les Gestionnaires de l'apocalypse -1)	Jean-Jacques Pelletier
022	*L'Archipel noir*	Esther Rochon
023	*Or* (Les Chroniques infernales)	Esther Rochon
024	*Les Lions d'Al-Rassan*	Guy Gavriel Kay
025	*La Taupe et le Dragon*	Joël Champetier
026	*Chronoreg*	Daniel Sernine
027	*Chroniques du Pays des Mères*	Élisabeth Vonarburg
028	*L'Aile du papillon*	Joël Champetier
029	*Le Livre des Chevaliers*	Yves Meynard
030	*Ad nauseam*	Robert Malacci
031	*L'Homme trafiqué* (Les Débuts de F)	Jean-Jacques Pelletier
032	*Sorbier* (Les Chroniques infernales)	Esther Rochon
033	*L'Ange écarlate* (Les Cités intérieures -1)	Natasha Beaulieu
034	*Nébulosité croissante en fin de journée*	Jacques Côté
035	*La Voix sur la montagne*	Maxime Houde
036	*Le Chromosome Y*	Leona Gom
037	(N) *La Maison au bord de la mer*	Élisabeth Vonarburg
038	*Firestorm*	Luc Durocher

039	*Aliss*	Patrick Senécal
040	*L'Argent du monde -1* (Les Gestionnaires de l'apocalypse -2)	Jean-Jacques Pelletier
041	*L'Argent du monde -2* (Les Gestionnaires de l'apocalypse -2)	Jean-Jacques Pelletier
042	*Gueule d'ange*	Jacques Bissonnette
043	*La Mémoire du lac*	Joël Champetier
044	*Une chanson pour Arbonne*	Guy Gavriel Kay
045	*5150, rue des Ormes*	Patrick Senécal
046	*L'Enfant de la nuit* (Le Pouvoir du sang -1)	Nancy Kilpatrick
047	*La Trajectoire du pion*	Michel Jobin
048	*La Femme trop tard*	Jean-Jacques Pelletier
049	*La Mort tout près* (Le Pouvoir du sang -2)	Nancy Kilpatrick
050	*Sanguine*	Jacques Bissonnette
051	*Sac de nœuds*	Robert Malacci
052	*La Mort dans l'âme*	Maxime Houde
053	*Renaissance* (Le Pouvoir du sang -3)	Nancy Kilpatrick
054	*Les Sources de la magie*	Joël Champetier
055	*L'Aigle des profondeurs*	Esther Rochon
056	*Voile vers Sarance* (La Mosaïque sarantine -1)	Guy Gavriel Kay
057	*Seigneur des Empereurs* (La Mosaïque sarantine -2)	Guy Gavriel Kay
058	*La Passion du sang* (Le Pouvoir du sang -4)	Nancy Kilpatrick
059	*Les Sept Jours du talion*	Patrick Senécal
060	*L'Arbre de l'Été* (La Tapisserie de Fionavar -1)	Guy Gavriel Kay
061	*Le Feu vagabond* (La Tapisserie de Fionavar -2)	Guy Gavriel Kay
062	*La Route obscure* (La Tapisserie de Fionavar -3)	Guy Gavriel Kay
063	*Le Rouge idéal*	Jacques Côté
064	*La Cage de Londres*	Jean-Pierre Guillet
065	(N) *Treize nouvelles policières, noires et mystérieuses*	Peter Sellers (dir.)
066	*Le Passager*	Patrick Senécal
067	*L'Eau noire* (Les Cités intérieures -2)	Natasha Beaulieu
068	*Le Jeu de la passion*	Sean Stewart
069	*Phaos*	Alain Bergeron
070	(N) *Le Jeu des coquilles de nautilus*	Élisabeth Vonarburg
071	*Le Salaire de la honte*	Maxime Houde
072	*Le Bien des autres -1* (Les Gestionnaires de l'apocalypse -3)	Jean-Jacques Pelletier
073	*Le Bien des autres -2* (Les Gestionnaires de l'apocalypse -3)	Jean-Jacques Pelletier
074	*La Nuit de toutes les chances*	Eric Wright
075	*Les Jours de l'ombre*	Francine Pelletier
076	*Oniria*	Patrick Senécal

Collection «Essais»

----	*Les 42210 univers de la science-fiction*	Guy Bouchard
001	*Stephen King : trente ans de terreur*	Hugues Morin *et al.*
002	*Radiographie d'une série culte : The X-Files*	Alain Bergeron, Laurine Spehner *et al.*
003	*Le XIXᵉ siècle fantastique en Amérique française*	Claude Janelle *et al.*
004	*Le Roman policier en Amérique française*	Norbert Spehner

VOUS VOULEZ LIRE DES EXTRAITS
DE TOUS LES LIVRES PUBLIÉS AUX ÉDITIONS ALIRE ?
VENEZ VISITER NOTRE DEMEURE VIRTUELLE !

www.alire.com

ONIRIA
est le quatre-vingt-sixième titre publié
par Les Éditions Alire inc.

Ce septième tirage
a été achevé d'imprimer
en mars 2010 sur les presses de